르네 마그리트의 '연인' 2

르네 마그리트의 '연인'

2

유지나 장편소설

차례

17

그의 위험한 장소

수현의 자리 앞에는 잡지에서 오려놓은 것 같은 사진들과 나뭇잎, 패브릭, 여러 가지 사물들이 즐비하게 놓여 있었다.

"지난번에 수현 씨가 잃어버린 기억을 찾고 싶다고 하셔서, 오늘은 콜라주를 만들어보려고 해요. 콜라주는 불어로 '풀로 붙이다'라는 뜻이거든요. 여기 준비해둔 여러 재료를 접착제를 이용해서 붙여나가면서 수현 씨의 생각이나 느낌을 자유롭게 표현하시면 돼요."

콜라주는 서로 상관없어 보이는 이미지나 재료들을 합성하여 작업하는 미술치료 기법이다. 내담자가 의식하면서 작업하는 것이 아니라, 랜덤한 재료들을 이용하여 표현하기 때문에 자신도 모르는 사이에 내면을 표출하는 것을 도와줄 수 있다. 특히 언어로 표현할 수 없는 미묘한 것까지 상징적으로 표현할 수 있어, 다양한 해석을 이끌어낼 수 있는 장점이 있다.

미술치료사의 관점에서, 수현이 어떤 특정한 사건 하나를 기억하지 못하고 있다면 그건 아무래도 열네 살 때의 트라우마로 인한 '심인성 기억상실증(psychogenic amnesia)'일 확률이 높다. 심인성 기억상실증은 충격적인 사건으로 인해 극심한 스트레스에 시달리고 있을 때, 그 고통에서 벗어나고 싶어 스스로 그때의 기억을 지우려고 하는 경향에서 발생한다. 콜라주는 심인성 기억상실증을 치료하는 데 효과적인 방법이다. 내담자들이 감당하기 힘든 기억의 조각들이 아무런 의미 없어 보이는 사물들을 배열하는 과정에서 자연스럽게 완전한 기억으로 재구성될 수 있기 때문이다.

'무슨 기억이 더 남아 있는 걸까?'

여태까지 수현과의 상담 세션을 통해, 그가 '어머니'라고 부르는 사람의 사고와 죽음에 대해서는 이미 충분히 다뤄왔다고 생각했다. 게다가 그는 그 사건에 대해서는 사건 당일의 날씨며, 병원에서 연락을 받은 시간, 장소, 그리고 애벌레같이 제법 자세한 디테일까지 기억하고 있던 것으로 파악하고 있었는데…….. 설마 어린 소년이 하루아침에 엄마를 사고로 잃고, 엄마가 철철 흘린 피를 보았던 그 사건보다도 더 극심한 트라우마가 있는 건가?

희주는 수현을 물끄러미 바라보았다. 그를 보면서, 그의 안에 있는 그 소년을 보았다. 고작 열네 살짜리 소년이 감당하기에는 잔인하리만치 혹독했을 아이의 시간들이 함께 떠올랐다. 마음이 끊어지는 것같이 아려왔다. 지금이라도 당장 수현 안에 있는 그 소년을 꼭 안아주며 말해주고 싶었다.

'……이젠 여기로 와. 여기서 편하게 쉬어.'

일단은 수현을 심리적으로 안전하고 편안한 상태로 만들어주는 것이 필요하다. 심인성 기억상실증은 괴로운 기억으로부터 자신을 보호하는 방어기제에서 기인하는 질병이었기 때문에 섣불리 그 기억 속으로 들어가려 하다가는 오히려 더 심한 방어기제가 형성될 수도 있었다. 먼저 '안전하고 편안한 장소 만들기' 기법으로 그의 안에 높게 세워져 있을 마음의 장벽을 낮추는 것이 중요할 것이다.

"잠시 눈을 감고 수현 씨가 살아오면서 가장 안전하고 편안했던 장소를 생각해보셨으면 좋겠어요. 현실에 존재하는 장소가 될 수도 있고, 상상 속에 존재하는 장소가 될 수도 있어요. 꿈에서 봤던 장소일 수도 있고요."

희주는 수현에게 잠시 시간을 주고 계속 말을 이어나갔다.

"거기에 수현 씨가 직접 가서 서 있다고 생각해보세요. 힘들거나 불안하다는 생각이 들면, 언제든지 그곳에 갈 수 있어요. 그곳에 가면 정말 마음이 안정되고 평안해지니까요."

그녀는 수현 앞으로 적당한 크기의 상자를 가져다 놓았다. 종이같이 아무런 제약 없는 자유로운 매체보다는, 틀이 있는 상자 안을 채워가는 형식으로 콜라주를 시작하는 것이 조금 더 수월할 것이다.

"이 상자 안에 수현 씨가 생각하는 그 안전하고 편안한 장소를 만들어주시면 돼요."

그는 조금의 망설임도 없이 작업을 시작했다. 여태까지 보여줬던 절제되고 조심스러운 모습과는 사뭇 다른 모습이었다. 가위질을 하는 그는 무척이나 신이 나 있는 어린아이처럼 보였다. 그는 '어머니'라고 불리는 그 사람과 함께했던 시간들로 돌아갔을까? 척박하기만

한 것 같은 그의 인생 속에 가장 안전하고 편안한 장소는 대체 어디일까? 평안한 표정의 그를 보니, 아무것도 모르고 그저 엄마 옆에서 행복하기만 했을 어린 수현의 모습이 떠올라 희주의 마음이 먹먹해졌다.

그가 콜라주에 필요한 이미지를 하나씩 오려내면, 희주가 옆에서 글루건으로 접착제를 발라주었다. 그리고 다시 접착제가 묻은 이미지를 수현에게 건네주면, 그가 상자 안에 이미지를 붙여나갔다. 그들의 손가락이 서로 얽혀들었다. 이것이 내 손가락인가. 이것이 내 손가락이 아닌가. 언젠가부터 그것조차 가물가물해진다. 서로의 손가락 끝을 타고 전해지는 36.5도의 온기. 사람의 체온은 이렇게 따뜻한 거였구나. 예전에는 미처 몰랐었는데…… 서로의 손끝만 살짝살짝 닿을 뿐인데, 그들은 마치 농밀한 사랑을 나누고 있다는 달콤한 착각이 들었다.

희주가 묻는다. "나를 언제부터 사랑했어요?"

"처음 봤을 때부터……."

……창문을 열고 웃는 모습을 보았을 때부터. 웃고 있는데, 울고 있는 것 같은 당신을 보았을 때, 어쩐지 나 자신의 모습을 보는 것 같은 느낌이 들었습니다.

수현이 묻는다. "나를 언제부터 사랑하기 시작했습니까?"

"쓰러져서 응급실로 실려 갈 때, 어둠 속에 우두커니 서 있는 수현 씨 봤을 때부터……. 입원해 있는 동안에도, 이수현 씨를 본 것 같기도 하고, 안 본 것 같기도 하고. 그때 문득 생각했어요. 아……, 내가 이 사람을 그리워하고 있구나. 그리워한다는 건, 혹시 사랑하고 있다는 건가?"

……거기에 함께 있었습니다. 밤새도록. 걱정돼서.

희주가 묻는다. "내가 왜 좋아요?"

"나를 감동하게 하니까."

……'감동'받는 순간 죽어 있던 마음이 살아나는 것 같았습니다. 그 순간의 떨림이 나를 살고 싶게 했습니다.

"내가 언제 이수현 씨를 감동하게 했나요?"

……내 잘못이 아니라고 해줬을 때.

……내 그림이 따뜻하다고 해줬을 때.

……저녁 식사를 같이하겠느냐고 물어봐 주었을 때.

……내 그림에 수호천사를 그려주었을 때.

……나 때문에 눈물 흘려주었을 때.

……나를 가장 귀한 손님이라고 해주었을 때.

……나한테 살아달라고 해줬을 때.

"당신과 함께했던 모든 순간."

희주가 묻는다. "언제부터 내 마음을 알게 된 거예요?"

"내가 다쳐서 왔을 때, 나를 바라보던 당신 눈빛에서."

……금방이라도 눈물이 쏟아져 내릴 것만 같던 눈빛을 보면서.

수현이 묻는다. "언제 내 마음을 들켰습니까?"

"차에서 당신이 '조금 천천히 가자'고 말했을 때."

……그리고 그때 우리들 손가락 끝이 살며시 닿았을 때도.

희주가 묻는다. "언제부터 살고 싶다는 생각이 들었어요?"

……당신을 처음 본 순간.

"여태까지는 왜 치료를 안 받겠다고 그렇게 나를 속상하게 한 거 예요?"

……살면 안 될 것 같아서. 살고 싶어 하면 안 될 것 같아서. 그런 욕심부리면 안 될 것 같아서.

수현이 묻는다. "언제부터 내가 안 무서워진 겁니까?"

"상처투성이인 당신의 등을 봤을 때부터."

……이 사람, 정말 치열하게, 힘겹게 살아왔구나. 나보다 훨씬 더 고독한 인생을 살아왔구나.

희주가 묻는다. "언제 가장 설렜어요?"

"스프링클러에서 나오는 물을 피해서 당신을 처음으로 안았을 때."

……따뜻한 봄날을 품에 안고 있는 것 같았습니다. 영원히 놓아주기 싫었을 만큼.

"그때, 혹시 일부러 그런 거 아니에요?"

"티가 났습니까?"

둘의 얼굴이 장난기 가득한 미소로 채색됐다.

수현이 묻는다. "우리에게 미래가 있습니까?"

"하나씩 하나씩 생각해요, 우리. 일단은 검사받고, 그다음엔 항암 치료받고, 그리고 그다음엔 그때 가서 또 생각해요."

……내가 옆에 있어줄 테니까. 그 모든 순간이 우리를 지나가는 동안.

그러다가 수현과 희주가 동시에 묻는다. "지금 무슨 생각 합니까?"

"지금 무슨 생각 해요?"

……이 순간이 영원이었으면 좋겠다는 생각.

❖

그는 30분이 채 안 되어 '안전한 장소' 작품을 완성했다. 그가 만든 안전한 장소는 마치 감수성 예민한 사춘기의 여자아이가 만들었다고 해도 믿을 수있을 만큼 섬세하고 정교했다. 초록색의 싱그러움이 가득한 장소였다. 초록색 패브릭을 이용해 만든 푸른 이끼 모양의

그의 위험한 장소

형상은 생명에 대한 갈망인 것처럼 보인다. 생명에 대한 갈망이 점점 더 강해지는 것은 어쨌든 좋은 사인일 것이다.

왼쪽 위에 새의 둥지와 행복하게 웃고 있는 단란한 가족사진이 눈에 들어왔다. 유년기에 자신을 지켜줄 만한 울타리가 없었던 그가 가족에 대한 그리움을 채워 넣기 위해 만든 것으로 보인다. 아무 상처도, 아무 아픔도 없을 것 같이 평안한 얼굴로 어린 천사가 두 손 모아 기도하고 있고, 그 주위에 사뿐히 내려앉은 하얀 꽃잎들……. 흰 꽃잎들이 저렇게 하늘하늘 떨어져 있다는 건, 상처받은 자신의 내면을 나타내는 것이라고 볼 수 있다. 그 어두운 방에서 웅크리고 누워서 엄마를 기다리던 한 소년의 무기력함 같은. 그런데 이제는 그 꽃잎들이 나비가 되어 봄으로 날아가고 있다.

그는 자신의 깊은 상처를 조금씩 회복해나가고 있다. 위쪽에 있는 커다란 창문은 개방 혹은 외부와의 접촉에 대한 갈망을 나타낸다고 볼 수 있을까? 여태까지 그가 꼭꼭 숨어 있던 마음의 감옥에서 이제 나오고 싶다는 뜻일까? 티백 하나가 생뚱맞게 초록 이끼 위에 놓여 있다. 이건 무엇을 의미하는 걸까?

"여기가 어딘가요?"

수현이 진중한 목소리로 입을 열었다.

"……어머니가 돌아가시고, 하루하루 시체처럼 살고 있었던 어느 날, 깊은 산에서 길을 잃은 적이 있었습니다. 이틀을 꼬박 걷고 또 걷다가 지쳐서 모든 걸 포기하고 어느 바위 위에 쓰러졌습니다."

수현은 희주의 눈을 피하면서 말을 이었다.

"사실…… 거기서 죽어버리고 싶다는 생각을 했던 것 같습니다."

오래전 임 선생 집에 머물고 있을 때, 깊은 산 속에서 길을 잃은 적이 있었다. 아무리 걷고 또 걸어도 같은 곳을 빙빙 도는 것 같은 느낌이 들었다. 산속에 어둠이 내리고 밤이 찾아왔다. 만복골 마을 사람들이 그랬다. 저 산은 밤에 들어가면 절대 살아서 나올 수 없는 산이라고. 아무리 노련한 등산 전문가들도 웬만하면 해가 지기 전에 서둘러 하산을 한다고.

수현은 걷다가 지쳐, 반듯하게 생긴 바위를 하나 골랐다. 그리고 모든 것을 포기하는 마음으로 그 바위 위에 몸을 맡겼다. 그 바위에 누워 있으니 마치 따뜻한 엄마 품에 안겨 있는 것 같은 느낌이 들었다. 그는 살면서 한 번도 입 밖에 내놓은 적 없는 "엄마"라는 단어를 처음으로 불러보았다. 엄……마……. 그 두 음절을 입 밖으로 꺼내는데, 갑자기 목이 메어왔다. ……나 그동안 너무 힘들었어. 이제 그만할래.

한나절 햇살을 오랫동안 머금고 있었는지 바위에는 희미한 온기가 남아 있었다. 마지막 죽을 자리로는 더할 나위 없다는 생각이 들었다. 아무도 찾을 수 없는 그곳에서, 아무도 모르게 조용히 죽어버리면…… 그럼 그를 괴롭히는 모든 끔찍한 것들에서 벗어날 수 있지 않을까? 밤마다 그를 찾아와 괴롭히는 얼굴 없는 소녀도. 피에 범벅된 누나를 생각하면 항상 따라오는 그 숨 막히는 분노도. 피 냄새 가실 날 없는 이 힘든 훈련도 더는 그를 괴롭히지 못할 것이다.

잠에서 깨어났다. 산 특유의 스산한 새벽 기운이 바위를 타고 올라오고 있었다. ……아직도 살아 있구나. ……잠에서 깨어났다. 어디서 들짐승들이 혈투를 벌이며 살벌하게 울어대는 소리가 들려왔다.

……아직도 살아 있구나. ……잠에서 깨어났다. 어스름이 해가 뜨고 있었다. 모든 살아 있는 것들이 다시 눈뜨는 아침. ……아직도 살아 있구나. 이게 며칠째인 거지? 대체 죽음은 언제 찾아오는가? 이제는 눈을 뜰 기운조차, 숨을 내쉴 기운조차 없었다. 그때였다.

"수현아, 수현아!"

멀리서 누군가가 애타게 수현을 찾는 소리가 들렸다. 임 선생의 목소리였다. 그 인정머리 없고 냉혈한 같기만 하던 임 선생이 수현을 어떻게든 살려보겠다고 저렇게 애타는 목소리로 그의 이름을 부르고 있었다. 눈꺼풀을 들어 올릴 힘마저 없어, 그야말로 마지막 기력을 다해서 눈을 뜬 그 순간, 그의 눈꺼풀 사이로 눈부신 찬란함이 휘몰아치고 있었다.

빼곡한 나뭇잎 사이로 쏟아져 내리던 금빛 햇살. 나뭇잎들이 바람에 흔들리며 그 햇살을 영롱하게 반사하고 있었다. 나뭇잎들 사이사이로 보이는 푸른 하늘의 청명함. 폐부 깊숙이 스며들던 깊은 산의 푸른 향. '……내가 살아 있구나. ……내가 아직 살아 있구나. ……이곳이 이렇게 아름다운 곳이었구나.' 이 아름다운 곳을 불길한 죽음으로 물들이려 했던 자신을 순간 원망했다.

수현은 마지막 기력을 다하여 소리쳤다.

"저, 여기 있습니다!"

그의 쉰 목소리가 생명의 울림이 되어 깊은 산 속으로 흘러 들어갔다. 그 산을 빽빽하게 채우고 있던 나무의 정령들이 그의 울림을 듣고 허허 웃어주는 것 같았다. '……살자.' 한낱 보잘것없는 풀 한 줌까지도 그에게 외쳐대고 있는 것 같았다.

그날이 '생명의 아름다움'을 목격한 마지막 날이 되었다. 그날을 마지막으로 수현은 생명의 아름다움을 지우며 살아가야 했다. 죽음은 마약같이 그를 중독시켜 나갔다. 죽음의 독한 냄새를 맡아야 누나의 처절한 피 냄새가 조금씩 희미해지는 것 같기도 했다.

그들 오누이를 무참하게 짓밟아버린 이 세상에 화풀이라도 하듯 사람들의 목숨을 앗아가던 나날들의 연속이었다. 그러다가 희주를 처음 본 바로 그 순간……, 수현은 그녀에게서 그 산의 깊고 푸른 아름다움을 다시 본 것만 같았다. 그때 수현의 마음에 깊은 공명을 남기며 울리던 한 마디. 비록 수현의 자의식에 눌려 자각하지는 못했지만, 그의 무의식은 이미 그 소리를 듣고 있었다. '……살자.'

그는 늘 생명을 이야기하던 그녀에게, 고집스럽게 죽음을 이야기하던 자신이 부끄러워졌다. 그녀 내면의 깊은 곳에 들어가 모든 것을 내려놓으면, 알게 될 것만 같았다. 그가 살아도 되는 이유를. 그녀가 그를 구원해줄 수 있을 것만 같았다.

"이제 마음의 준비가 되셨으면 그때의 그 어두운 기억 속으로 들어가 볼까요? 만들다가 감정적으로 힘들면, 바로 '안전한 장소'로 오면 되니까 절대 무리할 필요는 없습니다."

희주가 수현의 앞에 유화 캔버스를 꺼내주면서 설명했다.

"지금 방금 하신 것처럼 하시면 되는데, 하지만 이번에는 '안전하고 편안한 장소'가 아니라, 어두운 기억 속의 '위험한 장소'를 만드는 거예요. 가장 들어가기 싫은 그 장소를 떠오르게 하는 이미지나 색깔, 소리나 형상들을 이 캔버스에 자유롭게 표현해주면 됩니다."

그의 위험한 장소

수현은 앞에 놓여 있던 캔버스 모서리를 만지작거리더니 어렵사리 입을 열었다.

"그 전에 해야 할 말이 하나 있습니다."

그는 한참 동안 뜸을 들였다.

"……어머님……은 그저 공사장에서의 단순한 사고로 돌아가신 게 아니었습니다."

희주는 들고 있던 펜을 조용히 테이블 위에 놓고 수현의 눈을 응시했다.

"사고가 있기 바로 전…… 집단 성폭행을 당해서."

희주의 눈동자 사이로 탄식의 시선이 물밀 듯이 밀려들었다. 희주는 순간 신을 원망했다. 어떻게 자비롭다는 신이, 인간을 사랑한다는 신이, 인간이 행복해지기를 바란다는 신이 이토록 잔혹할 수 있을까? 희주의 흔들리는 눈빛이 수현을 응시했다. 왜 그가 여태껏 괴물로 살아왔는지 그제야 모든 것이 천천히, 그리고 완벽하게 이해되기 시작했다. 그를 공방에서 처음 만났을 때 느꼈던 근원을 알 수 없던 분노도, 서늘한 눈빛도.

"경찰은 쉬쉬하며 사건을 덮으려고만 했습니다. 그들은 원래……"

수현의 말이 채 끝나기도 전, 희주의 마음이 그의 문장을 마무리해주었다. '그런 집단이니까……'

"그런 집단이니까."

그리고 그 말은, 메아리처럼 수현의 목소리를 통해 똑같이 반복되었다.

"……어머님을 그렇게 만든 사람을 가만히 둘 수는 없었습니다.

복수해야 했습니다. 안 그러면."

다시 한번, 수현이 말을 채 끝내기도 전, 희주의 마음이 그의 문장을 마무리해주었다. '숨 쉬고 살 수 없을 것 같으니까……'

"도무지 숨 쉬면서 살 수 없을 것 같아서."

그리고 그 말은, 다시 한번 수현의 목소리를 통해 똑같이 반복되고 있었다.

희주는 그제야 그의 서늘한 눈빛에서 자신을 보고 있다는 착각이 들었던 이유를 알 것 같았다. 그들 안에 깊숙이 잠재되어 있던 분노의 세포들이 서로를 알아본 것이다.

"그런데…… 내가 대체 누구한테 어떻게 복수를 했는지, 그게 기억이 나지 않습니다."

그는 희주의 눈을 피하며 나직하게 덧붙였다.

"생각보다 아주 많이 끔찍한 기억일 수도 있을 것 같습니다."

"……사람을 죽였을 수도 있다는 뜻인가요?"

희주가 하얗게 떨리는 목소리로 물었다. 단언하건대, 두려워서 떨고 있는 게 아니었다. 수현이 저지른 복수의 순간을 떠올리니, 엄마를 죽인 그 괴물에게 복수하고 있는 자신의 모습이 투영되어 미친 듯이 흥분됐을 뿐.

"……아마도."

"그 사건에 대한 기억이 하나도 안 난다고 하셨는데, 왜 살인이라고 단정하고 계신 거죠?"

그가 아주 천천히, 아주 어렵게 입을 열었다.

"누군가가 그랬습니다. 그 사건이 제 속에 잠자고 있던 괴물을 깨워놨다고……. 그 일을 겪고 나서, 전 살수로 키워졌습니다. 명령을 받고 사람을 죽이는."

희주가 시선을 높여 정면으로 그를 바라보았다. 그녀의 눈빛에 광기가 깃들고 있었다. 평범한 사람이었다면 '명령을 받고 사람을 죽이는 살수'라는 말에 몸서리치며 바로 도망쳤을 것이다. '죽음'과 가까이에 있는 모든 것들로부터 가장 멀리 피하고 싶어 하는 것이 평범한 사람들의 본능이었다. 마치 사람들이 길에 죽어 있는 작은 새를 봐도 진저리를 치며 멀리 돌아가는 것과 같은 이치로.

하지만 희주 안의 괴물이 그동안 이만큼이나 커버린 걸까? 수현이 그 자신을 '살수'라고 소개하자마자…… 거대한 전율이 그녀의 온몸을 훑고 지나갔다. 그 전율은 열망이었고 갈망이었다. 엄마를 죽인 그를 죽일 수 있다면. 복수에 대한 열망이 희주의 몸 구석구석에 퍼지고 있었다. 종국에는 그 열망이 자신의 영혼을 다 갉아먹으리라는 것도 모르고, 지금의 이 순간적 쾌락에 기꺼이 모든 감각을 맡겨버리고 있었다.

❖

수현의 잃어버린 기억 속. 캔버스의 중앙을 차지하고 있는 여자의 섬뜩하고도 강렬한 눈빛이 가장 먼저 희주의 시선을 잡는다. 그 눈과 붙어 있는 나신의 여자는 통곡하고 있었다. 그녀의 눈에서 떨어지는 눈물들. 금세 깨질 것만 같은 진주 눈물.

이질감이 느껴질 정도로 아름다웠다. 불길한 어둠과 끔찍한 피비

린내가 가득하리라는 예상과는 달리 그의 기억은······ 의외로 화려했다. 그 심연 같은 어둠 안에는 어울리지 않게도 온갖 종류의 꽃들이 즐비했다. 오른쪽 위 오키프의 작품들부터 시작해서, 장미꽃 부케며, 여기저기 흩어져 있는 꽃잎들까지. 그리고 어두운 무채색의 바탕색과 대조되는 강렬한 채도의 장미꽃잎. 그 잔인하도록 강한 붉은 색 장미잎들과 극명하게 대비되는 흑갈색의 낙엽, 마른 나뭇가지와 엉킬 대로 엉켜버린 지푸라기들은 아마도 수현이 직면하고 있는 죽음에 대한 무기력함을 나타내고 있는 것 같다.

"이곳은 어디인가요?"

희주의 첫 번째 질문에, 수현은 한참 생각하더니 "잘 모르겠습니다"라고 말했지만, 곧이어 작은 목소리로 대답을 정정했다.

"제 꿈속인 것 같습니다."

심인성 기억상실증으로 인해 수현이 의식적으로 기억을 억누르고 있다면, 상대적으로 의식의 힘이 약해져 있는 꿈에서 그 기억이 발현될 수 있다. 영화 〈본 아이덴티티〉의 남자 주인공이 심각한 외상 트라우마로 기억상실증에 걸렸음에도 불구하고, 계속된 악몽으로 자신이 과거에 저지른 일들을 기억해내는 것과 비슷한 사례라고 할 수 있겠다. 게다가 수현은 몇 주째 잠이 드는 것이 두려울 정도의 지독한 악몽에 시달리고 있다고 호소했었다.

"언제나 같은 꿈입니다. 칠흑같이 어두운 하늘에 초승달이 피를 뚝뚝 흘리며 떠 있습니다."

초승달……. 그러고 나서 수현의 콜라주를 자세히 보니, 꽤 많은 숫자의 초승달이 보인다. 강박증이 있는 아이가 한 물체에 집착하는 것과 비슷한 현상이었다. 미술치료 관점에서 볼 때 태양이 밝고 강한 양기의 기운을 표현하고 있다면, 달은 어둠과 음기가 깃들어 있는 죽음의 시간을 나타낸다. 달은 죄와 악마의 시간을 관장하는 불길한 상징체였다.

"여자아이가 집 밖에 앉아서 서럽게 울고 있습니다."

오른쪽 구석 중간쯤을 보니 어떤 소녀 하나가 무릎에 얼굴을 파묻고 울고 있다.

"한참을 울던 그 꼬마가 고개를 들고 나를 바라보는데, 그 꼬마에게는…… 얼굴이 없었습니다."

희주는 그 얼굴 없는 꼬마가 마치 자신을 바라보는 것 같은 선뜩한 기분이 들었다. 얼굴 없는 아이가 나오는 꿈. 심리학자들은 꿈에서 얼굴 없는 사람을 본다는 건, 꽁꽁 감추어왔던, 혹은 감추고 싶었던 자기 자신을 조우하는 것을 의미한다고 했다. 자기 멸시나 자괴감에 시달리고 있어 자신의 실제 모습을 감추고 싶어 하는 사람들이 꿈속에서 자신의 본 모습과 만나게 된다는 것이다. 결국 얼굴 없는 사람에게 자신의 심리 상태를 투영한다는 의미일 텐데⋯⋯.

수현이 기억하지 못하는 그 사건은 그 안에 잠자고 있던 괴물을 깨워놓을 만큼 치명적인 사건이었다. 수현의 '자아'를 송두리째 뒤바꿔놓을 만큼 혁명적인 사건이기도 했다. 그런 의미에서 수현이 꿈에서 얼굴 없는 아이를 반복적으로 만난다는 건, 그만큼 그의 잃어버린 기억, 그리고 잃어버린 자아를 찾고 싶어 하는 그의 강한 의지가 반영되고 있다고 봐야 할 것이다.

"얼굴 없는 그 아이가 울면서 소리를 지릅니다. 이 모든 게 나 때문이라고. 그 말을 듣는데⋯⋯"

희주는 순간 수현의 팔에 파르르 소름이 돋는 것을 놓치지 않는다. 이 사람⋯⋯, 이 강인하고 단단한 사람이 이토록이나 두려워하고 있다. 대체 무엇을 두려워 하고 있는 걸까.

"어떻게 말로 표현하기는 힘들지만⋯⋯ 무서웠습니다. 세상의 모든 슬픔을 다 떠안은 것 같아서."

희주는 미국에서 임상 실습을 나갔을 때 만났던 젊은 엄마가 한 명 기억났다. 다섯 살 난 딸을 차 사고로 잃고 심한 우울증으로 정신 병동에 입원해 있던 레이첼이라는 여자였다. 레이첼은 그녀의 딸이 차에 치이던 그 순간을 계속 그림으로 그렸다. 그리고 온몸을 벌벌 떨면서 입버릇처럼 반복했다.

"무서워요. 너무 무서워요(I am scared. I am so scared)."

레이첼을 보면서 희주는 두 가지 궁금증이 생겼었다. 첫째, 이 여자는 무엇이 무섭다는 걸까? 이미 레이첼의 딸은 이 세상에 있지도 않은데, 그녀는 대체 무엇이 두렵다는 거지? 둘째, 왜 이 여자는 "무서워요(I am scared)"라고 여전히 현재형을 쓰는 걸까? 딸이 죽었던 그 순간을 설명하는 거라면 "무서웠어요(I was scared)"라는 과거형을 써야 하는 게 아닐까?

만약에 딸이 살아 있다면 그 딸이 사고를 당하게 될까 봐 두려워한다는 것은 논리에 맞는다. 각각의 감정에는 시제가 있다. 두려움은 미래 지향적인 감정이었다. 우리는 이미 지나가 버린 사건에 대해 두려워하지 않는다. '앞으로 우리에게 닥치게 될, 지금은 무엇인지 알 수 없는 그 사건'에 대해 두려워하는 것일 뿐. 사랑하는 사람이 우리를 떠날까 봐, 혹은 우리가 아끼는 그 무엇을 빼앗길까 봐 두려워하는 것이지, 사랑하는 사람이 이미 우리를 떠나버렸고, 우리가 아끼던 그 무엇을 이미 빼앗겨버린 후라면, 우리는 더 이상 두려워하지 않는다. 그때는 우리의 마음이 슬픔, 외로움 혹은 분노 같은 감정들로 채워질 것이다.

레이첼과 몇 번의 미술치료를 해나가면서 알게 되었다. 딸이 떠나버린 그 상실의 순간을 두려워하는 것이 아니었다. 딸이 떠나가고 난 빈자리를 용암처럼 채우고 들어올 슬픔의 시간들을 두려워하는 것이었다. 온몸이 타들어 가는 고통. 그 뜨거운 화염에 곧 질식할 것만 같은 그 고통. 고통의 비명이 그녀 자신을 찌르고 들어온다. 그것이 바로 상실에서 시작된 슬픔이었고, 그 슬픔이 가지고 올 두려움이었다. 수현은 알고 있는 것이다. 거대한 슬픔은 거대한 두려움이 된다는 것.

"한참을 뛰고 또 뛰었는데, 저는 어느새 또 그 집 앞에 서 있습니다. 얼굴 없는 그 아이가 있는 그곳. 그럼 그 아이는 또 나 때문이라고……."

역시 처음 '집-나무-사람' 세션을 했을 때 그녀의 진단이 맞았다. 그는 이 모든 비극의 책임이 자신에게 있다고 생각하는 것이다. 무의식 속의 자아가 "너 때문이야!"라고 그를 다그치는 것일까? 그 얼굴 없는 아이는…… 혹시 그의 죄책감이 아닐까? 어머니를 지켜주지 못한 것에 대한 죄책감.

수현은 어머니가 사고를 당한 게 자신 때문이라고 생각하고 있다. 그에 따른 벌을 받아야 한다는 생각이 가득 차 있을 것이다. 그래서 자신을 저렇게 혹사하고 있는 걸까? 사람들은 보통 그들이 정신적 혹은 육체적으로 고통을 받으면 그 대가로 용서를 받을 수 있다고 착각하지만, 그것은 죄책감의 거대한 오류일 뿐이었다.

희주는 캔버스 중앙에 위치한 여자의 눈에서 떨어지는 눈물들을 보며 물었다. 하얀 진주 눈물방울 옆에 있는 검은색 눈물도 놓치지 않는다.

"그래서 눈물을 흘리고 있는 건가요?"

"그건 아닌 것 같습니다."

그의 위험한 장소

얼굴 없는 아이가 나오는 악몽을 꾸면, 수현은 늘 베개가 온통 젖어버릴 만큼 눈물을 흘리고 있긴 했다. 하지만 여기 캔버스 위에 흘리고 있는 이 눈물, 이것은 분명히 그의 것이 아니었다. 게다가 눈물을 봤다면 그건 수현의 눈물이 더더욱 아니었을 것이다. 거울을 보고 있지 않는 한 자신의 눈물을 볼 수는 없는 일이다. 이건 수현의 것이 아닌 제3자의 눈물이었다.

"그럼 이 눈물은 그 아이의 눈물일까요?"

얼굴 없는 소녀의 눈물을 본 기억은 없다. 눈이 없으니, 눈물도 흘릴 수 없었을 것이다. 게다가 꿈에서 그는 그저 도망가기 바빴으니까. 무서웠으니까. 죽고 싶을 만큼 슬펐으니까.

"그것도 아닌 것 같습니다."

그럼 이 눈물은 누구의 것인가? 왜 눈물을 흘리고 있지?

18

고맙다는 말

생각의 흐름 속으로 조금 더 깊게 들어가려 하자 또 기분 나쁜 이명이 시작되었다. 수현은 희주가 눈치채지 못하게 살짝 미간을 찌푸렸다. 하지만 그런 수현의 미세한 움직임을 놓칠 희주가 아니었다. 희주는 재빨리 대화의 주제를 바꿔 질문을 던졌다.

"꽃들이 이렇게 많은 걸 보니까, 정원에 와 있는 건가요?"

"……정원은 아니었습니다. 어딘가 밀폐된 공간…… 어두운 곳."

희주는 순간 노련한 미술치료사의 본능으로 감지했다. 이 콜라주 안에는 두 개의 공간이 존재하고 있다! 수현의 꿈속이라는 그곳. 그 얼굴 없는 아이가 앉아서 울고 있던 곳은 분명히 밖이었다.

"칠흑같이 어두운 하늘에 초승달이 피를 뚝뚝 흘리며 떠 있습니다."

달이 보이는 곳.

"어떤 꼬마 아이가 집 밖에 앉아서 서럽게 울고 있습니다."

집 밖에 앉아서…….

"한참을 뛰고 또 뛰었는데, 어느새 또 그 집 앞에 서 있습니다."

한참을 뛰어도 될 만큼 넓은 장소.

지금 그는 그곳이 '밀폐되고 어두운 공간'이라고 한다. 이제 드디어 그 장소로 들어가려는 건가? 이 끔찍한 복수가 시작된 바로 그곳. 그 안에 깊이 잠들어 있던 괴물을 깨워낸 바로 그곳.

"그곳에 대해 또 기억 나는 게 있으신가요?"

"……여자들이 많이 있었습니다."

희주는 캔버스를 유심히 살폈다. 그러고 보니 중앙에 오열하는 나신의 여인이 있었고, 오른쪽 머리를 파묻고 울고 있는 소녀 밑으로 하얀색 천을 두르고 있는 여자의 그림이 있다.

"그리고 천사. 피눈물을 흘리고 있는 천사."

콜라주 속 분홍색 장미꽃 부케들 사이에 있는 푸른 천사는 피눈물을 흘리고 있었다. 여자들과 천사. 이것들은 대체 무엇을 상징하는 것일까? 혹시 어머니의 부재로 인한 불안정한 애착 관계를 표현하려 한 것일까? 타락한 천사는 수현 자신을 상징하는 걸까?

"또 뭐가 보이시나요?"

"뒷모습. 어떤 사람이 의자에 앉아 있습니다. 술 냄새가 났습니다. 아마 그 사람이 마시고 있었던 것 같습니다. 음악 소리……도 났습니다."

수현의 머릿속이 시끄러워지기 시작했다. '술 냄새 때문에, 그리고 여자들 때문에, 은연중에 그곳이 [블랙로즈]의 밀실 바였다고 생각하고 있었던 걸까? 그리고 은연중에 내가 죽인 사람이 곰보라고 생각했던 길까?' 밀실 바에 숨어서 그를 기다리고 있던 것은 분명히 기억하고 있었다.

"그 사람인 것 같습니다. ……어머님……을 그렇게 만든 사람."

수현에게 등을 돌리고 앉아 있던 그 사람이 그의 시야에 들어온 바로 그 순간, 무엇인가가 그를 미치도록 분노하게 했는데, 그게 뭐였는지 도무지 기억나지 않는다. 그저 쓰나미처럼 밀려들던 감정의 기억만 생생하게 남아 있을 뿐이었다.

"분노가 저를 모조리 삼켜버린 것 같은 느낌이 들었습니다."

언젠가 밤늦게 잠이 안 와 켜놓은 TV에서 킹코브라에 관한 다큐멘터리를 본 적이 있었다. 킹코브라는 같은 종족을 먹는 지독한 뱀이었다. 킹코브라가 다른 킹코브라를 먹는 장면이 화면으로 나오고 있었다. 독으로 상대의 신경을 마비시킨 후에 천천히 먹어치우기 시작했다. 천천히, 아주 천천히. 이 모든 과정을 음미하면서. 킹코브라의 흡족해하는 눈을 보니 소름이 끼쳤다.

분노는 킹코브라와 비슷하다. 모든 것이 조금씩 분노의 입속으로 빨려 들어가기 시작한다. 한순간도 쉬지 않고, 천천히, 성실하게, 조금씩 조금씩…… 남김없이. 윤리나 도덕성은 이미 분노의 독에 마비된 지 오래였다. 그 날, 그 사람의 뒷모습을 보고 있던 바로 그 순간, 분노가 수현의 삶을 모조리 집어삼키기 시작한 그 순간부터 수현은 더 이상 스스로의 주인이 아니었다.

그다음은 깊은 안갯속에 있는 것처럼 모든 것이 가물거린다. 무언가 힘껏 휘둘렀던 것 같다. 소리를 지르며 쓰러지던 곰보의 모습이 기억난다. 그리고 또 한 번 흉기를 휘둘렀다. 곰보의 오른쪽 다리를 정통으로 가격했다. 곰보의 날카로운 비명. 그러고 그는 고통에 일그러져 수현에게 뭔가 말하려고 했는데, 그게 뭐였지? 얼굴에 있던 곰보 자국이 더 흉하게 도드라져 보였던 것이 기억난다.

고막이 터질 것 같이 격렬한 이명이 시작되었다. 그리고 바로 밀려드는 극심한 두통 때문에 온몸이 마비되어 제대로 눈을 뜰 수도 없다. 그는 호흡을 멈췄다. 숨을 그대로 내쉬었다가는 신음이 입 밖으로 나오게 될 것 같아서였다. ……조금만, 조금만 더 참아보자. 기억을 찾을 수 있다면, 그녀 앞에서 조금이나마 더 떳떳해질 수 있을 것이다. 그때, 이명 사이로 한 줄기 구원 같은 그녀의 목소리가 들려왔다.

"여기 고맙다는 말이 있네요."

지금 당장에라도 뇌가 터져버릴 것 같은 수현의 상태를 알 리 없는 희주는 캔버스의 중간 위쪽에 있는 'Thank you'라고 쓰인 글자를 보며 수현에게 물었다. 이 콜라주가 투영하고 있는 상황에는 도무지 어울리지 않는 말이었다. 수현은 또 잠시 숨을 멎고 곰곰이 기억 속으로 들어간다. 숨을 쉬는 것마저 날카로운 송곳이 되어 그의 뇌를 쑤셔대고 있었다.

'내가 누구한테 고맙다고 한 적이 있었던가?'

그건 아닐 것이다. 그렇다면 저 생뚱맞기 그지없는 "고맙다"라는 말이 왜 저기에 있는 거지? 상식적으로 생각해보면 이 사건 어디에도 고마워야 할 일은 없었다. 누군가 누나를 죽게 하고, 수현은 누나를 죽게 한 그 사람을 죽였다. 여기서 고마워야 할 일은 대체 뭐란 말인가? 대체 누가 누구에게 고마워해야 한단 말인가? 아무리 인간의 상상력을 최대한 발휘해보아도, 미치지 않은 이상 추악하고 잔혹하고 피비린내 진동하는 이 사건에 누군가에게 고마워야 할 일이 있을 리가 없다.

"그 말은 혹시 이수현 씨가 한 말인가요?"

"……그건 아닙니다."

수현은 눈을 감고 한참 뜸을 들이면서 기억을 해내려고 애썼다.

지난 25년 동안 잊고 살았던 사실이 오늘에서야 수면 위로 처음 떠오른 것이다. 그 사람을 찌르는 순간 그는 분명히 수현에게 "고맙다"고 말했다. 미친 건가? 죽음이 두려워 제정신이 아니었던 건가?

지난 25년 동안 그가 죽인 사람은 곰보라고 생각해왔다. 그렇다면 "고맙다"고 한 사람도 곰보였을까? 그가 왜 나한테 고맙다고 했을까? 비아냥거리면서 한 말이었을까? 아니다. 비아냥거리는 말투는 아니었다. 순간이었지만 분명히 그 사람의 진심이라고 느껴졌다.

"눈에서 검은 눈물을 흘리던 사람……이 나에게 고맙다고……했던 것 같습니다."

생각속 그 사람의 눈에선 마치 쓸개에서 만들어낸 것 같은 검은 눈물이 흐르고 있었다. 악할 대로 악해진 마음이 썩어 문드러져서 나온 진물 같은 것이었다. 백옥처럼 희고 티끌 하나 없이 매끈한 얼굴이 금세 검은 눈물로 흉측하게 일그러지고 있었다. 섬뜩할 정도로 혐오스러운 악귀의 모습이었다.

그 악귀의 모습을 머릿속에 담고 있는 것 자체가 끔찍해진 수현은 번쩍 눈을 떴다. 눈을 떴는데도 잔상이 계속 남아 재생되고 있었다. 핏방울이 뚝뚝 떨어지고 있다. 아니다. 피가 아니었다. 검붉은 장미 잎이었다. 장미 꽃잎이 하늘하늘 떨어지고 있었다. 아니다. 피였다. 똑

똑, 한 방울씩 울림을 만들며 손끝에서 떨어지던 핏방울 소리를 분명히 들었다. 아니다. 그건 연한 장미꽃잎들이었다. 그를 조롱이라도 하듯이 그의 손가락을 간지럽혔던……. 아니다. 그건 핏방울의 촉감이었다. 구역질 날 정도로 비릿한 뜨거움이 그의 손가락 사이로 흘렀다.

그는 핏방울이 떨어지고 있는 근원을 따라 시선의 각도를 조금씩 조금씩 올려본다. 손끝에서, 팔로. ……팔에서 가슴으로. ……가슴 옆에 그 사람의 급소를 찌르고 있던 산악용 칼로. 그런데…… 검은 눈물을 흘리던 사람의 모습 위로 곰보의 얼굴은 간곳없고, 누군가의 표정이 미묘하게 겹쳐지고 있었다. 연한 눈썹과 오뚝한 콧날, 그리고 부드럽고 고상한 입매.

검은 눈물을 흘리던 사람의 체취와 누군가의 체취가 미묘하게 겹쳐진다. 우아한 수선화 같은 향기였다. 검은 눈물을 흘리던 사람이 순간 번쩍 눈을 떴다. 시뻘겋게 충혈된 눈이 웃는 것도, 우는 것도 아닌 괴기스러운 모습으로 그를 바라보고 있었다. 그 모습이 너무나 끔찍해 수현은 하마터면 비명을 지를 뻔했다. 인생의 마지막 숨을 내쉬며 죽음을 맞이하던 바로 그 순간, 그 사람이 헐떡이는 숨을 몰아 내쉬며 쇠가 녹슬어 들어가는 소리로 말했다.

"고……맙다."

검은 눈물을 흘리던 그 사람의 목소리 위로 누군가의 목소리가 미묘하게 겹쳐지고 있었다. 연한 꽃잎 같은 음성이었다. 수현은 자신도 모르게 탄성을 내질렀다. 겹쳐지던 소리는 조금 전에 공방 앞에서 수현을 힘껏 안아주며 "고마워요"라고 말하던 희주의 음성이었다.

"······하아······ 하아······."

······극심한 이명과 함께 죽음 같은 두통이 그를 잘근잘근 물어뜯고 있었다. 거기까지가 한계였다. 조금 더 견디다가는 고막이 뚫려버릴 것만 같았다. 누군가 길고 날카로운 송곳으로 그의 뇌를 관통하는 것 같은 고통이었다.

수현은 아파하는 모습을 희주에게 보이기 싫어, "잠시 화장실에 다녀오겠다"고 일어서다, 결국 고통을 참지 못하고 테이블 밑으로 꼬꾸라져 버렸다. 젠장. 이런 모습을 그녀에게 보이고 싶진 않았는데······.

"무슨 일이에요? 왜 그래요? 괜찮아요?"

놀라서 눈이 동그래진 희주가 그에게 급하게 다가오는 것이 슬로 모션같이 보인다. 1초가 10,000년같이 느껴지는 이 고통스러운 순간을 저 여자에게만은 절대로 보여주고 싶지 않았는데······. 이런 빌빌대는 나약한 모습을 저 여자에게만은 절대로 보여주고 싶지 않았는데······.

희주가 테이블 밑에 고통으로 일그러져 쓰러져 있는 수현 옆에 무릎을 꿇고 앉는 것이 또 슬로 모션같이 보인다. 이 여자, 또 눈가에 눈물이 한가득이다. 반짝이는 물방울들이 그에게로 무수히 떨어지고 있다. 수현의 얼굴 위로 또 그의 심장 위로 그 반짝이는 물방울들이 날 선 파편이 되어 박히는 것만 같았다. 다시는 울게 하고 싶지 않았는데. 다시는 아프게 하고 싶지 않았는데.

"이수현 씨, 괜찮아요? 구급차 불러야겠어요."

다급하게 일어서서 휴대폰을 찾으러 가려는 희주의 손가락을 수현이 간신히 붙잡았다.

고맙다는 말

"가지 마……"

거의 신음에 가까운 소리였다.

"그냥…… 있어. 이렇게."

그는 다시 한번 어렵게 숨을 내몰아 쉬며 꺼져가는 목소리로 그녀에게 부탁했다.

희주는 안타까운 시선으로 수현을 바라보다가, 그의 부탁대로 곁에 무릎을 꿇고 앉았다. 그러고는 수현이 조금 더 편하게 있을 수 있도록 그의 머리를 자신의 다리로 받쳐주었다.

"금방…… 금방 괜찮아질 겁니다."

그제야 통증이 조금이나마 가셨는지, 수현은 다시 평소처럼 존댓말을 썼다. 희주가 그의 머리카락을 부드럽게 쓰다듬어 주었다. 그녀가 조심스럽게 그의 머리카락을 쓰다듬을 때마다, 그의 숨소리도 점점 더 부드러워졌다.

그녀가 거기에 있다는 것 자체로 얼마나 큰 위로가 되는지 그녀는 아마도 알 수 없을 것이다. 그녀가 그에게 얼마나 거대한 의미인지 그녀는 감히 가늠할 수도 없을 것이다.

얼마나 시간이 지났을까? 하늘공방에는 어느새 어스름한 어둠이 깔려 있었다. 이 세상 어떤 것도 그들의 인생을 비춰주지 않는다고 생각했었는데……. 참으로 외롭고 서글픈 시간들이었는데……. 창문 밖 별들이 윤슬이 되어 그들에게 흘러오고 있었다.

푸릇한 어둠 속에서 그들의 눈이 마주쳤다. 누가 누구의 입술을 먼저 탐하기 시작했는지는 명확하지 않다. 아니, '무엇을 탐한다'고 표현하기조차 어색할 정도로 느릿한 입맞춤이었다. 누구의 혀가 누구의 입속에 있는지, 누가 밑에 있었고, 누가 위에 있었는지도 알 수 없었다. 희주의 손가락 사이로 그의 머리카락이 부드럽게 은하수처럼 흘러내리고 있었고, 희주의 긴 머리카락 사이사이로 그의 손이 별빛처럼 흐르고 있었다. 그들의 정성스러운 손길이 닿는 그곳마다, 그들의 뜨거운 숨결이 닿는 그곳마다 흉한 모습을 드러내던 상처가 서서히 아물어 가고 있었다.

……그동안 이렇게 아팠었구나.

……내가 만져줄게. 이제 아프지 마.

희주는 고흐의 〈아를의 별이 빛나는 밤〉을 떠올렸다. 맞닿은 그들의 얼굴 사이로 따뜻한 별빛이 흐른다. 환상적인 분위기의 코발트블루 하늘에서 별빛이 쏟아져 내리다 눈물이 되어 강으로 흘러간다. 저 강이 우리의 눈물을 담은 채 저렇게 아무 일 없었다는 듯 무심하게 흘러가 버린다면…….

❖

"우리 윤 선배님, 제 말씀 좀 들어보시라니까요?"

우성은 귀찮다고 가버리라는 손짓을 하는 윤 팀장을 졸졸 따라다니며 그를 설득하는 중이었다.

"아……, 그러니까 니 말은 조상기 사장이 수상하다는 거 아냐? 야, 이 정신 빠진 자식. 조상기 사장이 청운파 실세가 된 뒤로, 이게 몇 년 만에 다시 찾은 경찰과 청운파의 화해 무드인지 알아? 이 아름다운 시점에 너는 초를 이렇게 쳐야겠냐?"

맞는 말이긴 하다. 형사들은 조상기를 '조상기 사장'이라고 최대한 깍듯하게 불러주고 있었다. 일개 조폭한테 사장은 무슨 사장.

"아이, 윤 선배. 제가 또 우리 경찰청의 자칭 뇌섹 프로파일러 아닙니까? 제 말 좀 들어보십시오."

윤 팀장은 자리에 앉으면서 손으로 우성의 머리카락을 거세게 흩트려 놓았다. 귀찮다고 구박했지만, 우성을 몹시 아끼는 그의 속내가 보이는 제스처였다.

"뭔데. 그래서 어떻게 됐다고?"

윤 팀장이 마음 한 쪽을 내려놓은 바로 그 순간을 포착한 우성은 수사 파일들을 그의 책상 위에 펼쳐 놓았다.

"청운파 조상기 사장 주변에 심상치 않은 사망 사건들이 연속으로 일어나고 있다니까요. 이것부터 보십시오. 2005년 칠옥파 새끼 보스 막귀가 칼에 찔려 죽었습니다. 사건 현장은 완전 범죄. 증거가 될 만한 게 단 하나도 남아 있지 않았었죠. 이것만 빼고."

우성은 파일 속에서 사진을 하나 꺼냈다. 피가 흥건히 묻어 있는 랩톱 모니터 화면이 찍혀 있는 사진이었다.

"바로 막귀가 남긴 다잉 메시지입니다. 'shark'. 상어. 막귀 그놈이 조폭치고는 꽤 영어를 했던 것 같습니다. 어렸을 때 미국으로 입양 갔었다가 파양됐다나. 그런데 그 당시 칠옥파 새끼 보스 중에 실제로 상어라는 자가 있었거든요. 막귀랑 아주 앙숙이었답니다."

윤 팀장은 묵묵히 우성의 말을 듣고 있다.

"막귀가 죽고 난 다음 날, 상어를 비롯한 칠옥파 새끼 보스들 줄줄이 칼침 맞고, 식물인간 되고 난리도 아니었잖습니까? 지네들끼리 피 터지게 싸우는 와중에 칠옥파 강남에 있던 모든 업소가 바로 조상기 사장에게로 접수. 그야말로 조상기는 무혈로 강남에 입성하게 된 거죠."

"그런 게 뭐 하루 이틀 일이야? 서로 뒤통수 때리고 찌르고 하는 게 게네들 일상이지."

"그런데 저희가 이게 조폭 사건이라 이렇게 쉬쉬 덮어버리는 와중에 중요한 사실 두 개가 함께 묻히게 된 거죠. 첫째, 막귀 그놈이 심각한 컴맹이었답니다. 막귀 밑에 있던 똘마니가 사건 종결되고 몇 년 후에나 우리에게 알려준 정보여서, 대외적으로는 아무도 모르는 일이었죠. 왜냐면 당시 항간에는 막귀가 칠옥파 전산 담당이라는 소문이 돌았거든요. 필리핀 현지 조직들하고 가끔 영어로 이메일 할 때, 막귀가 중간에 나서서 해석 몇 번 해준 거 가지고 그가 칠옥파 전산 담당이라는 헛소문이 돌았다는 겁니다. 당연히 키보드 이용법도 모르고 워드 파일을 어떻게 여는지조차 몰랐다고 그러더만요. 그런 놈이 죽기 직전 컴퓨터로 다잉 메시지를 남겼다……? 이상하지 않습니까?"

윤 팀장은 여전히 석연치 않은 표정이었다.

"그리고 또 하나, 그때 막귀의 혈액에서 희귀 약물 성분이 검출됐다고 나옵니다. 그런데 그때는 보통 사람들이 자주 사용하지 않는 약물이라, 국과수에서도 무슨 약물인지 찾으려다 그냥 덮은 모양입니다. 뭐 새로운 마약은 언제나 개발되고 있으니까 충분히 그럴 수 있죠."

"그거야 원래 조직 애들이 약 많이 하잖아?"

"아, 맞다. 선배 부모님이 감 농장 하신다고 하지 않으셨습니까?"

"아니, 우리 부모님은 무주에서 사과 농장 하시지. 근데 그건 왜?"

"사과 농장 하시는데, 왜 자꾸 감 떨어지는 얘기를 하십니까? 진급하시더니 조폭 사건 다룬 지가 꽤 되셨는지, 감이 영 떨어지신 모양입니다."

"뭐라고? 이 짜식이. 죽을래?"

"조폭 중간급 보스들이 약 하는 거 보셨습니까? 약이야 조폭 신참 나부랭이들이나 멋모르고 하는 거죠. 중간급 보스 정도 되면 약 잘 안 합니다. 약 하고 헬렐레하고 있다가 칼침 맞아 골로 간 놈들이 얼마나 많은데요. 조폭 보스들이 자기 몸 관리를 얼마나 철저하게 하는지 여직 모르십니까?"

"뭐, 그렇다고 치고. 그러면 다른 사건은?"

"몸 관리 얘기가 나와서 말인데……, 2007년 청운파 쌍칼이 약물 중독으로 사망했죠. 근데 그것도 석연치 않은 점이 많습니다. 쌍칼은 당시 40세. 얼마나 헬스를 처해댔는지 이 징글징글 터질 것 같은 몸 좀 보십시오."

윤 팀장은 우성이 보여주는 건장한 쌍칼의 사진을 아무 말 없이 바라보았다.

"몸에 좋다면 바퀴벌레까지 찾아 먹기로 유명한 놈이었답니다. 술 담배도 전혀 안 한다고 별명이 '쌍칼 목사'였다고 하니 얘기 끝난 거죠."

우성은 윤 팀장의 눈치를 조금 살피다 다시 말을 꺼냈다.

"근데, 이게 말이 됩니까? 쌍칼 목사가 약물 중독이라니요. 그때 쌍칼 혈액에서도 역시 희귀 약물 성분이 검출됐죠. 그 당시 쌍칼이

디스크 수술을 받아서 마약성 진통제를 맞은 게 아니냐 하는데, 그러려면 차라리 병원에서 합법적으로 주는 모르핀이나 옥시콘틴을 쓰지 않았겠습니까?"

우성은 폴더 안에서 복잡해 보이는 그래프가 있는 보고서를 꺼내서 윤 팀장에서 보여주었다.

"국과수에 알아보니 이런 약물 성분은 무슨 가스 뭐시기, 뭐 여하튼 그런 기계를 돌려봐서 알아봐야 하는데, 일단 약쟁이들이 흔하게 쓰는 약들이 아니면, 아무래도 진단이 늦어질 수밖에 없다고 합니다. 그도 그럴 것이 수십 개의 피크(peak)가 분자량(molecular weight)에 따라서 다 다르게 나오는데, 그걸 일일이 데이터베이스를 뒤져서 뭔지 찾아내야 한다고. 그러다가 이게 조폭 케이스라는 걸 알게 되면, '계네들 원래 그러지.' 하고 흐지부지 사건을 종결시키는 거죠."

윤 팀장은 묵묵히 그 그래프를 바라만 보고 있었다.

"그때도 우리는 '마약 중독자 조폭 하나 죽었나 보다.' 하고 안이하게 대처한 겁니다. 우리가 그러고 있을 때, 그 당시 쌍칼과 대립 구조를 형성하고 있던 조상기는 청운파 조직 삼인자 자리로 굳건히 올라갈 수 있었고요."

우성은 파일에서 또 하나 사진을 꺼낸다. 세련돼 보이는 강남 룸살롱 마담 같은 여자의 사진이었다.

"2012년 송 마담 자살 사건. 송 마담, 청운파에서 관리하던 '8006 프리시디오' 업소 대표 마담이었죠. 아시다시피 '8006 프리시디오'는 청담동에서 제일 잘나가는 회원제 룸살롱 아닙니까?"

"그런데?"

"그 송 마담이 조상기 사장과 썸을 타네, 마네 하는 사이였다는데, 한번은 송 마담이 조상기 사장의 돈을 가지고 장난을 친 적이 있답니다. 송 마담이 청운파 관련 돈세탁을 해주고는 그 이익금 몇억을 꿀꺽했다는데, 그 와중에 갑자기 송 마담이 자기 집에서 동맥을 그었죠. 제가 그 현장에 갔잖습니까? 물론 정황상 자살이 맞긴 했습니다. 유서도 있고, 수면제 모아둔 것도 나왔었죠."

우성은 폴더에서 또 하나의 사진을 꺼내서 윤 팀장에게 보여주며 계속 말했다.

"그런데 그날, 그 방에서 제가 뭘 발견했는지 아십니까? 해외 직구 소포가 와 있었는데, 그게 바로 그 유명한 에르메스 한정판 악어 가방이었다 이 말씀입니다. 포장을 뜯어보지도 않았더라고요. 아니, 이게 말이 됩니까? 에르메스 가방을 산 여자가 그 포장을 풀어보기도 전에 자살하는 게? ……제가 하도 찜찜해서 송 마담 혈액 검사를 국과수에 의뢰해봤습니다. 아니나 다를까, 그 여자 혈액 검사에서도 또 희귀 약물 성분이 검출됐다는 겁니다."

"아, 그래?"

윤 형사는 어느새 우성이 구사하는 말발의 늪에 빠졌다. 그게 바로 우성이 지닌 형사로서의 가장 큰 장점이었다. 상대방에게 자신의 논리를 아주 효과적으로 전달시킬 수 있는 것. 무엇보다도 형사로서의 논리가 아주 분명하다는 것. 실제로 우성은 촐랑대는 겉모습과는 달리, 자신이 스스로의 논리에 설득되기 전까지 아무에게도 그의 생각을 말하지 않는 신중함이 몸에 밴 형사였다.

"그래서 제가 국과수에 있는 제 고등학교 후배, 이지연이를 질 구워삶아서 송 마담의 혈액에서 나온 희귀 약물이 뭔가 알아보라고 시켰죠."

"그래서 그 희귀 약물이 뭐였는데?"

"그게 '졸레타놀'이라는 약이랍니다. 보통 수의사들이 동물들 수술할 때 전신 마취제로 쓰거나 안락사시킬 때 쓰는 건데, 다른 약들보다 훨씬 안정성이 높은 약이어서 단가가 워낙에 세답니다. 보통 사람들은 잘 알지도 못하는 희귀 약물이라던데."

우성은 폴더에서 막귀와 쌍칼의 혈액 검사표가 있는 보고서를 꺼내주며 말했다.

"제가 이지연이에게 막귀와 쌍칼, 송 마담의 혈액 검사 결과를 보여주며 같은 약이냐고 물었죠. 그랬더니 셋 다 졸레타놀이 확실하답니다. 그래서 제가 지난주에 이 박사가 만들어놓은 졸레타놀 스탠더드와 경찰청 데이터베이스에서 조상기와 관련된 사망 사건, 혹은 사고 사건들을 조사해보니, 이렇게 졸레타놀을 이용한 사건이 제가 확인한 케이스만 해도 여섯 건이 있더라고요."

"여섯 건이라……."

"그동안 우리가 조폭 사건이라고 너무 안이하게 대처했던 것 같습니다. 조직 내에서 일어나는 사망사고가 아무래도 민간인들보다는 확률적으로 높으니까 그러려니 한 거겠죠. 그리고 조직에서는 아무래도 마약을 접하기 쉽지 않습니까? 그러니까 게네들 혈액에서 졸레타놀이 검출된 것을 대수롭지 않게 생각했던 것일 수도 있고요."

윤 팀장은 담배를 하나 꺼내 물었다. 담뱃불은 붙이지 않을 것이다. 담배를 끊은 지 1년이 조금 넘었지만, 무엇인가 심각해지는 상황이 오면 니코틴이 당긴다고 했다. 이렇게 담배를 입에만 물고만 있더라도.

"그런데 이 사건들을 왜 지금 다시 꺼내는 건데?"

"지난주 청운파 2인자 흑곰이 자택에서 살해당했잖습니까? 서열상 조상기 바로 앞에 있던 흑곰이 말입니다. 사인은 복부 자상에 의한 하대정맥 과다출혈. 수사는 단순 살인강도, 아니면 라이벌 조직인 대용파의 소행으로 흘러가고 있지만……, CCTV 고장으로 아무것도 확인할 수가 없는 상황."

우성은 잠시 숨을 고른다.

"전 그 사건도 조상기 사장과 관련이 있을 거라는 생각입니다."

그 말을 듣는 순간, 갑자기 윤 팀장 얼굴에 의구심의 그림자가 스쳤다. 그는 입에 물었던 담배를 책상 위로 성의 없이 던지며 말했다.

"흐음……, 다른 사건들은 그렇다 치고, 그래도 그건 아닌 것 같다. 어제 흑곰 장례식장에 갔을 때 조상기 목놓아 울던 모습 보고도 넌 그 말이 나오냐? 에라이, 인정머리 없는 자식. 흑곰이랑 둘이서 죽을 각오로 백사파 제압하고 청운파 들어온 거라며. 너, 흑곰 마누라가 조 사장 품에 안겨서 애처럼 꺼이꺼이 우는 것도 못 봤냐?"

그건 맞는 말이다. 어제 오후 늦게 참고인 조사를 하러 윤 팀장과 흑곰 장례식장을 잠시 찾았다가, 마침 문상을 온 조상기 일행과 딱 맞닥트렸다.

"형수님, 죄송합니다……."

그토록 잔인하고 무자비하다는 소문이 자자한 조상기의 눈에서 눈물이 뚝뚝 떨어졌다. 그간 상기의 행적을 샅샅이 조사해오던 우성은 그의 눈물이 한없이 가식적으로 느껴졌지만 그래도 인정하는 수밖에 없었다. 우성도 순간 '내가 괜히 애먼 사람 의심하고 있나?' 의구심이 들 정도였으니.

그러다가 우연히 보게 되었다. 상기의 뒤를 마치 호위무사처럼 따라다니던 한 남자. 희주의 공방에서 마주쳤던 그 남자다! 저 재수 없는 자식이 여기엔 왜……. 희주의 공방에서 그를 처음 봤을 때 들었던 우성의 '싸한' 느낌이 딱 들어맞았다.

'조폭이었군……. 어쩐지.'

그를 보자마자 우성은 기분이 순식간에 더러워졌다. 그에게서 느껴지는 선뜩한 죽음의 한기가 희주를 물들일 것만 같았다. 그는 분명히 살인을 해본 자일 것이다. 저 남자에게는 살인자들만 가지고 있는 날것의 음험함이 느껴졌다.

그 불길한 기운의 사내가 우성을 보았다. 그는 우성을 이런 자리에서 만나서 자기의 정체를 들켜버린 것이 전혀 민망하거나 당황스럽지 않은 모양이었다. 오히려 눈 한번 깜빡하지 않고 몹시 여유롭고 당당한 눈빛으로 우성을 내려다보고 있었다.

그때 흑곰이 생전 그렇게 예뻐했던 여섯 살짜리 늦둥이 딸이 장례식장으로 들어왔다. 동시에 그 아이를 응시하던 수현의 시선이 우연히 우성에게 포착되었다. 그의 눈빛에서 생소한 감정 하나가 새어나오고 있었다. 그같이 음험한 남자에게 전혀 어울리지 않는, 그같이 파렴치한 남자에게는 존재하지 않을 것이라고 은연중에 생각했던 감정이었다. 저것이 무슨 감정이더라?

프로파일러 트레이닝 과정에 있을 때 폴 에크만 교수에게서 들었던 마이크로 익스프레션(micro-expression) 수업이 생각났다. 마이크로 익스프레션 기법은 '얼굴 움직임 부호화 시스템(FACS: Facial Action Coding System)'을 이용해서 순식간에 나타났다 사라지는 사람의 미세 표정을 잡아내는 프로파일링 기법 중 하나였다. 비록 C-를 받아 간신히 통과하긴 했지만, 한 학기 내내 사람들의 표정만 보고 그 사람의 감정을 읽어내는 강훈련을 받았던 우성이었다. 그런 우성에게 수현의 표정이 읽히기 시작했다. 부호화 시스템의 코딩 번호까지 함께.

꼭 조여 있는 눈꺼풀 – AU 7
전체적으로 살짝 아래로 당겨져 있는 입 – AU 15
그러나 아주 미미하게 올라가 있는 입꼬리 – AU A12
미세하게 올라가 있는 볼 – AU A6
바깥쪽 끝부분이 밑을 향해 있는 눈썹 – AUs 1 & 4
눈 맞춤을 피하려는 눈 - AU 64
숙인 고개 – AUs 54

이 복합적인 감정은 대체 뭐지? 그의 마이크로 익스프레션은 슬픔(sadness: AUs 1, 4, 15)과 미세한 당황스러움(embarrassment: AUs A12, 64) 혹은 수치(shame: AUs 54, 64)를 나타내는 표정이 다 포함되어 있었다. 게다가 살짝 올라가 있는 입꼬리. 저건 분노(anger: AUs A12, 4, 7)? 아니, 저건 일차원적인 분노라기보다는 스스로를 향한 경멸(self-contempt: AUs A12, 54, 64)의 표정에 더 가깝다. 슬픔과 수치, 그리고 자기 경멸과 아주 유사한 감정.

저 감정은 죄책감이다! 자신의 잘못된 행위에 대해 책임을 느끼는 감정. 그는 왜 저런 강렬한 죄책감의 감정으로 저 아이를 바라보고 있을까?

마치 자기가 흑곰을 죽기라도 한 것처럼…….

마치 자기가 흑곰을 죽. 이. 기. 라. 도 한 것처럼.

그저 의미 없이 지나쳐 가려던 생각 하나가 우성의 뇌를 강타했다. 동시에 우성의 중추신경을 찌릿찌릿 자극하는 그 무언가, 그 무언가 아주 오싹하고 불길하고 아주 무서운 생각이 그를 마비시키기 시작 했다.

'만약에 저자가 흑곰을 죽였다면……. 설마……?'

19

그의 안전한 장소

"그래서 네가 하고 싶은 말이 뭔데?"

윤 팀장을 직시하는 우성의 눈빛이 번득였다. 형사의 마스크로는
도무지 어울리지 않는다 싶을 정도로 선하디선하게 생긴 얼굴이었
다. 욕지거리가 입에 붙어 있는 보통 형사들 같지 않게 늘 최대한 예
의를 갖춘 부드러운 말투, 간간이 용의자들마저 파안대소하게 해주
는 남다른 유머 감각, 그럼에도 불구하고 우성의 저 번득이는 눈빛을
보면 오금이 저려와 저절로 자백이 나온다고 했던 용의자들이 몇 있
었다.

우성은 반신반의하는 윤 팀장을 보며 차분하게 말을 이었다.

"조상기에게 전용 킬러가 있는 것 같습니다. 이런 경찰 수사의 허
점을 잘 활용할 줄 아는……."

갑자기 윤 팀장이 똥 씹은 표정으로 그를 바라보았다.

"에라이……, 잘 나가다 전용 킬러 좋아하네. 여기가 할리우드인 줄 아냐? 레옹 찍냐?"

"팀장님, 레옹은 프랑스 영화 아닙니까? 그건 할리우드에서 안 만들었……"

"야야야, 시끄러. 짜샤."

우성은 그런 그에게 한 번 더 들이대 보았다.

"제가 조상기 주변의 의심쩍은 사망, 사고, 실종 사건들을 대략 추려봤는데, 그게 20건이 훨씬 넘더라, 이 말씀입니다. 그런데 그 사건들로 가장 이득을 본 사람은 돌고 돌아 조상기라 이겁니다. 우리가 파악하지 못한 사건들은 또 얼마나 많을까 상상만 해도 오싹해지지 않으십니까?"

"응. 별로 그닥 오싹하지 않아. 한 사람은 자상, 한 사람은 자살, 한 사람은 약 중독. MO(modus operandi: 범행 수법)가 다 다르잖아."

"공통분모로 졸레타놀이 있지 않습니까? 흑곰의 팔목에서도 주사 자국이 발견됐습니다. 졸레타놀로 추정되는 성분도 소량 발견됐고요. 졸레타놀을 투여하려다가 뭔가의 방해를 받은 것 같……"

"이번엔 치사량이 아니었잖아."

"그건 그렇지만……."

"그리고 흑곰은 몇 년 전에 고속도로 아니었어? 그래서 몇 년 살고 나왔잖아. 너야말로 단감 농장 하나? 감이 후두둑 다 떨어졌냐? 한번 고속도로 타기 시작하면 죽을 때까지 계속 타야 하는 거야. 마약 중독이 얼마나 무서운 건 줄 몰라서 그래?"

"그건 그렇지만……."

"무슨 전용 킬러는 얼어 죽을 놈의⋯⋯. 범행 현장에 떡하니 자기 물건 놔두고 가는 프로페셔널 킬러도 다 있냐?"

젠장. 마지막 포인트는 빼도 박도 못하게 맞는 말이긴 했다. 며칠 전 일어난 흑곰 사건은 뭔가 유별나다 싶을 정도로 엉망진창이라는 생각이 들기는 했다. 게다가 범인은 떡하니 사건 현장에 자기 지문이 덕지덕지 묻어 있는 라이터를 놔두고 갔다. 이상한 일이다. 마치 일부러 그런 것처럼.

대외적으로 청운파의 얼굴마담 노릇을 하는 조상기와는 대조적으로, 흑곰은 프라이버시를 무척 소중하게 생각하던 놈이었다. 피로 범벅이 된 흑곰의 자택 침실에는 피해자인 흑곰과 흑곰의 부인 등 지인 몇 명의 지문밖에 나오지 않았다. 그만큼 흑곰을 찌르고 그 뒷정리를 완벽하게 하고 나왔다는 뜻일 텐데⋯⋯. 거기에 생뚱맞게 지포 라이터가 떨어져 있었다. 그리고 그 지포 라이터에서 채취한 지문은 흑곰의 것도, 그 방을 자주 드나들던 흑곰 측근의 것도 아닌 아직 신원을 알 수 없는 제3자의 것이었다.

우성이 찾아낸 지난 여섯 건의 사건들은 그야말로 완전 범죄였다. 지문 하나, 머리카락 하나 나오지 않았다. 그렇다면 저렇게 버젓하게 라이터를 두고 나온 것은 일종의 선전포고가 아닐까? 그 킬러는 지금 "나 잡아봐. 너희들이 나를 잡을 수 있으면" 하면서 경찰을 조롱하고 있는 것이다. 자기 지문이 AFIS 데이터베이스에 없는 것을 아는 것이다. 조금 전 기세등등했던 꼬리가 조금 내려가긴 했지만, 우성은 윤 팀장에게 마지막 배짱을 부려보기로 했다.

"마지막으로⋯⋯ 전, 지문 조회해도 아무것도 안 나올 거라는 거에, 내일 모닝커피 쏘겠습니다. 그건 그저 우리 수사에 혼선을 주기 위한 장치죠."

그때 과학 수사 3과의 문이 열리며, 변 형사가 들어왔다.

"흑곰 살인 사건 지문 조회 결과 나왔습니다. 99.6% 일치하는 지문이 나왔지 말입니다."

'……헐.'

아랫배가 사르르 아파오는 것 같은 우성과 지금 막 화장실을 다녀와 시원한 표정을 짓고 있는 것 같은 윤 팀장 사이에서 누구에게 장단을 맞춰야 할지 몰라 변 형사는 그저 눈치만 보고 있었다.

"전 그럼 이만 갑자기 배가 싸르르 아파서…… 화장실에 좀……"

윤 팀장은 한 손으로는 능청을 떠는 우성의 목덜미를 움켜잡고, 다른 손으로는 변 형사에게서 지문 조회 결과를 넘겨받았다.

"미제로 남아 있는 사건까지 조회해보느라 시간이 걸렸습니다. 1995년 경기도 소재 무슨 보육원 원장 살인 사건에서 나왔던 지문과 일치한다는데요. 가만있자, 보육원 이름이……"

우성은 '경기도 소재 보육원'이라는 단어를 듣는 순간, 스스로도 그의 눈빛이 번득였다는 것이 느껴졌다. 아마도 그 눈빛일 것이다. 범인들의 오금을 저리게 한다는 그것.

"여기 있습니다. 경기도에 있는 희망보육원, 이택진 원장. 사건 당시 65세. 온몸에 총 예순여섯 군데의 자상이 발견되었습니다. 사건 현장에서는 아무런 지문을 찾을 수 없었지만, 사건 당시 이택진에게 성추행을 당하고 있던 8세 여아를 구해주는 과정에서 용의자가 지문을 남긴 것 같습니다."

'희망보육원' 그리고 '이택진 원장.' 이 두 단어가 달팽이관에 남아 미친 듯이 동그라미를 그리며 음흉한 비명을 지르고 있었다. 기분이 아주 더러워졌다.

우성은 종이 한 장과 담배 한 대를 가지고 경찰청 옥상으로 올라갔다. 조용한 곳에서 생각을 정리해볼 시간이 필요했다. 하늘 위로 서서히 어둠이 내리고, 도시의 모든 반짝이는 것들이 서서히 빛을 발하려고 준비를 하고 있다. 빼곡한 아파트 층층이 하나둘씩 불이 켜지기 시작한다. 불이 켜진 저 집에선 이제 곧 고소한 밥 냄새가 나겠지. 위에서 보는 세상은 이렇게 평화롭고 아름답기만 한데……, 밑으로 또 밑으로 내려가 보면 지금도 얼마나 많은 살육의 현장들이 펼쳐지고 있을까? 서로의 피를 탐하고, 피를 쏟아내고, 그 피 냄새에 도취되어 다시 살육을 하고.

우성은 불을 켜지도 않고 담배를 입에 물었다. 담배라도 입에 물지 않고는 이 사건의 흐름을 따라가지 못할 것 같았다. 일단 종이 위에 길게 세로 선을 그었다. 그 선을 중심으로 왼편에는 [2014년 흑곰 사건], 오른편에는 [1989년 유혜경 사건]이라고 먼저 썼다. 그리고 [2014년 흑곰 사건] 밑에 첫 번째 단어를 써 내려가기 시작했다.

막귀, 쌍칼, 송 마담 외 3건.

이 모든 사건은 한 사람을 지목한다. 화살표에 끝에 쓰이는 이름 하나. [소싱기].

이들의 죽음은 결국 제일 이득을 본 사람은 바로 조상기. 그렇다면 이게 다 우연일까? 그건 절대로 아닐 것이다. 조상기는 좋게 말하면 조폭치고는 꽤 영리한 자였고, 나쁘게 말하면 교활하기 짝이 없는 개새끼였다. 이건 처음부터 철저히 조상기의 각본에 따라 만들어진 사건들일 것이다.

전용 킬러.

교활하기 짝이 없는 조상기가 자기 손에 직접 피를 묻혀가며 이 일들을 진행했을 리는 없다. 만약에 조상기 밑에 솜씨 좋은 살수가 있다는 뜻이라면⋯⋯. 지난 20년 동안 살인을 도맡아 해준⋯⋯.

그 자식.

만약에 그의 이론이 다 맞아서 조상기에게 전용 킬러가 있다 치자. 그리고 그 전용 킬러가 바로 그 싸하고 불길한 느낌의 [그 자식]이라고 치자. 그리고 지난주에 [흑곰 사건]이 일어났다. 범인은 실수로, 혹은 고의로, 지문이 묻은 지포 라이터를 현장에 남겨두고 갔다.

지포 라이터 - 지문.

그리고⋯⋯ 그 지문이 1995년에 있었던 희망보육원 [이택진 사건 현장의 지문]과 일치한다. 우성은 [이택진 사건 현장의 지문]이라고 써놓은 밑에 두 줄을 선명하게 그어놓았다. 고로 정리를 해보면, [그 자식]은 지난주에 흑곰을 죽였고, 1995년에는 이택진 원장을 죽였다……? 그리고 아직 증거를 못 찾긴 했지만, 막귀, 쌍칼, 그리고 송 마담도 다 이자의 짓이다……?

이번에는 오른쪽 [1989년 유혜경 사건]에 대한 칼럼을 채워나갈 차례다. 1989년 유혜경 사건 현장에서 [쪽지문]이 나왔다. 그 당시 과학 기술로는 잠정적으로 그 지문이 정시은의 것이라고 판명됐었다. 지문 자체가 너무나 불안정해서 어쩔 수 없었을 것이다.

지문 복원.

우성은 2015년 그 쪽지문을 복원했다. 개인적인 친분을 이용해 미국의 지도 교수가 복원해준 것이라, 경찰청 데이터베이스에 올릴 수 없는 것이 아쉽긴 했지만. 그 쪽지문의 주인은 정시은의 것이 아닌, 정시은과 친족 관계에 있는 제3자의 것일 확률이 65.7%. 그리고 지문의 주인은 13~15세 사이 동양인 남자의 것, 아버지의 수사 노트에도 정시은의 동생이라고 추정되는 정시현이 언급된 적이 있다. 당시 14세의 소년. 그 지문은 바로 [정시은 동생 - 정시현]의 것일 거라고 우성의 촉이 말하고 있다. 그런데 우성이 최근 복원된 지문을 AFIS에 돌려보니 일치하는 지문이 나왔다. 그리고 그것은 이택진 원장을 살해한 범인과 일치하는 지문이었다.

이택진 원장은 오래전 정시은, 정시현 오누이가 있었던 희망보육원 원장이었다. 그는 20년 넘게 갈 곳 없는 미성년자 원생들을 상습적으로 성폭행해오던 변태 쓰레기였다. 모르긴 몰라도 분명히 정시은도 그 피해자 중의 하나였을 것이다. 보육원 앨범에서 봤던 시은은 나이에 비해 성숙하고 아름다운 아이였다. 그런 개새끼가 그런 여자애를 가만히 둘 리 없었다. 만약 이택진이 정시은을 상습적으로 성폭행해왔다면 정시현에게 이택진을 죽일 동기는 충분하다. 잘근잘근 처절하게 피를 쏟아내며 최대한 고통스럽게 죽였을 것이다.

우성은 밑줄이 두 번 그어진 [이택진 사건 현장 – 지문] 위에 동그라미를 그리기 시작한다. 종이에 구멍이 날 정도로 반복하여…….
계속 동그라미를 그리면서 우성은 다시 정리를 해보았다.

1989년, 정시현이 유혜경을 죽였다.

1995년, 정시현이 이택진을 죽였다.

2015년, 정시현과 같은 지문의 사람이 흑곰을 죽였다.

그 뜻은 조상기 밑에 있는 그 자식이 바로 정시현이다? 정말 그일까? 강희주 씨의 어머니를 죽인 사람이? 희주가 지금 사랑하고 있는 저 사람은 대체 누굴까? 혹시 사랑하면 안 될 사람을 사랑하고 있는 건가? 그렇다면, 그렇다면 어떻게 해야 할까?

우성은 머릿속이 복잡해서 터져버릴 것만 같았다.

❖

"정 형사님, 밤늦게 웬일이세요?"

희주는 의아한 표정으로 하늘공방의 문을 열어주었다.

"밤늦게까지 집에 안 가고 뭐 하십니까? 여기 붕어빵 사 왔습니다."

적막하던 하늘공방이 금세 활기찬 우성의 목소리와 고소한 붕어 빵 냄새로 물들어가기 시작했다.

"내일 일찍부터 상담이 있어서 준비 좀 하고 있었어요. ……무슨 새로운 단서라도 나왔나요?"

희주의 질문에 그는 다행이라고 생각했다. 여기까지 오면서, 하늘 공방을 찾은 구차한 이유를 하나 만들어두었기 때문이었다.

"지난번에 말씀드렸던 것 기억하십니까? 강희주 씨 아버님이 유혜경 씨 사건 때 다이아몬드 반지 도난 신고하신 일 말입니다. 찾아 보니 아버님이 한 번도 경찰에 감정서를 제출한 적이 없으시더군요. 아무래도 그 반지가 중요한 증거물이 될 것 같은데……. 혹시 그 부분에 대해 강희주 씨 도움을 받을 수 있을까 해서 와봤습니다."

"……제가 한번 알아볼게요."

우성은 희주가 내준 녹차를 마시면서 찬찬히 하늘공방을 둘러보았다. 이곳 주인만큼 침착하고 고상한 공간이라는 생각이 들었다. 반면 아주 미세한 균열들이 이곳저곳에 산재해 있었다. 아귀가 제대로 맞지 않아 바람이 불 때마다 흔들리는 통유리, 걸을 때마다 삐걱 소리를 내는 마룻바닥, 그리고 오랜 시간의 흔적을 짐작하게 해주는 나무 기둥이 삭는 냄새……. 모든 것들이 언제 무너져 내릴지 몰라 몹시 불안해 보이는 공간이었다. 그것마저 그녀를 꼭 빼닮은 것 같다. 그래서 지켜주고 싶었다.

'이 여자에게 무슨 말을 어떻게 해야 할까?'

경찰청에서 이곳까지 걸어오면서 줄곧 했던 생각이었다. 물론 그 녀에게 수헌의 정체에 관해 이야기할 생각은 아직 없다. 일단 그의 정체를 이야기할 만큼의 확실한 증거가 있는 것도 아니었으니까. 아버지의 깐깐한 목소리가 들려오는 것 같다.

"살인 사건이 일어났어. 용의자를 지목할 수 있는 첫 번째 심증이 나왔다. 그건 너의 착각일 가능성 99% 이상이다. 너의 심증 따위 가볍게 무시해. 같은 용의자를 지목할 수 있는 두 번째 심증이 나왔다. 그건 우연일 가능성 95% 이상이다. 너의 심증 따위 개나 줘버려. 하지만, 세 번째 심증이 나왔을 때는 아무 생각 없이 그 나쁜 새끼 무조건 때려잡으러 가야 한다."

아버지는 늘 첫 번째 심증은 가볍게 무시하라고 하셨다. 그래, 수현을 볼 때마다 느껴지는 그 싸한 느낌은 가볍게 무시하도록 하자. 아버지는 늘 두 번째 심증은 개나 줘버리라고 하셨다. 흑곰의 장례식에서 조상기와 함께 있던 그, 그리고 덤으로 흑곰의 딸에게 보내던 그 강렬한 죄책감의 눈빛은 이제부터 지나가는 개에게 주겠다. 그러면 마지막의 심증이 필요한데……. 희주에게 부탁해서 그 자식의 지문이라도 얻어볼까 하는 얄팍한 마음이 티끌만큼도 없었다면 그건 거짓말일 것이다.

'만약에 그가 유혜경을 살해한 범인이 맞다면 그는 왜 이 여자 주변에서 서성거리는 걸까? 설마 그녀를 해치려고?'

그건 아닐 것이다. 하늘공방 앞에서 그를 봤을 때 그는 세상에서 가장 소중한 것을 다루듯 그녀를 대하고 있었다. 그녀를 향한 그의 절절한 눈길이며, 그녀를 대하는 그의 조심스러운 손길이 하나씩 우성의 뇌에서 재생되고 있었다. 그것은 진심일 수밖에 없는 몸짓이었다. 마이크로 익스프레션을 볼 필요도 없이 그는 사랑에 빠져 있었다.

'설마 그 역시 희주가 누구인지 아직 모르는 걸까?'

그 남자에게서 희주를 어떻게든 구해내야겠다는 생각은 지배적이다. 그는 이 세상 모든 불길한 것들을 다 모아놓은 인간이었다. 그와 가까이 있는 사람들을 다 비극으로 끌어내릴 것만 같다. 대체 어떻게 해야 희주를 그 비극에서 구해낼 수 있을까?

깊게 뻗어가는 생각의 흐름을 깨고 우성은 짐짓 밝은 목소리로 희주에게 물었다.

"그때 공방 앞에서 만났던……, 그 사람과는 잘되고 있습니까?"

순간 희주의 얼굴에 당황스러움이 흩뿌려졌다. 희주는 미소를 지으며 수줍게 고개를 숙여버렸다.

"어떻게 아셨어요? 아, 역시 프로파일러셔서……."

"그 사람이 잘해줍니까?"라고 말했지만 사실은 '……그 사람의 지문이 필요합니다'라고 말하고 싶었다.

희주는 대답 대신 살며시 고개를 끄덕인다. 그녀가 고개를 끄덕일 때마다, 귀 뒤로 자연스럽게 빠져나온 그녀의 머리카락도 함께 움직였다. 이름 모를 들꽃처럼 예뻤다.

우성은 "그 사람, 어디가 그렇게 좋았습니까?"라고 말했지만 사실은 '……그 사람일지도 모릅니다. 당신 어머니를 죽인 범인'이라고 말하고 싶었다. 1,400g짜리 우성의 뇌 안에서 똑같은 말들이 이리저리 메아리치고 있다.

……그 사람의 지문이 필요합니다.

……그 사람일지도 모릅니다. 당신 어머니를 죽인 범인.

그러나 행복 가득한 희주의 미소를 보니, 그 말은 차마 우성의 입 밖을 나올 수 없을 것만 같다. 지금 이 순간, 무슨 말이라도 하지 않으면 머릿속을 꽉 채운 그 말들이 튀어나올 것만 같아 우성은 아무 말이나 지껄이기 시작했다.

"우리 엄니가 제일 싫어하는 남자 배우가 누군지 아십니까?"

갑작스러운 우성의 질문에 희주는 고개를 빼꼼 들었다.

"정우성. 우리 어머니는 아직도 정우성만 나오면 재수없다고 TV를 바로 꺼버리시죠. 형수들이 엄청 싫어들하죠. 울 엄니가 왜 그러시는지 아십니까?"

희주는 호기심 가득한 눈으로 우성을 바라보았다.

"정말로 우리 엄니께는 죄송하지만, 우리 엄니가 좀 못생기셨어요. 살짝 떡두꺼비상."

우성의 갑작스러운 가정사 고백에 희주는 의아한 미소를 지었다.

"그런데 글쎄, 울 어머니 성함이 엄 자. 앵 자. 란 자. 엄앵란, 60년대 한국 영화계를 꽉 잡고 있던 그 배우랑 이름이 똑같습니다. 어머니는 그게 평생의 한이셨답니다. 사람들이 맨날 뒤에서 놀렸대요. 요샛말로 외모하고 이름하고 싱크로율 0%라고 놀려댔겠죠."

희주는 얼굴에 미소를 머금은 채 우성의 말을 귀 기울여 듣고 있다.

"근데 예전에 정우성이 처음 데뷔했을 때가, 어디 보자, 제가 중학생이었던 것 같은데……. 어느 날, 엄니가 어디서 정우성 사진을 보셨는지, 저한테 지금 당장 개명하러 가자고, 너, 앞으로 그 얼굴로 그 이름 가지고 어떻게 살아가겠냐고. 평생 이름 때문에 받은 그 설움이 고대로 아들한테 전해질 것을 생각하니까 복받치셨던 겁니다."

희주의 표정이 점점 더 밝아지고 있었다. 그런 희주를 바라보는 우

그의 안전한 장소

성의 마음은 점점 더 애잔해진다.

"사실 전 그때까지 제가 못생겼다고 한 번도 생각해본 적 없었거든요. 그래서 '엄마, 내가 그렇게 못생겼어?' 물어봤더니, 엄마가 바로 팩폭하시더만요. '응'이라고. ……충격이었습니다."

희주가 처음으로 소리를 내서 웃었다. 우성은 매일 희주의 웃음소리를 들었으면 좋겠다고, 아니, 이렇게 매일 희주를 웃게 해주면 좋겠다고 생각했다.

"제가 이렇게 강희주 씨 맨날 웃게 해주면 안 되겠습니까? 하루에 한 번씩은 책임지고 크게 소리 내서 웃게 해줄 수 있을 것 같은데……."

갑자기 툭 튀어나와 버린 우성의 고백이었다. 전혀 기대치 못했던 그의 고백에 희주의 맑은 눈동자가 놀란 듯 반짝였다. 젠장. 알고 있다. 엄청나게 어이없는 타이밍이라는 걸. 이 여자는 다른 남자를 사랑하고 있다. 자신이 지금 이 말을 하면, 희주는 몹시 의아하게 생각할 것이다. 아니, 어쩌면 많이 불쾌해할지도 모른다. 그래도 해야겠다. 지금 고백을 안 했다간…… 또 평생을 후회 속에 살게 될지도 모르니까.

"강희주 씨, 좋아합니다."

그러나 그 울림 다음에 돌아온 건, 희주의 미안함 가득한 눈동자였다. 그 수정 같은 반짝임이 우성의 마음 한복판에 뾰족한 가시가 되어 박혔다. 아팠다.

❖

희주는 지금 막 그룹 상담을 마친 아이들을 보내고 환기를 시키려 공방 창문을 열었다. 열린 창문 사이로 밀려드는 가을바람에 목덜미가 서늘해졌다. 희주는 괜스레 손으로 목덜미를 쓰다듬었다. 25년 만에 처음 해보는 쇼트컷이었다. 여자들은 심경의 변화를 일으켰을 때 머리를 자른다고 하지만, 사실 희주가 머리를 자른 별다른 이유는 없었다. 그저 아침에 공방 건너편 새로 문을 연 헤어샵이 눈에 띄었고, 오전에 들어오는 손님들에게는 반값 할인을 해준다는 광고에 홀려 충동적으로 머리를 잘랐을 뿐이었다.

목덜미로 느껴지는 가을의 진한 공기가 상쾌했다. 지난 세월 동안 그녀를 묵직하게 누르던 상실의 무게가 조금이나마 가벼워진 느낌이 들었다.

"선생님, 선생님! 빨리 나와 보세요!"

공방 밖에서 아이들이 숨넘어가는 목소리로 희주를 불러댔다. 희주가 급하게 뛰어나간 곳에는 하늘색의 작은 새알이 몇 개 떨어져 깨져 있었다. 아침부터 새가 그렇게 울어대더니, 죽어가는 새끼를 보고 있을 수밖에 없었던 어미의 절규였나 보다. 그런데, 그중에 기적적으로 깨지지 않은 새알이 하나 보였다.

"얘들아, 새알 하나가 아직 깨지지 않았어. 이 새알을 다시 둥지에 넣어주자. 둥지가 어디 있을까?"

희주는 두 손으로 조심스럽게 새알을 감싸 안으면서 말했다. 아이들은 희주의 말이 끝나기가 무섭게 우르르 둥지가 있는 장소를 찾기 시작했다.

"선생님! 저기 둥지가 있어요!"

아이 한 명이 대문의 처마 끝을 가리켰다. 지푸라기들과 나뭇가지의 잔재로 만들어놓은 둥지가 눈에 들어왔다. 아이들 몇 명이 힘을 합쳐서 공방에서 의자를 가지고 내려왔다.

희주가 의자 위에 올라가서 땅에 떨어져 있던 새알을 둥지에 넣어주고 내려오니 아이들이 초롱초롱한 눈으로 희주를 바라보고 있었다. 뭔가 착한 일을 하고 난 후 말개진 표정들이었다. 희주는 아이들을 편의점으로 데리고 가서 아이스크림을 하나씩 쥐여주었다.

편의점에서 돌아오는 길, 공방 입구가 처음으로 보이는 골목을 돌자마자, 문득 떠올랐다.

'……몇 주 전 그가 바로 저 자리에 서 있었구나.'

주머니에 손을 넣고, 공방 처마 끝을 물끄러미 바라보고 있던 그의 시선이 그녀의 마음을 온통 헤집어 놨었다.

희주는 그가 서 있었던 그 자리에 살며시 서 보았다. 그렇게 하면 그를 더 가까이 느낄 수 있을 것 같았다. 그리고 고개를 들어 그가 바라보고 있었던 곳과 평행한 시선을 만들었다. 그리고 알게 되었다. ……그의 시선이 멈추었던 곳이 바로 새 둥지가 있던 그곳이었다.

'그는 저 새 둥지를 보고 있었던 거야!'

희주는 허겁지겁 공방으로 올라가서 수현이 지난주에 만든 콜라주를 다시 꺼내보았다. 그가 만든 '안전한 장소 만들기' 작품 안에 새 둥지가 소담하게 앉아 있었다. 그는 정말로 공방 처마 끝에 있던 새집을 이 콜라주에 담은 걸까?

그는 그가 만든 '안전한 장소'는 어릴 적 길을 잃은 깊은 산속이라고 했었다. 희주는 수현이 설명한 '깊은 산속'을 깊은 상처가 숨어 있는 그의 내면으로 이해했었다. 그렇다면 여태까지 그의 콜라주를 상징적인 의미로만 해석하고 있었던 것이 아닐까?

'상징적인 의미가 아닐 수도 있어. 실제로 존재하는 장소일 수도 있지 않을까?'

수현이 만든 '안전한 장소'는 어릴 적 길을 잃었던 깊은 산도, 수현의 깊은 내면의 공간도 아니었다. 이곳은 실제로 존재하는 물리적인 공간이다.

희주는 고개를 돌려 공방의 한쪽 벽을 크게 차지하고 있는 창문을 바라보았다. 처음 그 창문을 본 순간, 희주가 '하늘공방'이라고 이름을 지어야겠다는 생각이 들 정도로 넓고 푸른 하늘이 보이는 창문이었다. 수현의 콜라주 왼쪽 상단에 있는 창문이 눈에 들어왔다.

콜라주 왼편 아래로 보이는 주황색 노을. 수현과의 상담이 끝나면 서쪽으로 난 창문 밖으로는 언제나 석양이 지고 있었다. 콜라주 속의 짙은 초록색 이끼. 희주는 그 창문 아래로 시선을 옮겼다. 옹기종기 모여 있는 그녀의 초록빛 화분들. 콜라주 속의 녹차 티백. 희주가 늘 마시는 한 잔의 차.

그녀는 그에게 따뜻한 차를 한 잔 대접했었다. 그는 차는 마시지도 않고 한참이나 찻잔의 온기를 손으로 느끼기만 했다. 그러고 보니 가족사진이 있는 쪽 아래로 부드럽게 흐르는 연기. 아마도 희주의 찻잔에서 살풀이 춤사위처럼 피어오르다 사라져버리는 수증기를 표현하려고 한 게 아니었을까? 생각해보니 그가 희주의 집에 왔던 날도 그는 오랫동안 그의 기다란 손가락으로 수증기를 만지작거리기만 했었다. 그의 손가락 사이사이로 수증기가 빠져나가 버리던 것이 기억난다. 어떻게든 잡으려고 애써보았지만, 하얀 온기는 어느새 모두 그의 손가락 사이로 허무하게 사라져버리고 있었다.

피아노와 기타는 희주의 공방에 늘 켜져 있는 라디오에서 나오는 음악들을 형상화한 것일 테고. 그가 가장 안전하다고 생각하는 곳. 그를 다시 살고 싶게 만든 곳. 그곳은 바로 희주의 하늘공방이었다. 여기서 그는 생명의 울림을 들었고, 여기서 그는 생명이 아름답다는 것을 다시금 깨닫게 된 것이다. 바로 이곳, 희주의 하늘공방에서.

콜라주에 담긴 수현의 마음이 그녀에게 전해지자 희주의 마음에 물결이 연하게 일었다. 물결마다 햇살을 머금어 찬연하게 빛나고 있었다. 그가 가장 평안하고 안전하다고 느끼는 바로 이곳으로 지금이라도 그 상처 입은 어린 소년을 불러오고 싶었다.

임상 실습을 나갔을 때 만났던 나탈리라는 환자의 사례가 기억났다. 백설공주같이 하얀 피부에 주근깨가 깨알같이 내려와 있었던 귀여운 고등학생이었다. 나탈리는 어느 날 자신이 어렸을 때 당했던 성폭행의 기억이 갑자기 떠올랐다고 했다. 지하실 공기에서 느껴지던 기분 나쁜 축축함, 찢어지게 아팠던 육체적인 고통, 그리고 여섯 살의 어린 나이에도 느낄 수 있었던 수치심이 계속 떠올라 그녀는 몇 번이나 자해를 시도했다. 문제는 나탈리도 수현과 같은 증상인 심인성 기억상실증로 인해, 자신을 성폭행했던 상대가 누구인지 전혀 기억할 수 없는 상태였다. 그런 그녀에게 그때의 그 사건을 콜라주로 만들어보라고 했더니, 이상하게도 그녀는 계속 부엉이 사진만 찾아서 종이에 붙여나갔다. "왜 부엉이만 찾느냐?"고 물어도 "이유를 알 수 없다"라던가 "부엉이 이미지만 계속 생각이 난다"는 애매모호한 대답을 할 뿐이었다.

미술치료사와 소아정신과 전문의가 몇 번이나 모여서 그녀의 사례를 논의했었다. 그러다가 꽤 신빙성 있는 가능성이 하나 제기되었다. 나탈리가 어릴 적 당한 성폭행의 기억이 떠올랐을 그쯤에 그녀가 재학 중이었던 고등학교에서 〈Our Whole Lives〉라는 성교육 프로그램을 시행했다는 거다. 금욕주의를 강조하던 기존의 성교육과 달리 〈Our Whole Lives〉는 개방적이고 구체적으로 성과 성행위에 대해 다루는 성교육 프로그램이었다. 공교롭게도 〈Our Whole Lives〉 프로그램의 약자는 각 단어의 첫 번째 글자를 따온 O.W.L, 바로 '부엉이(owl)'였고, 실제로 〈Our Whole Lives〉의 로고는 부엉이 그림이었다. 그 때문에 그녀의 부모를 포함한 많은 사람은 나탈리가 호소하는 성폭행의 기억을 그저 상상 속에 지어낸 이야기로 치부하였다. 나탈리는 '거짓 기억 증후군(False memory syndrome)'이라는 진단을 받고 정신과 병동에 입원하게 되었다. 하루에도 몇 번씩이나 자해를 시도했기 때문이었다.

그러나 문제의 답은 의외의 곳에서 발견되었다. 몇 개월 후, 우연히 다른 도시에 살고 있던 그녀의 삼촌이 다른 여자를 성추행하려다가 현장에서 체포되었다. 경찰은 그를 심문하는 가운데, 그의 허벅지 안쪽에 커다란 부엉이 문신이 새겨져 있다는 것을 발견하게 되었다. 여섯 살 때 성폭행을 당했다는 나탈리의 말이 모두 사실로 드러나는 순간이었다. 스스로를 억압하고 있었던 기억이 콜라주를 통해서 실제로 꺼내어진 것이다. 미술치료사들은 가끔 내담자의 작품을 상징적이고 형이상학적으로만 해석하려는 오류를 범하곤 한다. 그러나 답은 의외로 가장 찾기 쉬운 곳에 있었을 수도 있다. "나를 찾아줘, 제발!" 하고 외치면서.

그렇다면 그의 '위험한 공간'은 대체 어디일까? 어쩌면 그가 만든 '안전한 공간'처럼 꿈이나 환상이 아닌 매우 실제적이고 물리적으로 존재하는 공간이 아닐까? 여태까지 희주는 붉은 장미 꽃잎들은 당연히 피일 거라고 생각했다. 수현의 작품 속에 여기저기 떨어져 있는 진주는 눈물 혹은 곧 깨질 것 같은 연약함을 상징한다고 생각하고 있었다. 왼쪽에 있는 성모 마리아와 눈물을 흘리는 천사상, 그리고 엎드려서 울고 있는 나체의 여인은 엄마 혹은 일차 양육자에 대한 불안정한 애착 관계(attachment)를 내포하고 있다고 해석했었다.

너무 복잡한 의미를 부여했던 것일까? 생각보다 단순한 곳에 답이 있을 수 있다. 생각보다 직관적인 단서가 있을 수도 있다. 꽃들이 많이 있는 곳. 혹은 꽃잎이 바닥에 즐비하게 떨어져 있는 곳. 성모 마리아상이 있는 곳. 하얀 옷을 입고 있는 여자가 있는 곳. 진주 목걸이 같은 보석이 있는 곳. 천사와 날개를 볼 수 있는 곳.

이곳은 교회일까? 왼편 밑으로 나무로 만든 십자가 모양의 형상이 보인다. 종종 결혼식이 열리면 꽃과 보석을 볼 수 있는 곳? 하얀 웨딩드레스를 입은 여자를 볼 수 있는 곳? 교회에서 누군가를 죽인 걸까? 그렇다면 저 달은 무엇인가? 대체 어디서 달을 보았을까?

초승달이 있는 곳

생각의 흐름이 거기까지 미쳤을 때, 하늘공방 문이 열리며 상윤이가 들어왔다.

"서. 서. 선생님. 선생님. 아. 아. 아. 안녕하세요. 안녕하세요."

"어, 우리 상윤이 왔구나. 어서 와."

상윤이는 초승달만 그리는 아이였다. 초승달 모양만 찾아다니고 초승달에 관해서만 이야기하는 여섯 살짜리 소년. 상윤이는 태어날 때부터 의사소통이 어려울 정도의 중증 자폐를 앓고 있는 아이였다. 3개월 전, 극심한 생활고에 시달리던 상윤 엄마는 충동적으로 아이를 놀이동산에 버리고 왔다고 했다. 집에 돌아와서야 자신이 무슨 짓을 저질렀는지 깨닫고 다시 아이를 찾으러 허겁지겁 놀이동산으로 돌아갔을 때, 상윤이는 여전히 엄마가 "가만히 기다리고 있으라"고 했던 그 자리에서 오줌을 지린 채 잠들어 있었다.

문제는 그다음부터였다. 그 일이 있었던 후부터 초승달에 대한 집착이 시작되었다. 상윤이는 온종일 모든 종이 위에 초승달만 그렸다. 종이가 없으면 그림을 그릴 수 있는 모든 공간마다 초승달을 가득 그려 넣었다. 실제로 상윤의 집은 벽마다 빼곡하게 초승달이 그려져 있어, 조금이라도 빈틈을 찾아볼 수가 없을 지경이었다. 초승달을 그리지 못하게 하면 심하게 소리를 지르고 피가 날 때까지 땅바닥에 머리를 박았다.

왜 하필이면 초승달일까? 초승달이 대체 그에게 무슨 의미이길래? 희주는 상윤 엄마가 아이를 두고 왔다는 놀이동산에 가서 상윤이가 누워 있었던 벤치에 앉아 보았다. 그러고는 그녀의 시선이 우두커니 멈추는 곳에서 발견했다. 〈달빛 축제〉를 테마로 한 야간 개장을 알리는 거대한 초승달 조형물. 곱디고운 노란빛이 바로 그녀의 눈앞에 덩그러니 떠 있었다. 상윤이는 엄마를 기다리면서, 그 초승달을 보고 또 보고 있었던 것이다.

엄마가 정말 올까?

엄마가 혹시 나를 버린 걸까?

엄마가 안 오면 어떻게 하지?

엄마는 언제 오는 걸까?

엄마.

엄마.

엄마.

그 초승달의 조형물을 보면서 상윤이의 머릿속을 온통 시끄럽게 했을 생각들. 아이는 그 생각들 안에 줄곧 갇혀 있는 것이나. 초승달을 그리면서 거기에 갇혀 있는 자신을 표출해내는 것이고. 그렇다면…… 수현의 콜라주에 있는 그 초승달도 실제 달이 아닐 수도 있지 않을까? 실제 초승달이 아닌, 그림이나 사진일 가능성도 생각해봐야 할 것 같다. 그는 대체 무엇을 본 걸까? 대체 무엇을 봤길래 저리도 초승달에 집착하는 걸까?

희주는 일단 수현의 콜라주에 관한 생각을 잠시 접었다. 지금은 상윤이에게 집중할 시간이었다.

"상윤아, 선생님 손 잡고 이리로 올까?"

또 여기저기 고개를 돌리면서 초승달 모양을 찾는 모양이다.

"오늘은 뭐 그리고 싶어?"

"……사. 사. 사. 상윤이는 다. 다. 달 좋아. 달 좋아요. 달이 사. 사. 사. 상윤이를 부. 부. 붙잡아서 사. 사. 상윤이가 막 우. 우. 웃었어. 다. 다. 다. 달은 바나나 케. 케. 케. 케익 같은 맛이야. 다. 다. 달은 파. 파. 파란색 다. 다. 달도 있어."

상윤이는 저렇게 의미 없는 말을 나열한다. 언제나 달에 관한 문장들. 상윤이의 마음속에 있는 그 깊은 뜻을 대체 언제쯤 알 수 있을까? 희주는 따뜻하고도 안쓰러운 눈빛으로 상윤이를 바라보았다.

"우리 상윤이 오늘은 동물원에 놀러 간 달을 그려볼까? 동물원에서 달은 무슨 동물을 봤을까?"

희주가 상윤이의 손을 꼭 붙잡고 함께 테이블로 오는데, 상윤의 운동화 끈이 풀려 있는 것이 눈에 들어왔다. 희주는 운동화 끈을 묶어주려고 상윤이 앞에 무릎을 꿇고 고개를 숙이고 앉았다.

"상윤아, 잠깐 있어 봐. 선생님이 운동화 끈 다시 묶어줄게."

짧아진 머리 스타일 덕분에 시원하게 드러난 희주의 목덜미를 유심히 주시하고 있던 상윤이가 1분을 못 참고 또 달에 관해 이야기를 시작했다.

"서. 서. 서. 선생님 달은…… 사. 사. 사랑에 빠졌어?"

"……어? 뭐라고?"

"서. 서. 서. 선생님. 달은 얼굴이 빠. 빠. 빠. 빨개. 달이 창피해? 서. 서. 서. 선생님. 달이 창피해. 사랑하면 빠. 빠. 빠. 빨개져. 엄마가 그랬어."

또 의미 없는 말의 반복이겠지? 희주는 상윤의 말을 대수롭지 않게 넘겨버렸다.

상윤이는 희주의 목 뒤에 나있는 반점을 알아봐 준 두 번째 사람이었다. 그동안 치렁치렁 긴 머리에 가려져 보이지 않던 초승달 모양을 한 빨간 반점. 사랑에 빠져서 얼굴이 빨개진 달.

25년 전, 그녀의 목 뒤에 나 있는 반점을 처음 알아봐 준 사람이 있었다. 수현이었다. 25년 전 그가 보았던 그 초승달.

❖

〈일곱 번째 미술치료 – 10월의 세 번째 수요일〉

얼마나 오랫동안 하늘공방으로 들어가는 문고리를 잡고 문을 열기를 망설였는지 모른다. 하필이면 여기도 미닫이문. 며칠 전 흑곰을 처리하러 간 강원도 그의 별장 문도 미닫이문이었다. 흑곰이 자고 있던 방 문고리를 잡았다, 놓았다 하기를 몇 번이나 되풀이했었다. 결국 또 한 명이 목숨을 잃었다. 칼에 찔려 피를 철철 흘리면서도 끝까지 자신을 노려보던 흑곰의 눈빛이 계속 수현의 머리에서 맴돌고 있었다.

오랜 갈등을 접고 흑곰의 방에 들어갔을 때 그는 깊이 잠들어 있는 것 같았다. 수현은 재킷 주머니에 있는 주사기를 만지작거렸다. '……죽일 수 있을까?' 수현은 준비해 간 주사기를 꺼냈다. '……죽일 수 있을까?' 그는 다시 한번 스스로 물었다.

희주가 생각났다. 따스한 봄볕 같은 그녀의 손길. 그 따스한 손길이 그를 스치고 지나간 기억이 아직 이렇게 생생한데, 이 손으로 다시 사람을 죽일 수 있을까? 누군가에게 이런 무한한 애정을 받고 있는 인간이 어떻게 다시 괴물이 될 수 있을까? 결국은…… 죽일 수 없었다. 그는 손에 들고 있던 주사기를 다시 주머니 속에 넣었다.

수현이 흑곰을 향해 있던 발걸음을 거두고 뒤로 돌아섰을 때, 서늘한 날카로움이 그의 목덜미에 박혔다. 자는 줄 알았던 흑곰이 눈을 뜨고 어느새 수현의 목덜미에 포켓 나이프의 칼날을 겨누고 있었던 것이다. 그들 사이로 살벌한 정적이 흘렀다.

"너 이 새끼, 누구야?"

수현은 얼어붙은 것처럼 그 자리에 가만히 서 있었다. 집중을 해야 한다. 집중을. 어떻게 이 위기에서 벗어날 수 있을까? 흑곰의 집요한 시선이 서서히 수현에게로 다가왔다.

"……너, 조상기 밑에 있는 그 새끼구나."

수현의 정체를 알게 된 흑곰의 목소리가 미세하게 떨리고 있었다.

"조상기가…… 보냈나?"

그때는 그의 씁쓸한 떨림을 이해할 수 없었다. 흑곰과 상기와 호형호제하는 사이였다는 것을 그의 장례식에 가서야 처음으로 알았기 때문이었다. 상기는 그런 인간이었다. 그가 사주해서 죽임을 당한 사람의 장례식에서 또 아무렇지도 않게 꺼이꺼이 아이처럼 소리 내어 울 수 있는 그런 인간. 아니, 그런 괴물.

배신당했다는 충격 때문이었을까? 수현의 목덜미를 찌르고 있던 흑곰의 칼끝 촉감이 미세하게 둔해졌다는 것을 수현은 바로 포착했다. 수현은 그 짧은 순간을 놓치지 않았다. 그가 이 위기를 벗어날 유일한 기회였다. 그는 왼쪽 팔꿈치로 흑곰의 명치를 가격했다. 갑작스러운 공격에 흑곰이 포켓 나이프를 떨어트리고 주춤거리며 뒤로 물러났다. 1초를 여러 번 쪼갤 수 있을 정도의 그 짧은 시간에 수현은 흑곰의 팔을 낚아채 땅에 내다 꽂았다.

쿵……. 깊은 소리와 함께 흑곰의 거대한 몸이 땅바닥으로 내동댕이쳐졌다. 하지만 흑곰이 그렇게 만만한 상대는 아니었다. 그는 수십 년간 싸움으로 다져진 운동신경으로 수현을 함께 땅으로 쓰러트렸다. 수현이 몸의 중심을 잃고 흑곰의 옆으로 함께 넘어졌다.

쿵……. 먼저 땅바닥에서 몸의 균형을 회복한 흑곰이 재빠르게 수현의 몸 위로 올라갔다. 그가 수현에게 첫 주먹을 날리려는 그 순간! 방문이 열렸다.

'이제 정말 끝이구나.'

이제 모든 것이 정말로 끝이었다. 그 절명의 순간에 떠오르는 잔상은 희주였다. 먼저 손을 내밀어 수현의 손을 꼭 잡아주던 그녀의 수줍은 손가락의 촉감이 이렇게 생생한데……. 그녀를 십자가 데려나

준 후 못내 아쉬운 얼굴로 자꾸 수현이 있는 쪽을 돌아보던 그녀의 모습이 이렇게 선명한데…….

수현은 모든 것을 체념하는 몸짓으로 눈을 감았다. 그의 죽음은 결국 이렇게 찾아온 것이다. 이제 살고 싶어졌는데……. 이제 겨우 살고 싶어졌는데…….

그러나 문을 열고 들어온 건 창진이었다. 창진의 손에는 30cm 길이의 회칼이 쥐어져 있었다. 그는 수현이 어떻게 말릴 겨를도 없이 그 칼로 수현의 몸 위에 있는 흑곰의 복부를 찔렀다.

"안 돼!"

수현이 소리 질렀다. 그리고 동시에 검붉은 비린내가 수현의 얼굴 위를 덮쳤다.

"칼 뽑지 마!"

수현이 다시 한번 나지막했지만 다급한 목소리로 외쳤다.

'……칼을 뽑지 않으면 살릴 수 있어. 아직은…….'

하지만 이미 늦었다. 피를 보고 패닉 상태에 빠져 있던 창진이 벌벌 떨면서 흑곰의 복부에 꽂혀 있던 회칼을 뽑고 있었다. 다시 한번 피가 솟구쳐 올랐다. 얼굴이 델 만큼 뜨거운 피가 다시 한번 수현을 파도처럼 덮쳤다.

거대한 산 같던 흑곰이 맥없이 옆으로 쓰러져버렸다. 수현은 재빠르게 흑곰 가까이 다가갔다. 아직도 숨이 붙어 있었다. 그가 쿨럭거리며 고통스럽게 심호흡을 하기 시작했다. 쿨럭거릴 때마다 그의 입에서는 피가 내뿜어져 나왔다. 숨이 그의 허파로 들어오고 나갈 때마다 참을 수 없이 거대한 고통이 몰려들 것이다. 그가 찔린 부위와 깊이로 봤을 때, 그의 숨줄이 완전히 끊어지려면 적어도 5분은 더 남아 있었다. 더 이상 그를 이대로 고통 속에 놔둘 수는 없었다. 지금 당장 흑곰의 고통을 끊어줘야 한다는 생각이 지배적이었다.

수현은 민첩하게 주머니에서 졸레타놀 250mg이 들어 있는 주사기를 꺼냈다. 그의 정맥을 찾아서 졸레타놀을 투약하려는 바로 그 순간, '혹······' 하는 뜨거운 바람과 함께 흑곰 생에서의 마지막 숨이 그를 떠나갔다. 시간을 더 지체할 수 없었다. 수현은 인이어로 다급하게 말했다.

"철수한다. 뒤처리를 부탁해."

수현은 뒤에 있는 창진에게 눈길을 돌렸다. 창진은 처음으로 사람을 죽인 자신의 피 묻은 손을 넋이 나간 채 바라보고 있었다.

"정신 차려! 이제 여기서 나가야 해."

그러나 창진은 여전히 그의 손에서 뚝뚝 떨어지는 음험한 빨간 액체에 온통 정신이 빠져 있었다. 수현은 두 손으로 창진의 어깨를 잡고 천천히 그러나 힘 있는 목소리로 외쳤다.

"창진아, 나가야 해!"

그제야 창진의 눈동자에 긴장감이 스며들기 시작했다. 그는 수현을 보며 고개를 끄덕였다.

드르륵.

미닫이문이 열리는 소리. 그 문밖으로 나가기 전에 수현은 마지막으로 흑곰의 방을 둘러보았다. 흑곰은 두 눈을 부릅뜬 채 죽어 있었다. 그 마지막 거센 증오의 눈빛이 창이 되어 수현의 폐부를 깊숙하게 뚫고 들어왔다.

그리고 오늘 다시 이렇게 미닫이문 앞에 서 있는 것이다. 수현은 눈을 질끈 감았다. 저 문을 열고 들어가 희주의 눈을 마주할 자신이 없었다. 이 손에 가득 묻은 붉은 색의 저주를 대체 어떻게 해야 한단 말인가? 그때 꼭 감고 있던 수현의 눈꺼풀 사이로 빛살의 물결이 일기 시작했다.

"오셨어요?"

구원의 목소리……. 그를 구원해 줄 상냥한 목소리가 들려왔다. 그 목소리를 듣는 순간 뜨거운 안개가 심장에서부터 밀려들고 있었다.

'……아무 일 없었다는 듯이 이 여자를 그냥 봐도 되는 걸까?'

거대한 죄책감이 밀려들었다.

'……내가 이 여자의 눈을 다시 볼 수 있을까?'

천천히 어렵게 그가 눈을 다시 떴을 때, 이 세상의 모든 좋은 것을 다 지니고 있는 것 같은 소망 하나가 그의 앞에 서 있었다.

"좀 늦게 오시나 싶어서 밖에서 기다리려고 나가는 중이었어요. 들어오세요."

희주가 그녀의 작은 손으로 수현의 손을 잡고 공방으로 들어오라고 했을 때에서야, 수현은 아무 말 없이 깊은 눈빛으로 희주를 바라보기 시작했다.

"머리가 갑자기 짧아졌죠?"

그의 조용한 응시에 머쓱해진 희주가 짧아진 머리를 쓰다듬으며

초승달이 있는 곳

말했다.

"어떤 남자애 하나는 선생님 너무 못생겨졌다고 막 울었어요. 정말 너무하죠?"

연보랏빛 수줍은 표정으로 그를 바라보는 희주를 보는데 갑자기 그의 마음속에서 끓고 있던 안개가 빗물이 될 것만 같았다. 수현은 차마 희주의 눈을 바라보지 못하고 다시 고개를 떨구었다. 뜨거워진 안개를 꾸역꾸역 다시 밑으로 내려보내야 했다. 어떻게든.

대체 어디서부터 잘못된 걸까? 대체 어디서부터 시간을 되돌려야 할까? 흑곰이 자는 방의 미닫이문을 열기 전으로? 상기의 제안을 받아들이기 전으로? 임 선생에게 보내지기 전으로?

그러다가 문득 그의 머릿속을 집요하게 파고드는 생각이 하나 있었다. ……첫 번째 살인, 그곳의 문을 열기 전으로? 이 모든 비극의 시작이었던 그 사건. 그때 그 사람을 죽이지 않았다면……. 그때 피를 토해내는 마음으로 그 괴물을 용서했었더라면……. 그러면 오늘 이 여자 앞에 터질 것 같이 뜨거운 안개를 머금고 서 있는 끔찍한 괴물은 탄생하지 않았을 것이다. 때늦은 후회였지만, 후회가 할 수 있는 일은 아무것도 없었다.

❖

"오늘은 지난주 만들었던 '위험한 장소'에서 느꼈던 감정을 기억해서 이 점토 작품에 그대로 표현해보려고 해요."

섬토는 내담자들 안에 내재한 분노의 근원을 찾아가는 매체로 아주 효과적이다. 내담자가 직접 손으로 점토를 만지면서 작업하는 방식은, 종이 위에서 연필이나 붓을 이용한 작업보다 훨씬 더 직접적인 방식으로 내담자들의 감정을 끌어낼 수 있었다. 2차원의 공간에서 표현되는 그림 작업보다, 3차원의 자유로운 공간에서 내담자는 좀 더 건강한 방법으로 분노를 표출할 수 있다.

"일단 손가락 사이로 흙의 촉감을 느껴보세요. 먼저 점토와 친해질 시간이 필요하거든요. 그러다가 머릿속에 떠오르는 이미지가 있으면 자유롭게 말씀해주시면 됩니다."

희주는 공방의 불을 껐다. 하늘공방에 짙은 푸른색의 어둠이 내려앉았다. 그들이 숨을 쉬는 소리까지 들릴 정도의 정적이 순식간에 그들을 감싸 안았다. 그들 사이에 있던 물리적인 간격이 순식간에 사라져버린 것 같았다.

점토 작업의 가장 큰 장점 가운데 하나는 점토를 만질 때 느껴지는 그 촉감이 과거의 사건을 연상하게 할 수 있다는 점이었다. 수현의 경우, 아직 완전히 기억이 돌아오지 못한 그때의 그 사건이 점토의 촉감을 통해 매우 직접적인 방법으로 그에게 돌아올 수도 있을 것이다.

수현은 서서히 커다란 찰흙 덩어리에 그의 두 손을 섞기 시작했다. 서늘한 흙의 질감이 혀를 날름거리는 수천 마리 뱀처럼 수현의 손가락 사이사이에 스며들고 있었다. 어둠 속에서 만지는 점토는 소스라치게 차가웠다. 그 서늘한 촉감에서 여태까지 한 번도 떠오른 적 없는 그날 밤의 잔상들이 떠오르기 시작했다.

여기는 어디지? 어둠이 무겁게 내려앉은 늦가을 밤공기의 서늘한 촉감이 떠오른다. 누나를 그렇게 만든 그 사람을 찾아가던 그 밤. 곰보한테 가는 길이었을까? 사르르 얼어붙은 낙엽들이 발밑에서 바스락거리는 소리를 들었다. 하나도 춥다고 느껴지지 않았다. 아니, 뜨거웠다. 분노가 치밀어 올라서 온몸이 타들어 가고 있었다. 그의 가슴 언저리에서 뾰족한 금속의 차가운 촉감이 느껴진다. 이게 뭐였지? ……산악용 칼이었다.

"그 사람을…… 만나러 가는 길인 것 같습니다."

처음부터 그를 죽이려고 칼을 품고 가고 있었던 건 맹세코 아니었다. 그저 이 분노를 그 사람에게도 보여주고 싶어서였을 뿐. ……내가 당신을 죽이고 싶을 만큼, 당신을 증오한다고. 그 인간에게 그의 분노를 보여줄 유일한 방법은 살기밖에 없다고 생각했던 것 같다. 그의 목숨을 단숨에 끊어놓을 수 있을 만큼의 살기였다. 있는 대로 살기를 품고 있어야 비로소 이 비정한 세상이 그의 분노를 돌아봐 줄 것 같았다. 그제야 이 잔혹한 세상이 비로소 그의 분노를 인정해줄 것 같았다.

수현의 손이 문고리의 서늘한 촉감을 기억해냈다. 어딘가의 문을 열었다. 바깥 공기보다 한층 더 어둡고 차가운 촉감의 공기가 수현의 코끝에 느껴졌다. 그 서늘한 어둠 속에 그 사람이 앉아 있었다.

"그 사람은 거기서 뭘 하고 있나요?"

"그 사람은…… 사진을 보고 있었습니다."

"무슨 사진인가요?"

"너무 멀어서 잘 보이지는 않지만, 폐허가 된 건물의 사진……인

것 같습니다."

희주는 직감적으로 수현의 어머니가 사고를 당한 폐공사장을 찍은 사진이라는 것을 알 수 있었다. 선혈이 낭자했던 그 사진을 보고 있었다고?

"어머니……의 사진이었습니다. 땅에 쓰러져서…… 피를 흘리면서 땅에 쓰러져 있는데……"

수현의 얼굴이 점점 분노로 일그러지기 시작했다. 얼굴의 모든 근육이 경직되면서, 눈가에 핏발이 섰다. 수현은 두 주먹을 꽉 쥐었다. 그의 두 주먹이 부서질 것만 같았다. 그의 손가락 사이사이로 흘러나오는 찰흙이 피처럼 보였다. 그는 몇 번이나 호흡을 골랐다. 가장 깊은 곳까지 숨을 들이쉬고, 가장 멀리까지 숨을 내쉬었다.

이제야 기억났다. 왜 그가 그 순간에 그토록 분노했는지……. 왜 분노라는 감정에 그의 영혼을 모조리 팔아버리고 말았는지. 왜 스스로 괴물이 되어야 했는지…….

"그 사람이 그 사진을 보면서……"

수현은 한참을 끌다가 다시 말을 이었다.

"그 사진을 보면서…… 웃고 있었습니다. 재밌다는 듯이. 깔깔거리면서."

수현에게 등을 돌리고 앉아 있던 그 사람의 그 히스테리컬한 웃음소리를 듣는 바로 그 순간, 뼛속까지 뚫고 들어오는 것 같은 이 서늘한 촉감……. 그것은 얼음보다 차갑게 식어버린 그의 마음이었다.

"그래서 그 사람을……"

수현은 결국은 시작한 말을 끝내지 못한다. 처음으로 궁금해졌다.

초승달이 있는 곳

그 사람을 찌르던 그 순간에 자신의 눈빛이 어땠는지. 동족을 먹어 치우며 흡족해하던 킹코브라의 것과 비슷하게 보이지 않았을까? 수현은 부끄러워져 고개를 숙인 채 왼손으로 그의 비정한 눈을 가려버렸다.

희주의 머릿속을 가득 메우기 시작한 것은 고야가 '귀머거리 집 (Quinta del sordo)'이라고 불리는 별장의 벽에 그렸다는 〈아들을 잡아먹는 사투르누스〉의 이미지였다. 어느 날, '하늘의 지배권을 자식들에게 빼앗길 것'이라는 여신의 저주를 받은 사투르누스는 그 후로 다섯 명의 어린 자식을 차례로 잡아먹는다. 아들에게 죽임을 당할지도 모른다는 두려움이 극단으로 치달아서 이런 비극을 저지른 것이다. 한 감정에 완전히 도취해버리는 사람들의 마지막은 늘 비극이었다. 그 감정이 두려움이었던 슬픔이었건 분노였건. 분노의 광기에 완전히 도취해 살인을 저지른 한 남자가 바로 그녀의 눈앞에 앉아 있었다. 참담한 표정으로 두 눈을 한 손으로 가린 채.

희주는 왜 이 남자가 지금 이 순간에 저런 표정을 짓고 있는지 도무지 알 수 없었다. 왜 저리도 비참한 표정으로 희주 앞에 앉아 있는 건지. 왜 저런 패배자의 얼굴을 하고 고개를 숙이고 있는 건지……. 그런 순간이었다면 자신 역시 당연히 그를 죽였을 거라고 희주는 생각했다. 엄마가 갈가리 찢겨져 있는 사진을 보고 낄낄거리고 있는 미치광이 악마를 살려두어야 하는가?

그녀는 진심으로 수현이 부러웠다. 그렇게 이성에, 윤리에, 도덕성에 얽매이지 않고, 단 1분 만이라도 분노에 온전하게 도취할 수 있다면 얼마나 좋을까? 그런 다음에 숙명적으로 따라오는 비극은 온몸으로 감수해낼 것이다. 무엇이 되었든 간에 평생 기꺼이 끌어안고 살아갈 것이다. 그 비극을 기억하며 매 순간 고통받는다고 해도. 그 사람만 죽일 수 있다면……. 그 사람의 피를 이 손에 묻힐 수만 있다면……. 기꺼이 그녀의 모든 것을 내줄 것이다.

❖

점토 작업은 시간이 걸리는 작업이니, 이번 주에는 7시 이후 언제나 하늘공방에 와서 작업을 해도 괜찮다는 희주의 말이 무색해지게 그는 다음 날 7시 5초에 하늘공방의 문을 열었다. 해가 땅에 닿을 시간쯤이었다. 서쪽을 바라보는 공방의 창문으로부터 은은한 오렌지색 석양의 잔재가 들어오고 있었다.

그는 아무 말 없이 찰흙 작업을 시작했다. 어제까지는 계속 찰흙을 만지작거리기만 하고 도무지 시작을 못 하더니, 오늘은 본격적으로 뭔가를 만들려는 것 같았다. 희주는 가만히 그를 응시하고 있었다. 기나긴 세월 동안 담고만 있었던 그의 고통과 분노를 지금 처음으로 표출하려는 순간이었다.

얼마나 시간이 흘렀을까? 희주의 배에서 '꼬르륵' 소리가 났다. 고요함이 너무나 깊어, '꼬르륵' 소리가 확성기를 통해 들려오는 것 같이 거대하게 허공을 울렸다.

"아직 저녁을 못 먹어서……."

수현과 희주는 공방 앞 골목에 있는 밥집에서 간단히 저녁 식사를 하기로 하고 공방을 나섰다. 하늘공방의 계단을 다 내려오자, 희주가 슬며시 시선을 돌리며 수현의 손을 잡았다. 어색해하며 "흠흠" 괜히 몇 번이나 목을 가다듬는 그녀를 바라보며 수현이 희주의 손가락 사이로 자신의 손가락을 끼워 넣었다. 그제야 희주가 환한 웃음을 지으며 수현을 바라보았다.

어느 화가보다도 빛을 아름답게 그려내는 아르힙 쿠인지의 작품 〈야경〉을 연상케 하는 고요한 밤이었다. 서촌 골목길에 은은한 달빛이 차오르기 시작했다. 저 넓고도 높은 하늘에는 눈썹 크기의 초승달만 하나 걸려 있을 뿐이었는데, 밤하늘은 어느새 찬연한 은빛으로 번져 들어가고 있었다.

희주가 자주 가는 단골 밥집이라고 했다. 테이블이 다섯 개 남짓 있는 작고 아담한 식당이었다. 9시가 넘은 시간이어서 식당은 비어 있었다. 문을 열고 들어가자 밥집 아줌마가 희주를 반갑게 반겨주었다. 둘은 식당 구석에 있는 자그마한 식탁에 마주 보고 앉았다. 희주가 그의 앞에 수저를 놓아주고, 테이블 가장자리에 놓여 있던 수현의 물컵이 떨어지지 않게 안쪽으로 살뜰하게 챙겨주었다.

수현은 그런 희주의 사사로운 몸짓을 하나하나 놓치지 않고 바라보고 있었다. 평범한 사람들의 평범한 일상 속으로 들어온 것 같은 착각이 들어 마음이 벅차올랐다. 남들이 다들 지루하다고 투덜대는 평범한 일상이 그에게는 범접할 수 없는 기적이었다. 대체 평범한 사람들은 전생에 어떤 업을 쌓아왔길래 하루하루 벅찬 기적의 순간을 살아내는 것인가.

그때 식당 문이 열리고 시끌벅적 요란한 목소리가 들려왔다.

"희주야! 여기 있었네. 그렇지 않아도 전화하려고 했었는데. 이모, 이 선생이 그러는데 오늘 밑반찬 코다리 볶음이라며? 오예, 완전 많이 주세요!"

선미였다.

"어? 혼자 온 게 아니었……구나?"

선미는 희주 옆에 수현이 있는 것을 보고 바로 가자미눈을 했다. 그 어색한 상황을 희주가 주섬주섬 일어나서 수습하기 시작했다.

"선미야, 어, ……이쪽은 이수현 씨. 이쪽은 유치원 때부터 제일 친했던 제 친구 주선미예요."

선미는 샐쭉한 표정으로 수현에게 까딱 목인사를 했다. 그런 선미에게 수현은 아무 말 없이 정중하게 고개를 숙여 인사했다.

"실례지만 잠시만요. 너, 잠깐 이리와 봐." 하면서 희주의 손목을 붙잡고 끄는 선미를 희주가 부드럽게 저지했다. 그리고 선미가 생전 들어본 적 없는 희주의 단호한 목소리가 들려왔다.

"선미야, ……내가 사랑하는 사람이야."

"……!"

"……!"

순간 선미와 수현에게 몇 가지 공통점이 생겼다. 둘 다 순간 자신의 귀를 의심했다는 것. 둘 다 할 말을 잃었다는 것. 둘 다 놀라움 가득한 얼굴로 희주를 바라보았다는 것.

"나, 오랜만에…… 정말로 행복해졌는데, 좀 봐줘."

안타까운 눈으로 그들을 바라보던 선미가 "에라, 모르겠다." 하며 희주 옆에 털썩 앉았다.

초승달이 있는 곳

"이모! 여기 소주도 한 병 주세요! 이런 대화는 또 술이 있어야 술술 잘⋯⋯. 전 사실 처음엔 이수현 씨랑 잘해보라고 했습니다. 그치, 희주야?"

붙임성 좋은 선미의 목소리를 듣고 나서야 수현의 표정이 조금 부드러워졌다. 중요한 시험에 막 통과한 기분이 들었다.

저녁 식사를 마치고 희주와 수현, 그리고 선미가 함께 하늘공방으로 돌아오는 길이었다. 하늘공방의 커다란 창문이 보이는 골목길을 돌았을 때, 그들 앞으로 두 대의 검은색 세단이 미끄러지듯이 지나쳤다. 희주와 선미는 별생각 없이 그 옆을 지나갔지만 그들의 뒤로 걷고 있던 수현은 잠시 자리에 서서 날카로운 눈빛으로 차들을 바라보았다. ⋯⋯불길함이 스며들고 있었다.

검은색 세단이 수현의 앞에서 멈추었다. 수현이 온몸의 촉을 세우며 차에서 내리는 이들의 움직임을 주시하고 있었다. 건장해 보이는 조직원들 네 명이 순식간에 수현을 포위했다. 그중 하나가 거칠고 메마른 목소리로 말했다.

"잠깐 저희랑 가주셔야겠습니다."

희주와 선미가 긴장된 표정으로 수현을 바라보았다. 그는 재킷 주머니에 있는 포켓 나이프에 손가락을 갖다 대고 가만히 칼날을 열었다.

'⋯⋯제발 저 여자 앞에서 이 칼을 쓰는 일이 일어나지 않기를.'

조직원들이 점점 수현을 에워싸고 좁혀왔다. 그가 반항이라도 하면 바로 공격할 태세였다. 수현은 겉으로는 아무런 감정의 동요 없이 침착하게 그들의 움직임을 주시하고 있었지만, 사실은 그 안의 모든 세포가 터져버리기 일보 직전이었다. 괴물들 사이로 살기 흐르는 정적이 감돌기 시작했다. 이들 중에서 누구 하나 땅에 피를 쏟아내도 전혀 어색하지 않은 일촉즉발의 상황이었다.

그 죽음 같은 정적의 순간을 희주가 무너트렸다. 그녀는 옆에서 말리는 선미를 뿌리치고 수현 앞으로 다가가 그를 겹겹이 에워싼 조직원들에게 침착하게 따지기 시작했다.

"지금…… 뭐 하는 거예요?"

그런 희주를 보는 선미의 눈이 휘둥그레졌다. 30년 가까운 세월을 희주와 함께 보내는 동안 그녀에게 이런 대범한 면이 있는지 처음으로 알게 된 것이다. 늘 자기 뒤에 숨어서 소리 없이 눈물만 흘리던 아이였는데…….

조직원들이 가소롭다는 듯이 희주를 바라보았다. 그들 중 하나가 가까이 다가오며 "아줌마는 저기 찌그러져 있어." 하고 희주를 밀치려고 하자, 수현은 날렵한 몸짓으로 그의 어깨를 뒤로 꺾고 그의 목에 포켓 나이프를 겨누었다. 뒤쪽에서 다른 한 명이 수현을 저지하러 가까이 왔다. 수현은 야차 같은 몸짓으로 그를 땅으로 꼬꾸라트리고 눈 깜빡할 사이에 처음 그 남자의 목에 다시 나이프를 겨누었다.

"이 여자 몸에 손대면……"

문장을 끝낼 필요가 없었다. 거기에 있는 모든 이들이 알 수 있었다. 그 여자 몸에 손가락이라도 댔다가는 그 자리에서 바로 죽게 되리라는 것. 수현은 눈을 동그랗게 뜨고 그를 바라보는 희주를 보았다. 그 모습이 정지화면처럼 뇌리에 새겨져 지워지지 않았다. 결국 능숙하게 칼을 쓰는 그의 모습을 그녀에게 보이고야 만 것이다. 수현은 온몸의 경계를 풀지 않은 채 낮은 목소리로 물었다.

"누가 보냈습니까?"

수현의 질문에 서로 눈치를 보다가 차에 가장 가까이 서 있던 조직원이 차 문을 열어주었다. 차 안 깊숙이 앉아 있던 사람의 가래 끓는 듯한 소리가 들렸다.

"오랜만이구나. 꼬마야."

곁눈질로 차 안의 인물이 누구인지 확인한 수현의 표정이 차갑게 굳었다. 마치 시체라도 본 것처럼……. 아니, 마치 시체가 되어버린 것 같이 수현은 점점 더 파랗게 굳어가고 있었다.

수현은 인질로 잡고 있던 자를 맥없이 놓아주고는 낮아진 목소리로 물었다.

"이 차에 타면 됩니까?"

순순히 차에 타려는 수현의 소맷자락을 희주가 잡았다. 그녀의 눈빛이 물방울에 흔들리고 있었다. 수현은 이 여자를 또 울게 만든 자신을 저주했다.

"금방 다녀오겠습니다. ……아무 일 없을 겁니다."

수현은 희주에게 애써 웃음을 지었다. 그러나 사실 본인도 자신이 한 말에 자신이 없었다. 차 안에 있던 그를 본 순간 '어쩌면 오늘이 마지막이 될 수도 있겠다'는 생각을 했던 것은 사실이었으니.

그는 한 번 더 희주의 모습을 새겨 넣었다. 수현의 손목에 살짝 닿아 있는 그녀의 촉감도. 파르라니 흔들리는 그녀의 떨림까지도. 사소한 것이라도 하나도 빠짐없이 그의 기억 속으로. 그는 그의 소맷자락을 잡고 있는 희주의 손을 잠시 꼭 잡았다가 놓았다. 희주의 손이 닿았던 그 부분에 곧 횅한 공기가 스며들었다.

두 대의 검은 세단은 수현을 태우고 하늘공방 골목을 미끄러지듯 빠져나갔다. 수현이 놔버린 희주의 손이 그대로 허공에서 벌벌 떨고 있었다. 그런 희주에게 선미의 똑 부러진 목소리가 들려왔다.

"희주야, 정신 바짝 차려. 일단 차 번호는 39나 2××3하고, 52가 0××4였어. 둘 다 검은색 크라이슬러 2012년형."

선미가 스마트폰에 차 번호판을 빠르게 메모했다.

"정우성 형사한테 전화해보자. 그 사람이라면 도와줄 수 있을 거야."

듣고 있는 건지 아닌지, 희주는 그저 차들이 빠져나간 그 골목만 넋을 잃고 바라보고 있었다.

지팡이를 쓰는 남자

선미가 우성에게 연락한 지 20분도 채 안 돼서 우성이 변 형사와 함께 하늘공방으로 출동했다.

눈 밑이 푹 꺼져 들어간 희주의 모습이 가장 먼저 우성의 시야에 들어왔다. 창백하다는 표현조차 역부족인 것 같았다. 그녀의 얼굴은 하얗다 못해 파랗게 질려 있었다. 그녀는 필요 이상으로 턱에 힘을 주고 있었다. 그렇게 어금니를 꼭 다물고 있지 않으면 덜덜 떨게 될까 봐 저러고 있는 것이다. 그 모습에 우성의 마음이 덜컥 내려앉았다. 그제야 '……내가 이 여자 마음으로 들어갈 틈이 먼지만큼도 없겠구나.'라는 쓰라린 깨달음이 몰려들었다.

"다행히도 주선미 씨가 신속하게 자동차 모델과 번호를 주셔서 차량 추적을 시작했습니다. 여기에 오기 전에 내부순환도로 톨게이트를 지나가는 장면이 CCTV에 찍혔답니다. 그런 다음에 다시 바로 놓쳤다는데. 납치범들이 모두 몇 명이었는지 혹시 보셨습니까? 인상 착의나 그런 것들 기억나시는 대로 말씀해주시면 도움이 될 것 같습니다."

여전히 넋이 나가 있는 희주가 어물거리자 선미가 재빠르게 나서서 말했다.

"다 합쳐서 일곱 명이었어요. 앞차에는 운전자 포함해서 네 명이 타고 있었고, 뒤차에는 나이가 조금 있는 보스급 남자가 뒷좌석에 혼자 타고 있었고, 이수현 씨가 그 보스급 남자를 아는 것 같았고요. 아! 그 보스 형님은 지팡이를 쓰는 남자였어요. 얼핏 지팡이 실루엣을 봤거든요."

선미는 계속 똑 부러지는 목소리로 말을 이었다.

"조직원들 보니까, 손등에까지 길게 내려온 뱀 꼬리 문신이 있었어요. 구리 쪽에 본거지를 두고 있는 신생 조직 독사파 같아요."

'……히익. 이 여자 뭐야?'

놀란 얼굴의 우성. 그는 일단 변 형사에게 독사파 주 활동 지역인 구리 주변부터 CCTV 확인하라고 지시를 내리고는 다시 선미에게로 눈길을 돌렸다.

"아니, 어떻게 그런 걸 다 알고 계십니까?"

"제가 응급의학과다 보니 본의 아니게 몇몇 어깨 형님들하고 친분이 좀 있어서……. 아는 형님께 전화해봤어요. 손등까지 내려오는 그런 뱀 꼬리 문신은 독사파밖에 없다고 그러네요. 제가 그 형님 배를 두 번이나 봉합해줬거든요. 한 번은 패혈증까지 와서 그야말로 죽을 뻔했던 걸 제가 기를 쓰고 살려놨으니, 믿을 만한 정보일 거예요."

지팡이를 쓰는 남자

89

머쓱하게 대답하는 선미를 보며, 보면 볼수록 정말 특이한 여자라고 우성은 생각했다. 그때 전화를 받고 있던 변 형사가 우성 쪽으로 와서 상황을 보고했다.

"정 선배, 찾았답니다. 지금 강일IC 방면으로 빠졌다고 하는데요. 남양주 컨테이너 물류 창고 쪽으로 가는 것 같습니다. 거기가 독사파 주요 활동 지역이랍니다. 그쪽 기동대 출동시키라고 할까요?"

"우리도 지금 출발한다고 먼저 출동하라고 해. 조직원들 적어도 일곱 명 이상 있다니까 인력 동원 충분히 하라고."

우성은 희주를 바라보며 말했다.

"변 형사랑 제가 지금 가보겠습니다."

그런 우성을 보며 희주가 자리에서 일어서서 작지만 강단 있게 말했다.

"저도⋯⋯ 갈게요."

우성이 조금 곤란하다는 표정을 지으며 말했다.

"선미 씨와 여기서 기다리시는 편이 낫지 않겠습니까? 이수현 씨 찾는 대로 바로 연락드리⋯⋯."

우성의 말이 끝나기도 전에 희주가 단호하게 그의 말을 끊었다.

"같이 갈게요. 저도."

고집을 부리는 희주를 보고 우성은 마지못해 고개를 끄덕였다.

❖

우성 일행이 남양수에 있는 불류보관장고에 도착했을 때는 거의 자정이 가까워진 늦은 밤이었다. 조용하고 을씨년스러운 밤안개가 피어오르고 있었다. 기동대가 출동한 것을 눈치챈 조직원들이 가벼운 몸싸움을 벌이다가 후문으로 빠져나가고 있다는 보고가 우성의 무전기로 전해졌다. 우성은 차에서 내리자마자 먼저 도착해 있던 기동대원에게 다급한 목소리로 물었다.

"이수현 씨 신변 파악됐어?"

"아직입니다. 지금 막 들어가려던 참입니다."

"안에 조폭 애들은 없는 거지?"

"네, 일단 파악하기로는 독사파 새끼들은 다 토낀 것 같다고…….
아, 쥐새끼 같은 놈들."

기동대원들이 창고의 큰 문을 열었다. 창고 안에서 모습을 드러낸 것은 모두를 압도하는 검은 어둠이었다. 우성이 제일 먼저 38구경 리볼버를 조심스럽게 겨누고 그 검은 어둠으로 조심스럽게 들어가기 시작했다. 그 뒤를 몇 명의 기동대원이 총을 겨누고 따라갔다. 칠흑 같은 어둠 안에 기다랗고 푸른 그림자 하나가 그들을 향해 고요히 걸어 나오고 있었다. 우성을 비롯한 기동대원들이 순간 파르르 긴장하며 그 그림자에게 총구를 겨누었다.

"거기서! 천천히 두 손 머리에 올려!"

그 푸른 그림자는 우성이 하라는 대로 그 자리에 서서 순순히 두 손을 머리에 올렸다. 매우 느리고 침착한 동작이었다.

"얼굴 보이는 쪽으로 천천히 걸어 나와!"

푸른 그림자가 천천히 달빛이 내려앉은 곳으로 걸어 나왔다. 그림자의 실루엣이 서서히 드러나기 시작했다. 깊은 눈매와 서늘한 콧날,

지팡이를 쓰는 남자

그리고 오른 이마 언저리에 나 있는 칼자국까지. 그를 겨누고 있는 수많은 총구 속에서 고독하게 서 있는 그 푸른 그림자를 보자마자 희주가 무엇엔가 홀린 듯 차 문을 열고 나왔다. 그리고 앞으로 하염없이 앞으로…… 걷는다. 걸어 나간다. 그 푸른 그림자를 향해 있는 힘껏. 태어나서 무엇인가를 향해 그렇게나 힘차게 뛰는 것이 마치 처음인 사람같이. 지금 당장에라도 터질 것 같은 심장을 가지고 한 발, 한 발 힘차게 내디디며 뛰기 시작했다.

뒤에서 그녀의 이름을 부르며 그녀를 만류하려는 선미의 목소리가…… 다급한 소리로 다른 대원들에게 "총 내려!" 하고 외치는 우성의 목소리가…… 먼지 같은 소음이 되어 과거의 시간 속으로 아스라이 사라지고 있었다.

그녀의 얼굴 위로 뜨거운 눈물이 흘렀다. 그리고 그 눈물은 곧 수현의 가슴 위로 격하게 쏟아져 내리기 시작했다. 그런 희주를 수현이 넓은 가슴으로 품어주었다. 그녀의 눈물이 떨어져 닿는 부분마다 그의 가슴이 주체할 수 없이 뜨거워졌다.

소멸하는 별처럼 찬연하게 빛나는 그들의 모습을, 누군가 텅 빈 시선으로 바라보고 있었다. 그 시선은 한동안 그들을 떠나지 못하다가 결국 땅으로 초라하게 떨어져 버리고 말았다.

"여기 분위기 왜 이래요?"

선미가 괜히 친한 척을 하면서 우성 옆으로 다가갔다.

"꼴사나운데, 그냥 쟤네 여기다 확 버리고 우리끼리 갈까요? 헤헤헤. 어디, 어? 어디 모태 솔로 부대 앞에서 유세 떨기는. 그죠?"

옆에서 우성의 눈치를 보며 동의를 구하는 선미를 바라보며, 우성은 굳어져 있던 표정을 풀었다. 그리고 선미를 향해 어이없다는 미소를 지었다.

'……정 형사님은 그렇게 웃을 때가 제일 멋져요'라고 말하고 싶었지만, 선미의 입에서 나온 말은 뜬금없이, "아! 곱……곱창. 내가 오늘 곱창에 소주 쏠까요?"였다.

우성은 결국 너스레웃음을 지었다. 그 너스레웃음 안에 체념이 웅크리고 있는 것 같아 선미는 마음이 쓰였다.

"기본 4인분은 주 선생이 사는 겁니다. 막창이랑 대창 섞어서. 그다음에는 반띵 갑시다."

"콜! 오늘은 저 진짜 술 한 잔도 안 마시고, 무조건 정 형사님 대리운전하겠습니다."

"퍽이나."

우성은 코웃음을 치며 선미를 구박하다가, 지금 막 생각이 났다는 듯이 그녀에게 말했다.

"아, 그리고 거 우리 팀에 피자 좀 그만 보내십쇼. 주선미 씨가 보내는 거 다 알고 있습니다."

"어, 그거 어떻게 알았어요?"

평소의 씩씩한 선미답지 않게 금새 얼굴이 붉어졌다.

"영수증에 다 나와 있습디다. 주선미라고. 일개 병원 펠로우 월급이 얼마나 한다고."

"…… 쉿, 이건 비밀인데요. 우리 아빠가 돈이 좀 많거든요. 하핫."

선미의 말을 우성은 코웃음으로 일축해버렸다.

"얼씨구, 좋으시겠습니다. 돈 많은 아버지 두셔서. 그럼 이왕 돈 들여서 보내시려면 족발 냉채 특대로 좀 보내시던가. 형사들은 피자 싫어합니다. 기름져서 나쁜 놈 잡으려고 뛸 때 위장 꼬이거든요."

이렇게 또 금방 시답잖은 농담으로 상한 마음을 툴툴 떨쳐내 버리는 우성을 보며 선미는 마음이 먹먹해졌다. ……이 남자 불쌍해서 어쩌지?

❖

그다음 날도 같은 시간에 수현은 하늘공방을 찾았다. 해가 질 무렵이었다. 수현의 윗입술이 터져 있다는 것이 그제야 희주의 눈에 들어왔다. 그 전날 밤 누군가에게 얻어맞기라도 한 것처럼. 희주의 표정에 금세 안쓰러움이 번져 들기 시작했다. 수현은 희주의 걱정스러운 눈동자가 자신의 입술에 고정되어 있는 것을 느끼고 머쓱해져서 괜히 손으로 입술을 몇 번 문질러 댔다. 그는 그 전날 아무 일도 일어나지 않았던 것처럼 묵묵히 그가 작업하던 자리에 앉았다. 그 앞에 놓여 있던 찰흙 작품은 어느새 꼿꼿하게 말라 있었다. 이제 채색을 해도 될 것 같다고 희주가 귀띔해주었다.

그는 일단 푸른 물감을 팔레트에 덜었다. 숨 막히게 밀려드는 파도를 표현하려는 것이다. 푸른색 물감이 가득 묻어 있는 커다란 붓으로 그의 작품을 거칠게 채색하기 시작했다. 그가 파도를 푸르게 칠하고 있는 건지, 파도가 그를 푸르게 칠하고 있는 건지 분간이 가지 않았지만 한 가지 확실한 것은, 어느새 그저 휩쓸려 가고 있다는 것이었다.

어젯밤에도 그랬다. 어젯밤 만났던 그 사람, 검은 세단 뒷좌석에 앉아 있던 그 남자의 얼굴을 보자마자 수현은 잔악한 푸른색에 완전히 압도되어 숨이 막힐 것만 같았다. 어두운 차 안에서도 얼굴에 흉측하게 새겨 있던 곰보가 선명하게 보이던 바로 그 사람.

25년 전 [블랙로즈]의 밀실 바에서 마지막까지 번들거리며 죽어가던 그의 얼굴을 이렇게 다시 마주하니, 수현의 온몸에 파릇한 소름이 돋았다.

❖

"당신……, 살아 있었습니까?"

수현이 그에게 물었을 때, 그자는 의외라는 표정으로 수현을 바라보았다.

"당신……, 내가 죽인 거 아니었습니까?"

수현이 그에게 두 번째 질문을 던졌을 때에야 그 사람은 몹시 기분이 나쁘다는 표정으로 수현의 얼굴에 주먹을 날렸다. 수현은 손등으로 입술 주위를 훔쳤다. 피가 미지근하게 묻어 나왔다.

"이 새끼가 지금 재수 없게 뭐라고 지껄이는 거야? 조상기가 내가 죽었다고 그랬나 보지?"

……이게 대체 무슨 뜻인가? 예전에 지나가는 말로 상기에게 "그날 곰보 시체는 어떻게 처리했냐"고 물었다. 그때 분명히 상기가 대답했다.

"이제 더 이상 우리 세계에 없는 사람 얘기는 해서 뭐 해?"

지팡이를 쓰는 남자

생각해보니 그는 늘 얼버무리려고만 하고 단 한 번도 수현에게 명확하게 설명을 해준 적이 없었다. 그리고 또 생각해보니…… 그는 '세상'이 아닌 '세계'라는 단어를 썼었다. 조상기는 알고 있었구나, 곰보가 살아 있었다는 것을.

"……그럼 그동안은 어디 있었던 겁니까?"

곰보는 온통 인상을 찌푸리고 가래 끓는 듯한 목소리로 대답했다.

"그때 니 새끼 때문에 무릎 수술받느라 병원에 입원했을 때, 조상기가 와서 그러더군. 재활 치료받는 셈 치고 청운파 굵직한 사건들 이것저것 묶어서 학교에 좀 다녀오라고. 그러면 자리 하나 마련해놓고 기다리겠다고. 그런데 그 쥐새끼 같은 놈이 이렇게 내 뒤통수를 칠 줄은 몰랐지."

……상기는 그가 살아 있다는 것을 알고 있었던 것만 아니라, 그를 살려준 것이다.

수현은 자기도 모르게 두 주먹을 꽉 쥐었다. 그렇게라도 하지 않으면 그의 성난 호흡을 곧바로 곰보에게 들켜버릴 것만 같았다.

"오늘 나를 찾아온 이유는?"

"흑곰 형님 죽이라고 사주한 거, 조상기 그 새끼인 거 확인하려고."

곰보는 번뜩이는 눈을 치켜뜨며 수현에게 물었다.

"……니가 죽였지, 흑곰 형님?"

순간 수현은 모골이 송연해졌다. 그는 입을 더 꽉 다물었다. 수현의 꽉 다문 입을 보고 곰보는 감 잡았다는 표정으로 말을 이었다.

"꼬마야, 내가 25년 동안 감방에 있다가 출소해보니까 조상기의 세상이 되어 있더라, 이거야. 그런데 돌아가는 꼴을 보니 조상기의 출세에 방해되는 사람들이 하나씩 다 죽어 없어졌더라 이거지. 그래서 오랜만에 이 머리라는 걸 한번 굴려봤는데 말이다. 갑자기 25년 전 일이 생각나지 뭐냐. [블랙로즈] 밀실 바에서 너 같은 죄매만 한 쥐새끼한테 어이없이 당했던 바로 그 일. ……그때도 조상기 그 새끼가 사주한 거지?"

수현은 긍정도 부정도 하지 않았다. 그저 묵묵히 그를 쏘아보고만 있을 뿐이었다.

"대답을 안 하시겠다?"

"……나한테 원하는 게 뭡니까?"

곰보는 번들거리던 웃음기를 싹 걷어내고 등골이 오싹해질 만큼 서늘한 목소리로 대답했다.

"오늘은 내 다리값 받으러 왔지. 내 다리 이렇게 만든 니도 똑같이 만들어주려고."

수현이 그에게 '……내가 당신 다리를 그렇게 만든 겁니까?' 하고 물으려는 순간, 낯설었지만 동시에 묘하게 낯익은 잔상 하나가 떠올랐다. 그가 곰보를 내리쳤을 때 사용했던 건…… 칼이 아니었다. 그건 나무로 만들어진 야구 방망이였다. 단단하고 부드러운 나무의 질감이 기억났다. 별 일곱 개가 야구공을 둘러싸고 있는 로고가 있는. 또 하나의 잔상은 오른쪽 다리를 부둥켜안고 고통스럽게 괴성을 지르는 곰보의 모습이었다. 그런 그의 무릎을 박살 내버리려고 한 번 더 야구 방망이를 있는 힘껏 위로 치켜들고 있는…… 자신의 모습.

"자, 이제 정말 마지막으로 묻는다. 누구야? 내 다리 이렇게 만들라고 사주한 그 새끼!"

곰보의 성난 목소리가 낡은 물류 창고의 허공에 울렸을 때, 그동안 잊고 있던 청각의 기억도 함께 떠올랐다. 자신의 목소리였다. 25년 전 야구 방망이를 한 번 더 휘두르며 그가 곰보에게 소리쳤던 말이 [블랙로즈]의 밀실에 울려 퍼지고 있었다.

"누구야? 지금 통화하고 있던 그 사람!"

……내가 지금 뭐라고 하는 거지? 이건 대체 무슨 기억인가?

그리고 바로 야구 방망이로 곰보의 무릎을 가격했었다. 그때 곰보의 무릎뼈가 산산 조각나던 그 촉각의 기억이 떠오르자 수현의 온몸에 전율이 느껴졌다. 그리고 기억해냈다. 그 촉감에 함께 실려 있던 건…… 증오. 분노. 울분. 혐오. 사무침. 악의.

이상했다. 야구 방망이를 쥐고 있던 그 촉감에 포함되어 있지 않은 것이 하나 있었다. 그것은…… 의외로 '살의'였다. 그는 곰보를 죽이려는 마음을 품고 야구 방망이로 그를 무자비하게 내리친 게 아니었다. 대체 누나를 저렇게 갈기갈기 찢어놓으라고 사주한 인간이 누구였는지, 죽을 만큼 궁금했던 것뿐이었다. 필요한 정보를 얻어내기 전까지는 인질을 죽일 수는 없는 일이 아닌가?

'……그럼 내가 찌른 사람은 누구지?'

아직도 생생히 기억난다. 그 사람을 찌를 때 두 손 가득 옥죄고 들어오던 그 촉감. 그것은 혐오였고, 분노였고, 살의였다. 결국은 돌고 돌아 다시 그 질문이었다. 수현의 머릿속에 끔찍한 두통이 시작되고, 소름 끼치는 이명이 시작되었지만, 스스로에게 그 질문을 하는 것을 멈출 수가 없었다.

'……난 ……대체 누구를 죽였지?'

"너한테 선택할 기회를 주지. 어떻게 나처럼 오른쪽 다리를 부숴 줄까, 아님 왼쪽? 아님 둘 다? 그날과 똑같이 야구 방망이로 준비해 봤다, 꼬마야."

가래로 가득 차 있는 음산한 곰보의 목소리가 수현을 다시 현실로 데리고 왔다.

"저 새끼, 쳐!"

곰보의 한 마디에 야구 방망이를 손에 쥔 조직원들 대여섯이 수현 에게로 서서히 다가오기 시작했다. 수현은 그들의 움직임에 전혀 동 요됨 없이 꼿꼿하게 곰보를 바라보고만 있을 뿐이었다. 낄낄거리는 곰보의 웃음소리 위로 수현의 저음이 깔렸다.

"……누가 죽이라고 한 겁니까, 우리 누나?"

곰보의 웃음소리가 순식간에 사라졌다.

"……'우리 누나'? 누가 '우리 누나'야? 너 설마……?"

곰보는 수현의 주위로 다가오는 조직원들을 일단 제지시켰다.

"정시은 그년이…… 죽었어? 정말 죽었다고?"

경악하고 있는 곰보의 얼굴. 그건 진심이었다. 그는 누나가 죽었다 는 것을 전혀 모르는 눈치였다.

"그런데…… 넌 왜 기억을 못 해? 내가 그때 다 말해줬잖아. 네가 그 사람…… 죽였잖아?"

순간 수현의 시간이 멈췄다. 처음으로 그의 뇌리를 스치는 질문이 었다.

'……왜 나는 기억을 못 하는가?'

　수현이 잠시 손을 씻으러 간 사이에 희주는 그의 작품을 세심하게 바라보고 있었다. 푸른색이 저토록 광적으로 보일 수 있다는 사실이 감탄스러웠다. 푸른 물감이 묻은 붓이 지나간 자리마다 거친 파도의 촉감이 고스란히 전해지고 있었다. 희주는 그 거친 파도가 수현 안에서 아직 해결되지 않는 갈증을 표현한 것 같다고 생각했다. 죽도록 증오하던 그 사람을 죽임으로써 해소하려던 원한이나 분노가, 죽이고 또 죽여도 파도처럼 다시 끝없이 밀려드는 것이다.

　'……그래서 그는 살수가 될 수밖에 없었던 걸까?'

　산산이 부서지버리는 흰색 파도. 푸르른 분노 안에서도 한 오라기의 희망을 잡고 싶은 그의 마음을 표현하는 것 같다. 그렇게 하얗게 부서져버리는 파도처럼 그의 분노도 사라져버리기를 원하고 있었던 것일까? 파도가 상징하는 것이 그 순간 그가 감당해낼 수 없었던 분노라면, 장미꽃은 대체 무엇을 상징하려는 걸까?

"정말로 푸르고 거대한 파도네요"라는 말로 희주가 그의 마음을 열기 시작했다.

"어떤 감정을 표현하신 건가요?"

그 사람을 찌를 때의 느낌이었다. 누나를 죽게 만든 사람.

"그 사진들을 보면서 웃고 있는 그 사람의 뒷모습을 보자마자, 더 이상 내가 내 의지의 주인이 아닌 것 같은 느낌이 들었습니다."

그 사람이 누나의 사진을 보고 미친 듯이 웃고 있는 것을 목격했을 때, 수현의 모든 감각을 사로잡은 감정은 분노였다. 쓰나미처럼 밀려드는 압도적인 분노는 인간의 의지로는 도저히 막을 수 없는 것이었다.

"그저 휩쓸려 갈 수밖에 없었습니다. 그 거대한 힘에."

본능적으로 알 수 있었다. 어디를 찔러야 그 사람의 생명이 그 사람을 떠나는지. 그를 죽여야만 비로소 숨을 쉴 수 있을 것 같았다. 어마어마한 분노의 파도가 한순간에 그를 휩쓸었고 그 파도가 그의 심장을 관통했다.

"……그래서 어떻게 됐나요?"

눈앞의 이 여자. 온통 신경을 곤두세우고 조심스럽게 자신의 이야기를 듣고 있는 이 여자. 이 여자의 그 파르르 떨리는 눈빛을 보고 있는 지금, 이유는 알 수 없지만 그제야…… 그제야 모든 것이 선명해지기 시작했다.

25년 전 그 여자는 사진을 보면서 웃고 있는 것이 아니었다. 어둠 속이어서 잘 보이지는 않았지만, 그 사람은 소리를 내지르며 울고 있었다. 울음소리인지 웃음소리인지조차 구분할 수 없을 정도로 수현은 분노에 사로잡혀 있었던 것이다. 그 여자의 소리가 울음소리인 것을 뇌에서 감지했던 바로 그 순간, 분노가 그것을 부정했다. 분노는 보고 싶은 것만 보고 듣고 싶은 것만 듣는 고약한 녀석이었으니까. 분노가 감미롭게 속삭였다. ……울고 있을 리 없잖아. 저 여자는 괴물인데.

수현이 준비해간 칼을 꺼냈을 때, 그 사람은 그 어떤 저항도 하지 않았다. 아니다. 이제야 기억났다. 그 사람이 그녀의 심장으로 칼이 들어오기 바로 전, 연한 꽃잎 같은 음성으로 이렇게 말했었다.

"너, 날 찌를 수 있겠니? 그럼 제발 날 찔러."

그 여자 입에서 나온 그 믿을 수 없는 말을, 분노가 부정했다. 분노에게는 진실 따위 아무런 쓸데없는 소모품일 테니까. 분노가 감미롭게 속삭였다. ……너를 조롱하는 거야. "너, 나를 죽일 수 있겠어? 니까짓 게?" 하고 있는 거라고.

그 거대하고 푸른 파도가 지나가고, 그가 깊게 숨을 들이마셨을 때, 그의 코끝에 감도는 것은 놀랍게도 진한 장미 향이었다.

"피에서 진한 장미 향이 났습니다. 황홀할 정도로 향기로웠습니다."

그 여자의 심장에서 뜨거운 핏빛 장미잎들이 하나씩 하나씩 하늘거리면서 떨어지기 시작했다. 너무 뜨거워서 장미꽃잎들이 닿는 곳마다 손을 델 것만 같았다. 차가울 줄 알았는데. 파충류의 피처럼 소름 끼치게 차가울 줄 알았는데, 아니었다. '……괴물의 피도 이렇게 뜨겁구나.' 하는 의외의 깨달음에 수현은 순간 멈칫했다. 내가 지금 무슨 짓을 한 거지? 내가 지금 괴물을 죽인 걸까, 아니면 사람을 죽인 걸까? 괴물이 죽어버린 이 순간을 기뻐해야 하는 걸까, 살인자가 되어버린 이 순간을 슬퍼해야 하는 걸까? 그 황홀하고도 서글픈 핏빛 혼돈 속에서, 여태껏 숨죽이고 가만히 있던 그의 비겁한 양심이 외치고 있었다.

'……넌 인간이 아니야. 넌 괴물이야.'

미칠 듯이 감미로운 장미 향이 그의 모든 감각을 사로잡고 있었다.

'……넌 인간이 아니야. 사람의 피에서 이렇게 고혹적인 향기를 맡고 있잖아.'

핏빛 장미 향이 그의 호흡을 따라 수현의 온몸으로 들어왔을 때의 그 희열. 그 괴물의 목숨이 끊어지는 바로 그 순간의 행복감. 그의 손으로 직접 죽음을 불러왔다는 그 우월한 느낌.

'……넌 괴물이야. 지금 이렇게 행복해하고 있잖아.'

피의 맛을 못 잊어 자기 자식들을 잡아먹고도 눈을 희번덕거리며 환희에 차 있던 누이가 생각났다. 피 맛을 알아버린 괴물은 절대로 그 맛을 잊지 못할 거라고 임 선생이 말했었다. 임 선생의 말이 지금에 와서야 이해되었다. 그건 누이에게 한 말이 아니었다. 그건 그에게 한 말이었다.

"넌 알고 있는 거야. 사람을 죽일 때의 희열. 그 맛을 알아버린 이들은 결코 돌아갈 수 없어."

임 선생의 말이 그의 귀에서 집요하게 맴돌고 있을 때, 또 하나의 잔혹한 진심이 그의 귀를 파고들었다.

"25년 전 딱 이맘때였어요. 엄마가 돌아가셨어요. 바로 이곳에서. 누군가 엄마를…… 살해했어요. 아직 범인은 잡지 못했고."

희주는 담담하게 고백을 이어나갔다.

"어쩌면 그래서 제가 이수현 씨를 처음 만났을 때부터, 운명같이 더 끌렸는지도 모르겠어요. 저와 같은 상처가 있는 사람이어서."

늘 차분한 호수 같았던 그녀의 입에서 이제껏 듣지 못했던 저주의 언어가 쏟아져 나오고 있었다.

"엄마를 죽인 사람이 지금 내 눈앞에 있다면, 그리고 내 손 안에 칼이 한 자루 있다면…… 나라도, 나였더라도, 당연히 그 사람을 찔렀을 거예요. 나라도 그 피의 냄새가 향기로웠을 것 같아요. 그 사람을 죽일 수만 있다면……. 그 사람을 내 손으로 죽일 수만 있다면……."

그녀가 뱉어내는 말들은 수현의 마음에 가시가 되어 박혔다. 그는 고통스러운 시선으로 희주를 바라보았다. 그녀의 눈에 광기가 깃들어 있었다. 왜 이 여자는 스스로 괴물이 되려고 하는가? 괴물로 살아가는 시간이 얼마나 숨 막히게 비참한지도 모르면서.

온몸을 관통하는 분노에 몸서리치며 희주는 천천히 말을 이어나갔다.

"엄마를 죽인 그 사람, 찾고 있어요. 공소시효가 몇 주밖에 남지 않아서, 어쩌면 그 사람을 잡아도 아무것도 못 할 수도 있어요. 그러면…… 그렇게 되면 난 정말……."

그리고…… 수현이 절대로 듣고 싶지 않았던 그 말이 희주의 입에서 흘러나왔다.

"이수현 씨가, 이수현 씨 어머님을 죽인 그 괴물을 죽였던 것처럼. 우리 엄마 죽인 그 괴물도……"

그제야 희주의 파르르 떨리는 눈빛을 보면서 왜 그 저주의 시간에 대한 기억이 선명해졌는지…… 알 것 같았다. 바로 그 눈빛이었다. 25년 전 자신을 바라보던 검은 눈물을 흘리던 눈빛. 모든 것이 혼란스러웠던 그 순간의 모든 기억이 이제야 제자리를 찾고 있었다. 25년이 지난 지금에서야, 그동안 그의 모든 감각을 사로잡고 있었던 분노가 드디어 비겁하게 도망치기 시작한 것이다.

분노가 떠나버린 자리에 이성이 파고들기 시작했다.

이제야 모든 것이 기억났고, 모든 것이 겹쳐졌다. 바로 저 자리. 지금 희주가 앉아 있는 바로 그곳에 안락의자가 놓여 있었다. 희주의 발이 놓여 있는 바로 그곳으로 핏방울이 뚝뚝 떨어지고 있었다. 수현은 서서히 고개를 돌려 안락의자를 바라보았다. 거기에 여자 하나가 앉아 있었다. 그가 찌른 칼이 심장에 꽂힌 채. 그녀가 입고 있던 하얀 옷이 점점 더 붉은색으로, 점점 더 검붉은 색으로 번졌다.

안락의자에 앉아 있던 여자가 갑자기 고개를 들었다. 온통 붉게 충혈되어 피를 쏟아내는 듯한 그 여자의 눈이 수현을 지긋이 바라보았다. 눈에서 검은 눈물을 흘리며 심장에서 피를 철철 쏟아내고 있던 그 여자는…… 희주였다. 수현은 입 밖으로 비명이 새어 나오려는 것을 간신히 참아냈다. 거친 호흡으로 변해버린 그의 비명이 가까스로 그의 폐를 떠나갔다. 수현의 잔상 속에서 서서히 피로 물들어 가던 희주가 녹슨 목소리로 인생에서의 마지막 한마디를 내뱉었다.

"날…… 죽여줘."

공교롭게도, 그리고 잔인하게도, 바로 그 순간에…… 수현의 눈앞에 있는 현실의 희주가 말했다.

"그 사람을…… 죽여주세요."

희주의 목소리를 듣고서야 알게 되었다. 두 사람이 다른 사람이었다는 것. 두 사람의 목소리가 미묘하게 다르다는 것. 그리고 그제야 알게 되었다. 심장이 칼에 찔려 검은 눈물을 흘리고 있던 그 여자는 희주와 매우 비슷하게 생겼지만 다른 여자였다는 것. 지금의 희주보다 훨씬 더 화려한 화장을 하고 있었던 여자. 지금의 희주보다 스무 살은 족히 많아 보이던 여자.

수현의 심장이 그가 25년 전에 죽인 그 여자가 누구였는지 먼저 알아차렸다. 심장이 터질 듯이 뛰기 시작했다. 자신이 찌른 그 여자가 누구였는지 수현의 지각이 마침내 감지한 순간, 그의 속에 있던 일말의 죄책감이 외치고 있었다. 저 여자를 사랑한다면, 지금 당장 여기서 도망치라고. 그녀가 감당할 수 없는 그 잔혹한 진실을 절대로 그녀가 알게 해선 안 된다고.

수현은 두 손으로 테이블을 거칠게 밀어내며 일어났다. 그가 앉아 있던 의자가 투박한 소리를 내며 뒤로 젖혀졌다. 그가 떨리는 목소리로 말했다.

"아무래도 기억해내지 않는 편이 나을 것 같습니다."

몸을 틀어 공방의 문 쪽을 향해 성큼성큼 걸음을 내딛기 시작하는 수현의 뒤를 희주가 따라왔다.

"무슨 일이에요? 기억이 돌아왔어요? 안 좋은 기억인 거예요? 그런 거라면 난 다 괜찮아요. 난 아무래도 상관없어요. 그래도 당신 사랑할 거니까……."

수천 개의 날카로운 유리 조각들이 그의 심장을 난도질하기 시작했다. 하염없이 피가 흐른다.

'……당신이 지금 무슨 말을 하는지 알고 있는 겁니까?'

아이러니하게도 그 순간 수현은 그 몸 안에서 끓어오르는 생존 본능을 느꼈다. 살고 싶었다. 이 죽음같이 비참하고 잔인한 운명을 어떻게든 살아내고 싶었다. 괴물이 아닌 인간으로.

그 순간 또 한 번 그를 덮치고 지나가는 거대한 파도, 그것은 불안함이었다. 생존 본능을 느꼈다는 것은 아이러니하게도 '내가 생존할 수 있을까?' 불안해졌다는 것을 의미했다. '다시는 이 여자를 안을 수 없겠구나. 다시는 이 여자에게 입을 맞출 수 없겠구나. 다시는…… 죽을 때까지 다시는 이 여자를 볼 수 없겠구나……. 내가 살 수 있을까? 내가 저 여자 없이도 살아갈 수 있을까?'

불안의 파도가 그의 온몸을 휩쓸었을 때, 수현은 희주에게 달려들어 그녀의 어깨가 바스러질 만큼 거세게 부여잡았다. 그녀가 놀란 듯 그를 바라보았다. 그 맑디맑은 눈의 괴물을 마주하니 죄책감이 물밀 듯이 밀려들었다. 결국 그 맑은 눈의 괴물을 만들어낸 건…… 그였을 테니까.

더는 그녀의 눈을 보고 있을 수 없었다. 그는 질끈 눈을 감고 그대로 그녀에게 돌진했다. 그리고 그녀의 영혼 안에 살고 있는 괴물을 모조리 흡입하려는 기세로 희주에게 격렬한 키스를 쏟아붓기 시작

지팡이를 쓰는 남자

했다.

그녀의 입술에…….

그녀의 목덜미에…….

그녀의 쇄골에…….

닿아본 적 없는 곳까지 치열하게. 괴물의 흔적이 남아 있는 그녀의
모든 부분에, 그 입술의 뜨거운 온도가 스치고 지나갔다. 사형 집행
을 코앞에 둔 사형수가 사랑하는 이에게 생애 마지막으로 보내는 절
박한 입맞춤이었다. '이제 다시 너를 볼 수 없겠지만, 그 마지막 체온
까지도, 숨결까지도, 체취까지도 모조리 기억하고 가겠노라'는 처절
한 몸짓이었다.

더 깊은 곳으로, 더 아프고 상처 난 곳으로, 더 뜨겁게, 더 절절하
게, 더 고통스럽게, 그의 거친 호흡이 그녀의 온몸에 맹렬하게 달려
들었다. 서로를 향한 그들의 숨결이 서로에게로 흘러내렸다. 수현의
눈에서 피 같은 눈물이 흘러내렸다. 그의 그 뜨거운 눈물이 희주의
목선을 타고 흘러내렸다. 희주가 목에 두르고 있던 자주색 스카프가
하늘거리며 땅으로 흘러내렸다.

그리고…… 스카프가 흘러내린 그 자리를 그의 입술로 더 깊게 파
고들려는 순간…… 그녀의 하얀 목덜미 뒤에서 그는 그것을 보았다.
지난 25년 동안 지겹도록 미치도록 그리고 잔혹하도록 그를 괴롭혀
왔던 악몽의 근원. 그의 인생을 통째로 비극의 색으로 물들이던 그
것. 밤마다 두려워서 차마 하늘을 쳐다보지 못하게 만들었던 그것.
그의 세계를, 그의 시간을, 그 인생의 의미를 송두리째 갉아먹고도
다시 시간이 되면 아무렇지도 않게 우아한 은빛 물결을 내보내고 있

던 그것. 저주의 피를 흘리고 있는 빨간 초승달.

수현의 아드레날린이 미친 듯이 치솟았다. 심장이 폭발할 것 같은 기세로 뛰기 시작했다. 살면서 이토록 두렵고 떨렸던 순간이 또 있었을까?

그는 입 밖으로 튀어나가려는 비명을 끊어질 듯한 신음으로 대신 참아냈다. 수현은 그녀의 어깨를 잡고 있던 두 손으로 희주를 거세게 밀어냈다. 그리고는 두려움 가득한 눈인지, 분노로 터져버릴 것 같은 눈인지, 슬픔을 토해내는 눈인지, 도무지 알 수 없는 눈빛으로 그녀를 바라보았다.

지난 25년 동안 그를 그토록 괴롭혀 오던 소녀의 텅 빈 얼굴이 희주의 것으로 서서히 채워지기 시작했다. 이제야 그 소녀가 누군지 알 것 같았다. 그 소녀는 25년 전의 희주였다. 유혜경 화백의 아틀리에 앞에 쪼그리고 앉아서 이미 죽어버린 엄마를 찾으며 하염없이 울고 있던 바로 그 소녀. 목 뒤에 초승달 모양의 빨간 반점이 있는 소녀.

불편하고 불길한 균열

바쁘게 병원 복도를 걷고 있던 선미가 커다란 창문이 나 있는 의자 앞에 풀썩 앉았다. 선미는 창문 밖으로 시선을 돌렸다. 햇살의 기운을 전혀 찾아볼 수 없을 정도로 층층이 구름이 가득 껴 있었다.

아직도 속이 쓰렸다. 아무래도 그날의 여파일까? 이틀 전, 정우성 형사와 둘이 곱창을 먹으며 소주를 마시고, 입가심을 한다고 맥주를 마시고, 그래도 울적한 마음이 풀리지 않는다고 다시 포장마차에서 깡소주를 들이켰다. 우성의 대리 운전사가 되어주겠다는 다짐은 마지막 포장마차에서 무참히 깨어지고, 결국은 대리를 불러서 각자의 집으로 돌아갔다.

이유를 알 수 없었지만, 선미는 집으로 돌아와서도 기분이 계속 울적해 결국은 와인도 한 병 따고야 말았다. 신기했다. 평소에는 소주 석 잔만 마시면 바로 필름이 끊기는 선미였지만, 이상히게도 그날 우성과 했던 대화는 그가 썼던 조사까지, 그가 지었던 표정까지, 그의 목소리 톤, 그의 한숨 소리까지 다 기억이 나는 것이다.

　지글지글 잘 구워진 대창을 집게로 뒤집어주며 선미가 주제넘게 잔소리를 시작했었다.

　"그러게 희주한테 고백은 왜 했어요? 아니, 왜? 좋아하는 남자가 있는 거 다 알면서. 고백도 때와 장소를 가려가면서, 눈치를 봐가면서 해야지. 고백 못 해서 한이라도 맺혔나?"

　우성은 깡소주를 연거푸 들이부으며 말했다.

　"저, 고백에 한 맺힌 놈 맞습니다. 예전에 심각하게 짝사랑하던 후배가 있었는데, 아……, 걔는 정말이지, 우중충한 날, 한 줄기 햇살 같았어요. 걔만 보고 있으면 온 세상이 다 밝아져, 그냥."

　선미는 노릇노릇 잘 구워진 대창 한 조각을 우성의 접시 위에 올려주면서 물었다.

　"그런데요? 고백했다 차였어요?"

　"에휴, 내 주제에 무슨 고백. 결국 고백 못 했어요. 먼발치에서 바라만 보고 또 바라만 보고. 몇 년을 그러고 있었어요. 그런데 그 후배가 어느 날 내 동기랑 결혼을 한다는 거야. 그 동기 아버지가 그때 검찰총장이랬나? 뭐, 하여튼 그런 어마어마한 집안이었어. 아……, 내 마음이 아주 찢어지는데, 뭐, 어쩌겠어? 일단 나보다도 훨씬 괜찮은 놈 같아서. 그 동기라는 자식."

　"아니 이 양반, 갑자기 웬 반말? 내가 술 취했으니까 봐줍니다. 그래서요?"

"걔 결혼식 날, 갑자기 내가 그냥 객기를 막 부려보고 싶어서 신부 대기실에 딱 찾아갔죠."

"오올……! 결혼 파투 내려고?"

우성이 그런 선미를 한심하게 바라보더니, 한숨을 길게 내뱉으며 말했다.

"……마지막으로 남의 여자가 되기 전 모습 보고 싶어서. 그 모습을 기억해두고 싶어서……."

우성의 말에 선미는 곱창에만 고정되어 있던 눈을 처음으로 우성에게로 가만히 돌렸다.

'이 남자…… 농담이 아니었구나.'

"마지막으로 '결혼 진심으로 축하한다'라고 말하고 멋지게 돌아서려고 했죠. 그런데……"

"……그런데요?"

우성은 잠시 이야기를 멈추었다.

"……내가 좋았대요. 처음 봤을 때부터. 자기는 나만 바라보고 있었대. 내가 자기에게 와주기만 기다리고 있었대."

"……."

"그런데 내가 자기를 단 한 번을 안 쳐다봐주더래. 그렇게 내가 바라봐주기를 기다리고 있었는데. 자기는 그렇게 티를 내면서 나를 좋아했는데, 나는 단 한 번을 안 돌아봐 주더래. 난 정말 꿈에도 몰랐거든요. 사실 알았어도 내 주제에 무슨……."

대체 무슨 말을 해줘야 할까? 그런데 우성의 표정을 살피니, 그 슬픈 이야기의 끝이 거기가 아닌 모양이었니.

"그런데 그때 갑자기 신부 대기실 뒤에서 신랑이 하얗게 질려서 튀어나오는 겁니다. 결혼식 직전에 서프라이즈 프러포즈를 준비했었다나 뭐라나. 무슨 서프라이즈 프러포즈를 결혼식 당일에 하고 난리랍니까? 짜식이 기척이나 좀 하던지. 다 듣고 있었던 거죠. 우리가 하던 얘기를……."

우성은 덤덤하게 말을 이었다.

"그 일 있고 나서 전 도망치듯 유학을 떠났죠. 내가 없어져 주는 게 모두에게 좋을 것 같아서. 그런데 유학 갔다 와서 들어보니 2년 남짓 살다 이혼했다고 하더라고요. 결혼하자마자 별거했다는 말도 있고. 그러더니 이혼하고 나서 몇 개월 안 돼서 교통사고로……. 스스로 몸을 던졌다는 소문도 있고."

선미는 아무 말 없이 우성의 빈 잔을 가득 채워주었다. 우성은 묵묵히 소주를 입속으로 털어 넣었다. 가끔 우성의 얼굴에 드리우던 그림자의 의미를 그제야 알 것 같았다.

"나한테 왜 무리해서 고백했냐고 물어봤죠? 이게 내가 희주 씨에게 고백한 이유입니다. 또 고백을 미루다가 누군가를 불행하게 만들고 싶지 않아서. 그 남자에게서 강희주 씨 구해주고 싶어서. 그 남자랑 같이 있다가는 분명히 그 여자…… 불행해질 것 같아서."

우성은 포장마차 테이블에 거의 닿을 듯이 고개를 푹 숙이고 있었다. 그의 모습이 너무나 안쓰러워 보여서 선미는 한동안 그에게서 눈을 뗄 수가 없었다. 자신도 그 누구보다 더 위로가 필요하면서, 여전히 남들만 위로해주려는 사람. 무슨 위로의 말이라도 해줘야 할 것 같은데, 지금은 오히려 침묵의 시간이 그에게 위로가 될 것만 같아서, 선미는 우성을 한참이나 바라보고만 있었다.

'이런 미련 곰탱이.'

이제야 알게 되었다. 술병이 나서 속이 아픈 게 아니었다. 고개를 푹 숙이고 있는 그의 모습을 생각하니, 마음이 아파서 속이 쓰린 거였다.

선미는 스스로 한심해하며 힐끗 병원 창문 밖을 바라보았다. 하늘은 여전히 우중충한 구름 떼로 가득 차 있었다. 햇살이 나올 때가 됐는데……. 그때 선미의 가운 주머니에 있던 삐삐가 요란하게 울려댔다. 선미는 삐삐를 꺼내서 번호를 확인했다. 응급실에 코드가 뜬 모양이다. 선미는 크게 한숨을 내쉬며 의자를 박차고 일어나 응급실을 향해 힘차게 뛰기 시작했다.

❖

같은 시간, 우성도 배를 움켜쥐고 있었다. 하루 전도 아니고, 이틀 전에 마신 술 때문에 아직도 숙취에 시달리고 있었다.

'아, 속 쓰려.'

잔이 빌 때마다 그 여자가 족족 채워주는 소주를 다 마시는 게 아니었다. 그 여자는 잔을 채워주기만 하는 것이 아니라 우성이 그 잔을 싹 비울 때까지 눈앞에서 턱을 괴고 앉아서 불쌍한 아기 고양이 눈을 하고 기다리고 있었다. 자기는 어차피 오늘은 술을 못 마시니까 우성이 술 마시는 모습을 보면서라도 술에 대한 갈망을 채우겠다는 이상한 말을 지껄이면서. 그러나 결국 자기도 마셨으면서 말이다.

'세상에 그런 괴물 같은 여자가 다 있다니.'

후회 중이었다. 아무래도 그날 너무 말을 많이 한 것 같다. 다른 얘기는 그렇다 쳐도, 햇살…… 햇살 얘기는 하는 게 아니었는데…….

❖

"내가 유학했던 데가 어딘 줄 알아요? 미국 중부 깡시골. 거기가 어떤 줄 알아요? 아주 그냥 10월부터 4월까지 눈이 오는 그런 열악한 곳이었어요. 10월부터 4월까지 파란 하늘을 아예 볼 수가 없어. 하늘이 주야장천 회색이야."

그는 선미가 개인 접시에 덜어준 대창을 하나 집어먹고는 다시 말을 이었다.

"길고 긴 겨울이 계속되다가, 어느 날 갑자기 그 두꺼운 구름 막이 걷히고 쨍하고 해가 처음으로 나오는 날이 있거든요. 와……, 그야말로 기적 같은 날이죠. 그럼 막 애들이 다 훌러덩 벗고 밖에 나와서 잔디밭에 누워서 선탠을 해요. 하하하. 다들 미친 거지. 아직 잔디에 눈이 채 녹지도 않았고만. 역시 미국 애들 체력이 끝내주더만."

선미는 그의 횡설수설을 인정사정없이 딱 잘라냈다.

"정 형사님, 학교 다닐 때 국어 못했죠? 맨날 주제가 가출해서 돌아올 생각을 안 해."

말로는 우성을 있는 대로 구박하는 것처럼 보였지만, 선미는 우성의 컵에 물이 빈 것을 보고 살갑게 물을 챙겨주며 계속 말을 이었다.

"그래서 하고 싶은 말이 뭐예요? '우리 희주가 정 형사님께 그런

봄 햇살 같은 존재다', '희주는 내 인생의 기적이다' 뭐, 이런 오글거리는 말 하려고요?"

"……내가 희주 씨에게 그런 햇살 같은 존재가 되어주고 싶었다고요. 그 여자, 너무 어두운 겨울날들처럼 살아온 것 같아서."

그때 말없이 그를 바라보던 선미의 깊은 눈빛이 자꾸만 생각난다. 왜 그녀의 그 눈빛이 우성의 심장에 서늘한 바람을 불어넣는지는 도무지 알 수 없었다. 그렇게 한참 우성을 바라보던 선미가 한숨을 내쉬면서 단호하게 말했다.

"누군가의 햇살이 되려고 하기 전에, 일단 정우성 형사님 안에 있는 빛부터 찾아내세요. 그 빛이 꺼져가는 줄도 모르고. ……내 안에 빛이 없으면 누군가의 햇살도 되어줄 수 없어요. 에라, 모르겠다. 이모! 여기 소주잔 하나 더 주세요."

그런데 저 여자, 왜 화를 내는 것 같지? 여태까지는 늘 장난기 어린 눈빛과 표정이었는데……. 저 여자의 저런 심각한 눈빛을 마주하게 된 것은 처음이었다. 왜 그 여자는 그런 아리송한 말을 해가지고 우성의 속을 뒤집어놓는지 알 수 없었다.

'대체 뭔 말이야, 그게? 대체 나더러 무슨 빛을 찾으라는 거야?'

우성이 쓰린 속을 부여잡고 오늘 들어 벌써 네 번째로 화장실로 향하고 있을 때, 우연히 화장실 옆 창문으로 보게 되었다. 두껍고도 견고한 구름층을 뚫고 나오는 한 줄기 가녀린 햇살. 우성은 마치 흘려버리기라도 한 듯 햇살을 바라보고 있었다. 저 멀리, 아무리 노력해도 손닿지 않는 곳에 있을 것만 같았는데, 그 햇살의 각도가 오묘하게 우성이 기대고 있는 창문 쪽을 여릿하게 비춰주기 시작했다.

그는 배가 아픈 것도 잊고 꽤 오랫동안 그 창문에 머리를 맞대고 햇살을 받았다. 몸속 깊은 곳까지 골고루 따뜻해지는 느낌이 들었다.

'이런 느낌이었구나. 내 안의 빛을 찾아내는 느낌.'

그제야 선미가 했던 말이 무슨 말인지 조금은 알 것 같았다.

'제법인데, 주 선생.'

그가 다섯 번째로 화장실을 다녀왔을 때, 변 형사가 우성에게 숙취 해소 음료를 내밀며 말했다.

"거, 보십시오. 저 따돌리고 그 선머슴 같은 여의사랑 단둘이만 드시니 그렇게 술병이 나신 겁니다. 쌤통이지 말입니다."

우성은 숙취 해소 음료를 한 번에 들이켜고 변 형사를 닦달하기 시작했다.

"아……, 시끄러, 인마. 알아봤어? 졸레타놀 유통 현황."

변 형사는 폴더에서 종이를 한 장 꺼내 우성에게 건네주며 말했다.

"졸레타놀이 워낙 희귀 약물이어서 전 세계적으로도 구하기 힘든 약물이랍니다. 단가가 워낙 높아서, 사실상 이제는 거의 쓰지 않는 약이라고. 지금은 망하긴 했지만, 국내에서 졸레타놀을 유통하는 제약회사가 하나 있긴 했습니다. 어렵게 그 회사 장부를 얻어서 보다가 눈에 띄는 게 하나 있어서. 여기 좀 보십시오."

우성은 변 형사가 파란색 형광펜으로 표시해놓은 부분을 주의 깊게 읽어 내려갔다.

"몇 년 전에 전남 어느 지리산 산골, 간판도 없는 동물병원에서 졸레타놀을 300바이알 이상 구매했다는 겁니다. 한 바이알 안에 10mg

씩 약물이 들어 있다고 하니까, 3,000mg 이상 구매했다는 건데……, 강아지 한 마리가 아무리 커도 7kg이라는 가정하에, 강아지를 100마리 정도 안락사시키기에 충분한 양이죠."

"근데 산골 동네에 있는 동물병원이라면 소, 돼지, 말 그런 애들한 테 쓸 수도 있는 거 아닌가?"

"아, 제가 그것도 알아봤는데요, 그런 가축들은 아예 다른 마취제를 쓴다던데요. 일단 몸집이 크니까 마취제 양이 훨씬 많이 필요하고, 이런 가축들은 단가가 낮은 메터코민 같은 약을 쓴다고……. 그것도 알아봤는데, 만복골 동물병원에서 메터코민은 또 따로 2,000mg을 구매했더라고요. 좀 구린 냄새가 나지 말입니다."

"수의사 신원은? 마약 전과는?"

"수의사 이름은 임재병. 나이는 70대 후반쯤으로 추정됩니다. 아무 전과 없이 깨끗합니다. 아직 수의사 면허는 유효하긴 한데, 건강상의 문제로 동물병원 문을 닫은 지는 6개월쯤 됐다고 하더라고요. 그런데 선배님, 하나 찜찜한 게 있지 말입니다."

"뭔데?"

"청운파 조상기가 이 지역 출신이랍니다. 조직폭력담당 곽 형사랑 얘기하다가 우연히 지리산 만복골 얘기가 나왔는데, 곽 형사가 그러더라고요."

아무 말 하지 않았지만 그의 눈빛이 순간 반짝였다는 것을 우성스스로도 느낄 수 있었다. 거의 광기에 가까운 반짝임이었다는 것도.

"변 형사, 그 동물병원이 어디에 있다고?"

"주소…… 여기 있습니다. 진남 소례군 신동면 만복골이라는, 지리산 뒤쪽 조그만 동네에 있는 동물병원이랍니다. 간판도 없이 구멍가게 수준이라는 것 같습니다."

"변 형사, 오늘 오후에 무슨 일 없지?"

"네, 별다른 일은 없습니다. 간만에 집에 가서 좀 씻고 자려고 하는데 말입니다."

"야야야, 넌 씻는 거랑 안 씻는 거랑 별반 차이 없어. 아니 아니, 넌 사실 안 씻는 게 훨 더 멋져. 너의 꼬랑내는 야성미가 느껴지는 너의 유일한 매력 포인트라고 할 수 있지. 너, 운전 좀 해라."

"어디 가시려고요?"

"간만에 지리산 구경이나 좀 하고 오자. 내가 오리 백숙 쏠게."

우성은 이미 야상 재킷을 걸치며 자리에서 일어서고 있었다.

❖

우성이 만복골에 도착한 것은 거의 저녁이 가까워진 늦은 오후였다. 산새 너머로 회갈색 빛 저녁노을이 이미 시작되고 있었다. 읍내에 있는 동물병원 문에는 자물쇠가 굳게 걸려 있었다. 우성이 만복골 파출소에 수사 협조를 요청하니, 지금 막 경찰학교를 졸업해 의욕 충만한 젊은 형사가 하나 따라붙었다.

"임 선생님이 마약 관리 위반을 하실 그럴 분이 아닌데, 뭔가 착각하신 거 아닙니까? 아주 고매한 인품을 가지신 분인데 말입니다. 여기서 이렇게 썩고 계실 분이 아닌데."

그는 수의사의 자택으로 오는 내내, 임 선생님이라는 자의 고매한 성품에 대해 구구절절 이야기를 풀어놓았다. 하지만, 수의사의 자택 문을 열자마자 말 많던 신참 순경은 갑자기 입을 닫아버렸다.

"으허……, 여기 분위기 왜 이래? 예전 저희 동네에 있던 흉가 같지 말입니다."

차를 주차하고 뒤늦게 그들을 따라 들어오던 산만 한 등치의 변 형사도 몸서리를 치며 말했다.

집 마당이 온통 피 칠갑 되어 있었다. 혈흔을 보자마자 우성과 변 형사는 자동적으로 38구경 리볼버를 꺼내 들고 집안으로 진입했다.

뭔가 이렇다 하게 딱 꼬집어서 왜 이런 느낌이 드는지는 알 수 없었지만……, 수의사의 자택이라는 그곳은 고요하지만 끔찍한, 깨끗하지만 추악하기 짝이 없는 지옥 같은 곳이었다. 보통 사람들이 생각하는 비명과 고통의 절규가 느껴지는 아비규환의 지옥이 아니라, 생명이 없는 것들이 모든 것을 서서히 말살해가는 느낌의 지옥. 무엇인가 지나치게 깔끔하게 정리되어 있었지만, 동시에 무엇인가 지나치게 파괴된 느낌의 장소였다.

곳곳에 풍기는 지독한 죽음의 냄새와 그 죽음의 냄새를 어떻게든 덮어보겠다는 듯 풍기는 강렬한 유한락스의 냄새가 피와 뒤섞이면서 역겨운 악취를 만들어내고 있었다.

"계십니까?"

우성이 한 번 더 조심스럽게 물었지만 그의 소리는 허공에 떠돌다가 공기 중으로 허무하게 흡수되었다. 수의사의 집은 비어 있었다. 그제야 우성과 변 형사는 리볼버를 거두었다.

우성은 마당부터 꼼꼼하게 살펴보았다. 대야 세 개가 그기 별로 나란히 놓여 있었고, 신발장에는 신발들이 한 칸에 세 켤레씩 색깔별로 정돈되어 있었다. 신발과 신발 사이의 간격은 대략 10cm씩 일정했다.

일단 가장 먼저 눈에 들어오는 것은 마당에서 바로 보이는 대청마루에 나란히 세워져 있는 여섯 대의 진공청소기였다. 업소에서나 쓸 법한 대형 진공청소기부터, 자동차 청소할 때 쓰이는 소형 무선 청소기까지 나란히 정렬되어 있었다. 청소기와 청소기 사이의 간격은 대략 30cm로 일정했고. 청소기는 먼지 하나 앉아 있지 않고 깨끗하게 세척되어 있었다.

"먼지가 하나도 없는 청소기라……. 이것도 참 어려운 일 아닙니까?"

옆에서 변 형사가 한마디 했다.

우성은 슬래브 지붕의 시멘트 집 옆에 있는 조그만 창고 문을 열어보았다. 창고에는 비누와 대용량 유한락스, 항균 처리가 되어 있는 물티슈가 한 치의 오차도 없이 가지런히 정렬되어 있었다.

'이 사람 혹시 강박증 환자인가?'

그때, 집 옆에 있는 기역 자 모양의 축사에 먼저 들어갔던 변 형사가 다급한 목소리로 우성을 불렀다.

"선배님, 여기 와서 이것 좀 보셔야 할 것 같은데요."

축사 안에는 뭔가가 심각하게 썩어들어 가는 냄새로 가득했다. 이 수의사의 자택에 들어오자마자 그들의 코를 자극했던 냄새의 근원이 바로 이곳이었다. 배설물로 범벅이 된 바닥 낮은 곳으로 수많은 파리 떼가 왱왱거리고 있었다. 그 파리 떼가 중점적으로 모여 있는 곳으로 시선을 돌리니, 비좁은 철장 안에 죽음의 잔여물들이 여기저기 널브러져 있었다. 자는 것처럼 죽어 있는 개 네 마리는 보기에도 처참할 정도로 앙상하게 말라 있었다. 사체에 가장 물기가 많은 눈과 입 주변으로 구더기가 꿈틀대고 있었다. 사체에 별다른 상처가 없었다는 뜻이다. 사체에 개방되어 있는 상처가 있었다면 그 부분에 먼저 쉬파리들이 몰려들어 알을 낳았을 것이다. 아직 구더기가 들끓지 않는 부분을 찬찬히 살펴보니 거의 거죽이 뼈에 붙어 있을 정도로 말라 있었다. 임 선생이라는 이 사이코 수의사 작자. 적어도 몇 주 동안 개들에게 사료를 안 주고 굶겨 죽인 거다. 10월 중순, 산 중턱에 자리한 집, 밤에는 영하까지 기온이 떨어진다는 것을 감안했을 때, 이 정도로 구더기가 들끓고 주변에 아직도 파리 떼가 상주해 있다는 것은 죽은 지 적어도 이 주일은 됐다는 뜻인데…….

"어흑, 이게 뭡니까?"

뒤늦게 신참 순경이 축사로 들어오더니, 개들의 사체를 보고 토가 쏠리는 표정으로 말했다.

"이 개들……, 설마?"

"뭐 짚이는 거 있습니까?"

우성이 묻자 신참 순경은 주섬주섬 주머니에서 수첩을 하나 꺼내서 넘기며 말했다.

"어디 보자. 그게 언제쯤이었지? 아……, 여기 있습니다. 8월 16일에 만복골에 비가 많이 와서 산사태가 났었는데, 그때 산에 살고 있던 들개 몇 마리가 마을로 들어와서 진상을 부렸습니다. 이것들이 농작물을 망치고 다니고, 사람들도 물어서 다치게 했는데, 이장님은 다리를 물려서 거의 50바늘 이상 꿰매셨답니다. 그래서 저희가 산 채로 포획해서 임 선생님께 데리고 왔었죠. 마취제로 안락사시켜 주신다고 해서. 아무래도 그때 그놈들 같은데요."

이 축사는 모든 것이 먼지 하나 없이 병적인 수준으로 깔끔하게 정리되어 있던 집안의 형색과는 거리가 멀다. 이 눈에 띄게 불편하고 불길한 균열은 뭐지?

"이분이 그럴 분이 아닌데. 그 나이 노인분치고 얼마나 명민하고 빠릿빠릿 하신데요."

신참 순경의 말을 듣고 나서야, 우성의 머릿속에 밀려드는 가능성 하나.

'……이 사람 혹시?'

신참 순경은 주위 이웃에게 임 선생의 행방을 물어보겠다고 나가고, 우성과 변 형사는 임 선생의 자택 안으로 조심스럽게 진입했다. 우성의 머릿속을 파고드는 '혹시'의 가능성은 수의사의 안방으로 보이는 방문을 열자마자 명확하고도 분명하게 확인되었다. 더러웠다. 벽 위에 덕지덕지 묻은 정체를 알 수 없는 갈색 물질들. 그리고 구역질 나게 밀려드는 악취.

"헉, 이거 무슨 냄샙니까?"

산도깨비 같은 외모와 어울리지 않게 엄청 비위가 약한 변 형사가 옷소매로 코를 덮으며 따라 들어왔다. 이 냄새……. 우성에게는 익숙한 냄새였다. 중증 치매였던 할아버지를 7년이나 함께 모시고 살았었으니까. 왜 치매 환자들은 자신들의 변에 그렇게 집착을 하는 건지 도무지 이해할 수 없었지만, 할아버지 방에 들어가면 늘 이런 비슷한 냄새가 났다.

'이 수의사라는 사람, 치매 증상이 시작된 거야.'

우성은 천천히 방을 둘러보았다. 벽마다 빼곡하게 글씨가 쓰여 있었다. 자세히 보니 일기인 것 같다. 몇 월 며칠 몇 시에 누구를 만나고, 누구와 뭐를 했고, 뭐를 먹고. 의미 없는 사실들의 나열이었지만, 치매라는 사실이 전혀 드러나지 않을 정도로 완벽한 형체를 갖춘 글씨체였다. 방바닥에는 찢어진 수첩 속지들이 어지럽게 흩어져 있다. 자세히 들여다보니 찢어진 수첩 속지마다 사람의 이빨 자국이 나있다. 먹으려고 했던 것이다. 너덜거리는 수첩의 잔재를 보니, 이미 많이 먹어치운 것 같다. 치매 환자들 중에서 가장 불행한 부류는 바로 강박증이 있는 환자들이었다.

대부분의 강박증 환자들은 세세한 모든 순간에 대한 기억에 집착한다. 그들은 작년 8월 26일 11시 53분에 무슨 일이 있었는지 일일이 기록해놓고, 그것을 다 기억해내야 하는 자들이었다. 이 수의사라는 사람도 마찬가지였을 것이다. 자신이 치매에 걸렸다는 것을 자각한 그 순간, 어떻게든 기억을 해내려고 발악을 했을 거다. 그래서 수첩의 속지를 씹어 먹었을 것이다.

매 순간 그토록 집착해오던 기억이 그를 떠나고 있다는 사실을 알게 된 그 순간, 얼마나 비참했을까? 청소기가 여섯 대나 있을 정도로 유난히 깔끔을 떨던 양반이, 어느새 정신을 차려보니 벽에 똥칠을 하고 있었다는 사실을 알게 된 순간, 얼마나 비참했을까?

"정 선배님! 빨리 여기 좀 와보십시오!"

그때 비위 상하는 고약한 냄새를 견디지 못하고 미리 밖으로 뛰쳐나간 변 형사가 다급한 목소리로 우성을 불렀다. 변 형사가 있는 뒷

마당으로 가보니, 커다란 드럼통이 있었다. 그 드럼통에서 1m 남짓 떨어진 발혈 지점을 중심으로 온통 엉망진창으로 흐트러져 있는 혈흔이 시선을 압도했다. 대충 혈흔이 퍼지는 크기와 돌기의 개수를 분석해봤을 때, 140cm쯤에서 낙하한 것 같았다. 땅바닥에 떨어진 혈흔의 크기는 4mm 이상. 둔기나 주먹 등의 타격으로 생긴 혈흔 패턴이 아니라, 중력에 의한 자연 낙하 혈흔에서 발견되는 패턴이었다.

우성은 날카로운 눈으로 주위를 돌아보았다. 피가 스프레이처럼 여러 곳으로 뿜겨져 나온 것은 사실이었지만 피의 근원지는 한 곳. 몸부림이나 반항의 흔적은 눈을 씻고 찾아봐도 찾을 수 없다.

우성과 변 형사는 조심스럽게 드럼통 주위로 다가갔다. 그 드럼통을 가득 채우고 있었던 것은, 거뭇하게 그을린 수첩과 종이 쪼가리, 노트, 그리고 그것들을 태우려다가 만 흔적이었다. 무언가 한바탕 피의 파도가 드럼통 위를 휩쓸고 지나간 것 같았다. 드럼통의 깊숙한 곳을 찬찬히 들여다보니, 거기에도 역시나 혈흔의 웅덩이가 보였다.

"태우려고 하다가 피가 튀어서 불이 전소된 모양이지 말입니다."

심장 박동이나 동맥 손상 시 발현되는 분출 혈흔(Arterial spray)의 흔적이었다. 박동에 맞춰 리드미컬하게 분출되는 형태라고나 할까?

우성이 종이 쪼가리에 묻은 혈흔을 손으로 만져보니, 아직 손에 살짝 피가 묻어나올 정도의 습기가 느껴진다. 이 혈흔 웅덩이가 생긴 것은 세 시간 내외일 것이다.

'이 정도 피를 흘렸다면, 피해자가 사망했을 확률이 높은데⋯⋯.'

우성과 변 형사가 드럼통에서 단서가 될 만한 것들을 챙기고 있을 때, 신참 순경이 다급하게 들어오며 말했다.

"오늘 오후, 임 선생님이 크게 다쳐서 앰뷸런스가 왔답니다. 연곡시에 있는 종합병원으로 옮겨졌다고 하는데요. 사고 당시 양아들이라는 자가 함께 있었다고 합니다."

우성은 드럼통에서 노트들을 일단 주섬주섬 챙기며 말했다.

"변 형사, 가자."

변 형사가 운전하는 차의 뒷좌석에 앉아서 우성은 드럼통에서 챙긴 노트들을 찬찬히 들여다보았다. 대부분 의미 없는 일상의 기록, 만복골 작은 마트에서 식료품과 일상용품을 사고 나서 받은 영수증 쪼가리였다. 그런데 그 노트 중의 하나가 아무래도 심상치 않았다. 깨알 같은 크기의 영어로 쓰여 있는 의약품 설명서들을 꼼꼼하게 스크랩해둔 노트였다. 우성은 한 장, 한 장씩 스마트폰으로 사진을 찍어서 국과수 이지연 박사에게 무슨 의약품인지 의뢰하는 이메일을 보냈다.

수의사가 구급차에 실려 갔다는 병원은 만복골에서 가장 가까운 연곡시에 있는 종합병원이었다. 말만 종합병원이지, 5층짜리 아담한 건물의 자그마한 병원이었다. 차를 세우고 들어가려는데, 우성의 전화벨이 울렸다. 국과수 이지연 박사였다.

"이 박사, 무슨 약들인지 알아봤어?"

[선배. 대박! 이 약들 대체 어디서 발견한 거예요? 혹시 아까 간다던 그 지리산 동물병원?]

"왜? 이상한 약들이야?"

[선배가 찍어서 보내준 설명서 다 대조해봤는데, 총 여덟 가지 약이 발견됐어요. 그중의 일곱 개는 동물병원에서 흔히 쓰이는 약들이

에요. 제가 예전에 스탠더드 만들어드렸던 졸레타놀 기억하시죠? 그 약 설명서 포함해서요.]

"특이사항은?"

[그런데 다른 약들은 다 동물에 쓰는 약이었는데, 사람한테 쓰는 약이 딱 하나 있었어요. '네프로스타'라는 약인데 고혈압, 협심증 잡아주는 베타 차단제(Beta blocker)거든요. 교감 신경을 차단해서 심박수를 감소시켜주는 약물이에요.]

'……수의사라는 사람이 지병이라도 있었나?'

우성의 생각 위로 이 박사의 낭랑한 목소리가 들려왔다.

[그런데 이 약은 사실 고혈압 치료제로 쓰이기보다는 다른 용도로 더 유명한 약입니다.]

"무슨 용도로 쓰이는 약인데?"

전화 너머로 이지연 박사의 설명을 듣고 있던 우성의 표정이 딱딱하게 굳어지고 있었다.

23

메두사가 흘린 피

지금 막 임 선생이 죽었다. 심장이 뛸 때마다 미친 듯이 피를 쏟아내던 임 선생을 데리고 병원에 도착한 것은 늦은 오후였는데, 어느새 밝은 산골 특유의 짙은 초록색 어둠으로 촘촘하게 깔려 있었다.

수현은 영안실 밖에 있는 초라한 의자에 털썩 앉아 그의 손을 하염없이 바라보았다. 병원에 와서 몇 번이나 손을 씻었지만, 여전히 임선생의 끈적이는 피로 범벅되어버린 느낌을 지울 수 없었다.

만복골 임 선생의 아지트를 다시 찾은 건 오늘 이른 아침이었다. 인생에서 다시는 찾고 싶지 않은 이곳을 찾은 이유는 한 가지뿐이었다. 왜 첫 번째 저지른 살인의 기억이 나지 않는 것인지, 왜 그 살인을 기억해내려고 하면 이렇게 머리가 터질 듯 아프고 구토가 나는 것인지, 그 이유를 임 선생은 알고 있을 것 같다는 생각이 들어서였다.

공기에서는 산 특유의 새벽 향기가 배어 나오고 있었다. 새벽빛의 푸르스름한 기운이 임 선생 아지트의 마당을 서늘하게 비춰주고 있었다. 모든 것이 어이없을 만큼 가지런하게 정리된 임 선생의 아지트는 한층 더 을씨년스럽게 보였다.

거기 임 선생이 서 있었다. 마당에 어린아이처럼 주저앉아 흙 놀이를 하던 그가 수현을 보고는 티 없이 해맑게 웃으며 그에게 뛰어왔다. 죽음처럼 섬뜩한 이곳과는 어울리지 않는 이질적인 미소였다. 그런 그의 미소를 보니 온몸이 오싹해졌다. 뭔가 이상했다. 단 한 번도 그가 저렇게 웃는 것을 본 적이 없었다.

그는 눈에 띄게 야윈 모습이었다. 온몸에는 덕지덕지 붙은 오물들이, 썩어들어 가는 악취를 풍겨대고 있었다. 언제 마지막으로 목욕을 했는지 도무지 분간이 안 가는 더러운 행색이었다. 수현은 깔끔하지 않은 임 선생의 모습을 단 한 번도 본 적이 없었다. 오히려 손을 너무 자주 닦아서 늘 습진을 달고 사는 인간이었는데, 왜 저런 행색으로 있는 거지?

임 선생은 수현이 서 있는 대문 쪽으로 가까이 와서 반갑게 말했다.

"형! 왜 이렇게 늦게 왔어?"

순간 숨이 멎었다. 세상의 공기가 다 사라져버린 것만 같았다.

"형, 빨리 들어와. 나 배고파. 형, 고기 사 왔어?"

임 선생이 천진난만한 표정으로 수현에게 투정을 부렸다.

치매. 치매가 시작된 것이다. 사소한 기억 하나하나에 집착하던 양반이었는데. 그 기억들이 그를 떠나고 있었다. 갑자기 주체할 수 없을 정도로 분노가 치밀어 올랐다. 수현은 임 선생의 어깨를 억세게 붙잡고 소리쳤다.

"당신, 왜 이래? 내가 왜 당신 형이야!"

그의 서글픈 외침이 아득한 메아리가 되어 다시 그의 귀로 돌아왔다.

"……형, 무서워. 왜 그래?"

임 선생이 겁에 질린 표정으로 수현을 바라보았다. 수현은 안타까운 눈빛으로 오랫동안 임 선생을 바라보았다. 딱히 눈물이 흐르는 것은 아니었다. 그저 분노와 체념이 흐르고 있을 뿐이었다. 그러나 치매 증상으로 영혼이 맑아진 임 선생은 그것이 눈물로 보였나 보다. 임 선생이 흐르지도 않은 눈물을 닦아주며 말했다.

"……형, 미안해. 내가 잘못했어. 울지 마."

그제야 수현은 절망에 가까운 탄성을 내뱉었다. 그 탄성의 끝이 돼서야 뜨거운 눈물이 그의 눈에서 흐르기 시작했다. 수현은 일단 욕조에 따뜻한 물을 받아놓고 임 선생을 씻겼다. 온몸은 상처투성이였고, 남은 것이라곤 뼈밖에 없는 듯한 몰골이었다. 한때 이 바닥 최고의 살수로 위용을 떨치던 자태는 어디론가 사라지고 죽음이 가까이에 와 있는 노인의 비참한 몸뚱이만 욕조 안에 덩그러니 앉아 있을 뿐이었다. 임 선생이라는 인간의 마지막 존엄성이 더러운 땟국물이 되어 욕조 안의 물을 거뭇하게 만들고 있었다.

수현은 오랜 시간을 들여 임 선생을 씻긴 뒤 방에 눕혔다. 기분이 좋아진 임 선생은 코를 골며 잠이 들었다. 수현은 그나마 집에서 가까운 손바닥만 한 마트에서 고기를 한 근 사 와서 임 선생을 위해 밥을 지었다. 밥 두 공기를 거뜬히 먹고는 부른 배를 두드리며 나른하게 누워 있는 임 선생을 뒤로하고 수현은 방을 나왔다. 그런 임 선생의 모습을 보니 참담하고도 안쓰러웠다. 이제 어떻게 해야 할까? 암담함이 밀려들었다.

수현이 다시 임 선생의 방으로 들어갔을 때, 임 선생은 어둠 속에서 자신의 책상 앞에 꼿꼿이 앉아 있었다. 기척이 들리자 임 선생이 고개를 돌려 수현을 바라보았다. 그는 어느새 수현이 알고 있던 임 선생 본연의 모습으로 돌아와 있었다. 지금 막 사람을 베어 검붉은 피가 뚝뚝 떨어지고 있는 칼날 같은 표정이었다.

"네가 여긴 웬일이냐?"

파충류가 살갗을 지나가는 것 같은 목소리로 그가 물었다. 이 인간이 불과 조금 전까지 "형이 있으니까 너무 좋다." 하며 어리광을 부리던 인간이었나 싶을 정도로 소름 끼치는 목소리였다. 기억이 다시 돌아온 것이다!

'······왜 곰보가 살아 있는 겁니까? ······왜 나한테는 곰보가 죽었다고 한 겁니까? ······내가 죽인 그 사람은 대체 누굽니까? ······왜 나는 그 기억이 나지 않는 겁니까? ······당신 나에게 무슨 짓을 한 겁니까?' 머릿속으로 오만 가지의 질문들이 해일처럼 몰려들었지만, 그는 그 해일들을 꾹꾹 밀어 넣었다.

"······병원에 모셔다드리러 왔습니다."

"······쓸데없는 소리."

단 두 마디로 수현의 제안을 일축해버리는 임 선생을 무시하고 수현은 가방을 싸기 시작했다. 그런 수현을 말없이 쏘아보다 임 선생이 살벌한 목소리로 내뱉었다.

"곰보를 만났다지? 너, 25년 전 그 사건이 궁금해서 온 거냐?"

역시 임 선생이었다. 수현을 다시 본 그 순간, 그는 이미 수현의 머릿속에 들어가 있었던 것이다. 수현은 가방을 싸다 말고 간절한 눈으로 임 선생을 바라보았다. 그런 수현을 조롱하듯 임 선생은 천천히 시간을 끌면서 말을 시작했다.

"유혜경이라고 유명한 여류 화가를 죽였다고 했다. 그 화가가 너희 누나를 그렇게 만들었다고 했어. 그래서 복수를 하겠다고. 화가 머리끝까지 난 상태였는데도, 아무런 감정의 동요 없이 그 사람을 찌르고, 유유자적 현장을 떠났지. 그리고 상기 업소에 돌아와서 아무 일 없었다는 듯이 설렁탕 한 그릇을 뚝딱 해치웠다고 하더군. 대단해. 고작 열네 살짜리 소년이."

임 선생은 늘 그랬다. 수현의 첫 작품은 그야말로 완벽 그 자체였다고. 열네 살짜리 아이의 솜씨라고 도저히 믿어지지 않을 만큼 대담하고 깔끔하고 여유롭기까지 했다고. 그 어린 소년은 피를 보고도 전혀 흥분됨이 없이 지문 하나, 머리카락 한 올 남기지 않고 유유자적 사건 현장을 떠났다고 했다. 게다가 놀라운 것 하나는, 소년은 그 당시 누나의 죽음으로 인해 눈에 보이는 게 없을 정도로 분노하고 있는 상태였다는 것이다. 아무리 강도 높은 훈련을 받은 살수라도 보통 감정에 휘둘리게 되면 실수를 하기 마련이었다. 하지만 그 열네 살 소년은 분노라는 감정에 전혀 휘둘림 없이 마치 게임이라도 하듯, 살인의 모든 스테이지를 차근차근 클리어해 나갔다. 40년이 넘는 세월을 살수로 살아온 임 선생마저도 살인의 순간을 생각하면 여전히 온몸이 비친 듯이 떨려오는데, 마치 수현은 두려움을 담당하는 뇌의 부분을 거세당한 것 같다고 했다.

"그 괴물 같던 녀석이 그다음 날 범행 현장을 갔다가 우연히 그 화가의 어린 딸이 엄마를 찾으며 울고 있는 걸 봤다고 했어. 찌질한 놈. 그게 뭐 대수라고. 엄마를 잃는 아이들이 하루에도 수천수만이야. 그 다음부터 찔찔 짜고, 열이 나고, 헛소리를 해대고. 쯧쯧. 약해빠진 놈."

임 선생의 말을 듣고, 기억의 거품 하나가 수면으로 빼꼼 떠 올랐다. 누나를 잃었을 때의 숨이 끊어질 것 같던 고통이었다. 슬픔의 가시덩굴이 그의 심장을 옥죄고 들어와 '차라리 여기서 죽었으면 좋겠다.' 싶게 만들던 무자비한 고통 뒤에는 '내가 저렇게 어리고 여린 아이에게 똑같은 상처를 주었구나.' 하는 끔찍한 자각이 시작되고 있었다. 그가 '나는 인간일까?' 하는 일말의 소망을 놓아버린 순간이었다. 소망은 그렇게 쉽게 놓아졌다. 그렇게 하염없이 홀홀 그를 떠나가버렸다.

"……그런데, 왜 저는 그 기억이 나지 않은 겁니까?"

"기억이 안 나니까 기분이 어때? 아주 몽롱하니 좋았지? 넌 나한테 평생 고마워해야 해. 너의 기억을 내가 지워줬으니까. 안 그랬다간 매일 밤마다 찔찔 짜고 있었을걸. 덜떨어진 놈. 잊은 것으로부터 세상은 잊힌다. 티끌 없는 마음의 영원한 햇살."

임 선생은 또 알 수 없는 말을 지껄이며 낄낄 웃기 시작했다. 임 선생의 눈빛이 다시 말개진 아이의 것으로 변하고 있었다.

대충 방을 정리하고 입원에 필요한 가방을 싸서 밖으로 나왔을 때, 임 선생은 뒷마당에 있었다. 또다시 기억이 돌아온 것 같았다. 임 선생은 성냥에 불을 붙이고는 드럼통 속으로 성의 없게 던져 넣었다. 무엇을 태우려는지 알 것 같았다. 평생 그토록 집착하던 그의 노트들, 기억의 조각들을 태우려는 것이다. 그것들이 있으면 기억하지 못한다는 사실이 더 괴로워서일 것이다.

불이 붙는 소리에 이어 종이가 타들어 가는 냄새가 천천히 올라오기 시작했다. 수현은 임 선생의 뒷모습을 말없이 바라보고만 있을 뿐이었다. 임 선생이 수현을 향해 돌아섰다. 그리고 인간의 모든 고뇌를 다 담고 있는 복잡한 눈빛으로 그를 바라보았다.

"가시죠. 제가 모시겠습니다."

"병원에는…… 안 가. 그렇게 더러운 데서 죽기는 싫다."

'……뭔가 이상하다.' 하는 의구심이 채 들기도 전에, 임 선생이 무심하게 말했다.

"미안하게 됐구나. 이렇게 지저분하게 죽어서."

그것이 신사 킬러 임 선생의 마지막 말이었다. 그 말을 마치고 그는 손에 들고 있던 메스로 자신의 경동맥을 그었다. 평생을 숨죽이며 죽음의 그림자처럼 살아왔던 인간치고는 꽤 드라마틱한 엔딩이었다. 메스의 날카로운 반짝임이 정오의 햇살을 반사하며 영롱히 빛났다. 곧 차가운 금속에서 반짝이던 햇살이 피로 붉게 붉게 물들어갔다.

"안 돼!"

소리를 지르며 임 선생에게 뛰어가서 풀썩 쓰러져버리는 임 선생을 수현이 두 손으로 억세게 잡았다. 그러나 이미 임 선생의 피가 온통 땅을 적시고 난 후였다. 검은 땅은 메두사가 흘린 피의 온기로 붉게 붉게 물들어갔다.

❖

"저분이 임재병 환자 보호자 분이세요." 하는 소리에 수현은 자동으로 고개를 돌렸다.

어두운 복도 끝에 늘 빛을 지니고 있는 그 남자가 서 있었다. 정우성 경위. 유일하게 수현에게 자격지심을 갖게 하는 남자. 수현이 절대로 가질 수 없는 그 모든 것을 가지고도, 별 대단한 것도 아니라는 듯 겸허하게 구는 바로 그 남자였다. 그 남자는 수현을 보고 놀란 표정을 숨기지 않았다. 수현은 머뭇거리며 자리에서 일어났다.

"이수현 씨를 이런 곳에서 만나게 될 줄은 전혀 예상하지 못했습니다."

우성은 옆에 있던 변 형사에게 음료수를 사 오라고 시켰다. 수현과 둘만의 시간을 가지고 싶었다. 우성이 수현에게 정중하게 인사를 하며 말했다.

"고인의 명복을 빕니다. 문상 중에 죄송하지만, 몇 가지 질문을 해도 괜찮겠습니까?"

수현은 무기력하게 고개를 끄덕였다. 우성은 낮에 있었던 사건을 중심으로 질문을 시작했다. 그러나 오늘 발생한 임 선생의 사건을 물어보려 그를 찾은 게 아니라는 것은 자명한 일이었다.

"두 분, 무슨 사이십니까? 간호조무사 말로는 이수현 씨가 양아들이라고 하는 것 같던데……."

이제부터 본 게임을 시작하기라도 하듯 우성의 눈이 날카롭게 반짝였다.

"······예전에 갈 곳 없었을 때 저를 거둬주신 분입니다."

스스로의 목소리가 이토록 비참하게 들렸던 적은 처음이었다.

"만복골 임재병 수의사 집으로 온 게 대략 언제쯤입니까?"

"······1989년쯤이었던 것 같습니다."

그들의 머릿속에 똑같은 생각이 각기 다른 속도로 지나갔다.

'······그 일이 있고 나서 바로.'

우성이 다시 건조한 목소리로 물었다.

"졸레타놀. 무슨 약인지 알죠?"

우성의 선한 눈매가 그저 그를 바라보았을 뿐인데, 심장에 서늘한 비수 하나가 꽂힌 것 같았다.

"······잘 모르겠습니다."

수현은 거짓말로 대답했다. 모를 리가 있겠는가? 오랜 세월 동안 그의 살인을 도와온 절친한 친구였는데. 분명히 이 남자라면 그가 거짓말을 하고 있다는 것을 간파하고 있을 것이다.

"조상기 관련 사건들을 조사 중에 있습니다. 막귀, 쌍칼, 송 마담, 그리고 흑곰. 모두 졸레타놀을 투여한 흔적이 있었고요. 임재병 씨의 동물병원에서 규모에 비해 많은 양의 졸레타놀을 구매했다는 증거가 입수되어, 어떻게 단서가 될 만한 것이라도 찾아볼까 해서 여기까지 온 건데. 이렇게 이수현 씨를 만나게 됐군요. 우연치고는 기분이 묘하네요."

아무런 반응 없이 묵묵히 우성의 말을 듣고만 있던 수현에게 간호조무사가 찾아왔다. 임 선생의 신원 확인을 위해 보호자인 수현이 원무과로 가서 필요한 서류를 제출해야 한다고 했다.

수현은 우성에게 무언으로 양해를 구하고 돌아서며 숨죽인 한숨을 내쉬었다. 다행이었다. 더 이상 우성의 시선을 받아냈다가는 그의 모든 것이 낱낱이 까발려질 것만 같았다. 그런 수현의 뒤로, 우성의 성실하고도 우직한 목소리가 들려왔다.

"강희주 씨도 알고 있습니까? 당신이 강희주 씨 모친 살해범이라는 사실을?"

수현은 눈을 질끈 감았다. 그 순간, 그가 살아왔던 모든 시간들을 후회했다. 어떻게든 살아보겠다고 들이쉬고 내쉬던 그의 모든 호흡을 저주했다.

우성은 눈도 깜빡하지 않고 수현의 꼿꼿한 뒷모습을 주시하고 있었지만, 그 역시 후회하고 있었다. 평소의 우성이었다면 분명히 '살해범'이라는 감정적인 단어를 지금처럼 의도적으로 쓰지는 않았을 것이다. 그저 눈앞의 이 남자를 아프게 하고 싶었다. 당신이 얼마나 희주 옆에 있으면 안 되는 쓰레기인지 알려줘야 했다.

그런데 그가 수현을 도발한 바로 그 순간……, 우성은 그가 여태껏 품고 있던 질문 하나에 대한 답을 찾은 것 같았다. 왜 그가 희주 곁에 있을 수 있었는지, 아니, 어. 떻. 게. 그가 희주를 사랑할 수 있었는지. 조금 전 국과수 이 박사는 그에게 '네프로스타'라는 약에 대한 아주 흥미로운 사실을 알려 주었다.

"선배, 몇 년 전 임상약학회에 갔을 때 발표자가 반 농담 반, 진담으로 해준 말인데요. 심한 교통사고로 PTSD(외상 후 스트레스 장애)에 시달리고 있었던 50세 백인 남성 환자에게 네프로스타를 10mg 투여했는데, 글쎄, 교통사고 기억과 함께 자기 와이프에 대한 기억도

싸그리 없어졌대요. 다행히도 1회만 투여받은 거여서, 며칠 만에 기억이 돌아오긴 했지만요. '그 남자에겐 자기 와이프도 트라우마였던 걸까?' 하면서 발표자가 웃더라고요. 하하핫, 웃프죠?"

우성은 찬찬히 수현의 뒷모습을 바라보며 그에게 떡밥을 던져본다.

"이수현 씨, 혹시 부분 기억 상실……"

우성은 잠시 고민하다 말을 바꿔 다시 질문했다.

"……혹시 그때의 기억을 인위적으로 지우려고 했던 겁니까?"

그제야 수현이 걸음을 멈추고 천천히 돌아서서 다시 우성을 바라보았다. 아무런 감정이 섞여 있지 않은 시선이었고, 아무런 음성 없는 언어였지만, 우성은 그가 미친 듯이 그 답을 듣기 원하고 있다는 것을 알 수 있었다.

"임재병 수의사 집에서 네프로스타 의약품 설명서가 나왔습니다. 네프로스타는 교감신경을 차단해서 심박 수를 감소시켜주는 베타차단제의 일종입니다. 보통 고혈압 같은 질병에 쓰이는."

"……."

"그런데 그 약이 의외로 다른 용도가 있다고 하네요. 극심한 스트레스를 받는 상황에서 분비되는 아드레날린을 억제하면서 트라우마의 기억을 없애주기도 한다고……. 그래서 PTSD의 치료제로 쓰이기도 했죠. 한때, 걸프전 파병 용사들의 PTSD를 치료해주는 약으로 인기가 높았다고."

그 남자의 눈빛이 처연히 흔들리고 있었다. 그가 동요하고 있었다.

"……그때의 그 트라우마가 됐던 사건을 기억해내려고 할 때마다 심한 이명, 누통과 구토가 동반되시는 않았습니까? 밤에는 악몽도 꾸고 말입니다."

우성은 수현에게 두 번째 떡밥을 슬쩍 던졌다. 다시 한번 수현의 간절한 눈빛이 우성의 것과 마주쳤다. 그의 눈빛을 보니 우성은 자신의 직감이 맞았다는 확신이 들었다. 누군가가 의도적으로 이 사람의 기억을 개떡으로 만들어놓은 것이다. 그래서 그는 아무렇지도 않게 희주 곁에 있을 수 있는 거였다. 그녀와 사랑에 빠질 수 있는 거였고.

'······그렇다면 혹시 그도 피해자일까?'

"2003년 네프로스타에 대한 대대적인 자발적 리콜이 있었습니다. PTSD의 치료에는 효과적이긴 했지만, 심각한 부작용 때문에 말이죠. 특히 이 약을 장기간 투여받으면, 트라우마의 기억에 접근할 때마다 신체에서 인위적으로 극단적인 도피 반응(flight response)을 일으킨답니다."

우성은 그다음 말을 해야 할까 잠시 갈등했다. 그러다가 곧 '젠장. 지금 이따위 고민을 하고 있다니. 미친놈.' 스스로를 질책했다. 아무리 눈앞에 있는 이 자가 악당이고, 적이고, 천하의 나쁜 놈이고, 사람들을 수없이 많이 죽인 끔찍한 살수지만 당연히 알려줘야 한다. 이 사람의 것도······ 생명이니까. 이 세상에 소중하지 않은 생명은 하나도 없다고 아버지는 늘 말씀하셨다. 아무리 흉악범의 것이라고 해도, 생명이라고. 생명은 그렇게 소중한 거라고. 우성이 느릿하게 말을 시작했다.

"2005년, 네프로스타가 전량폐기 처분 됐답니다. 네프로스타의 카이토마이옥신이라는 성분이 혈액암을 유발한다고······. 잠복기가 길어서 몇십 년이나 지나서 혈액질환이 진단되는 경우가 많다고 하네요. 실제로 PTSD 치료를 위해 이 약을 투여받은 파병 용사들을 추적 조사해보니 35% 이상이 혈액 관련 암에 걸렸답니다. 그중에 대부분은 만성 골수성 백혈병이었다고. 만에 하나 이수현 씨가 이 약을 투여받은 것 같으면 바로 병원에 가서 혈액 검사를 해보시는 편이."

우성의 말이 끝나서야 수현은 그에게 드리우고 있던 간절했던 시선을 거두었다. 찰나의 순간이었지만 그 시선의 끝에서 우성은 그가 차마 가늠할 수도 없는 찬연한 슬픔을 보았다. 수현은 몸을 돌려서 우성이 서 있는 반대쪽으로 걸어나가기 시작했다.

"……남자 대 남자로, 시간을 주겠습니다. 이수현 씨 스스로 강희주 씨에게 말할 수 있는 시간."

우성의 나직하고도 우직한 목소리가 수현의 심장을 산산 조각내고 있었다. 더 이상 조각날 수도 없을 정도로 작아진 심장이라고 생각했는데, 다시 한번 깨지고 있었다. 이러다가 심장이 가루가 되어 사라져 버릴 것만 같았.

수현은 계속 앞으로 걸어나갔다. 사람들의 기척이 점점 더 멀어지는 곳으로. 빛의 자취가 점점 더 사라지는 곳으로. 우성의 목소리가 저주처럼 그에게서 맴돌기 시작했다.

"극심한 스트레스를 받는 상황에서 분비되는 아드레날린을 억제하면서 트라우마의 기억을 없애주기도 한다고……."

……그래서 그 기억이 나지 않았던 거다. 만복골 아지트에 처음 왔을 때, 임 선생이 하루에 두 번씩 꼬박꼬박 주사를 놔주었던 것이 기억났다. 주사를 맞으면 기분이 아주 묘해졌다. 세상에 두려운 것이 모두 사라지는 느낌. 짙은 안개가 서서히 그의 몸에 드리워지는 느

낌. 그 안개가 선사하는 환락에 점점 빠져드는 느낌. 내가 저지른 그 끔찍한 일이 뭐였지? 내가 그 일을 저지른 게 맞긴 한가? 아니, 무슨 일이 있긴 했나? 감미롭기 짝이 없는 불확실성은 수현을 죄책감에서 부터 점점 무디게 만들어주었다.

"이 약을 장기간 투여받았을 때, 트라우마가 됐던 기억에 접근할 때마다 신체에서 인위적으로 극단적인 도피 반응(flight response)을 일으킨답니다. ……그때의 그 트라우마가 됐던 사건을 기억해내려고 할 때마다 심한 이명, 두통과 구토가 동반되지는 않았습니까? 밤에 는 악몽도 꾸고 말입니다."

……이명, 구토를 동반한 극심한 두통, 그리고 철철 피를 흘리는 초승달이 나는 악몽. 수현의 두 번째 궁금증이 풀렸다. 이 모든 것이 네프로스타의 부작용이었다. 살인에 천부적인 재능이 있던 괴물이, 고작 어린 소녀의 눈물을 보고 극심한 트라우마에 빠져 무용지물이 돼버릴 것 같아서 임 선생은 억지로 그의 기억을 지운 것이다.

"네프로스타의 카이토마이옥신이라는 성분이 혈액암을 유발한다 고."

수현은 목을 죄고 들어오는 넥타이를 신경질적으로 풀어버리고 와이셔츠 단추도 풀었다. 이상했다. 그런데도 여전히 무언가가 여전 히 그의 목을 조르는 것만 같다.

"……하아."

헛웃음이 나왔다. 뭐 이리 말도 안 되는 엿 같은 인생이 다 있는지.

"……하아."

깊은 한숨이 나왔다.

"……하아."

비참한 탄성이 나왔다.

이 서럽기 짝이 없는 인생. 불쌍한 새끼. 여태까지 왜 살아온 건지. 죽어버리지. 누나가 죽었을 때. 그냥 확 같이 따라 죽어버리지. 이 세상에서 그의 존재를 원하는 사람은 한 명도, 단 한 명도 없을 텐데. 그냥 거기서 죽어버리지. 그랬다면 희주는…… 희주는…… 행복했을 텐데. 적어도 그녀가 살인을 갈망하는 저런 끔찍한 괴물이 되지는 않았을 텐데.

"……아아아아아!"

아무도 보지 않고 아무도 듣지 않는 곳에 도착했다고 생각했을 때여서야 저절로 무릎이 꺾이며 25년 묵은 통곡이 쏟아져 나왔다. 그것을 들어줄 사람은…… 아무도 없었다. 25년 전 누나를 떠나보낸 그 비린내 나던 검은 강가에서처럼. 아무에게도 들려지지 않는 그의 서글픈 울음소리는 그저 공허한 어둠에 온전히 침식당하고 있을 뿐이었다.

24

어둠의 가장 깊은 곳

〈여덟 번째 미술치료 – 11월의 첫 번째 수요일〉

맴돈다. 몇 시간째. 창진에게 차를 세우라고 한다. 차 밖으로 나가 피우지도 않을 담배에 불을 붙인다. 니코틴은 그저 연기가 되어 허공으로 사라진다. ……이제 어떻게 해야 할까?

걷는다. 멈춘다. 다시 걷는다. 다시 멈춘다. 희주의 공방이 보이는 골목에서 공방 창문을 나직이 바라본다. 다시 발걸음을 돌린다. 벨이 울린다. 그의 전화에 [희주]라는 이름이 뜬다. 그녀의 이름을 보는 것만으로도 가슴이 메어온다. 전화를 받지 않는다. 전화벨이 더 이상 울리지 않는다. 서늘한 정적이 죽음처럼 맴돈다. ……이제 어떻게 해야 할까?

그 질문에 대한 답은…… 어쩌면 희주를 처음 만난 그 순간부터 이미 알고 있었던 게 아닐까?

❖

　평소 수요일에 희주를 만나던 시간보다 두 시간이나 지나서야 수
현은 가까스로 하늘공방의 미닫이문을 열 수 있었다. 공기에서 11월
의 삭막함이 고스란히 묻어 나왔다.

　희주의 걱정 가득한 눈빛이 수현에게로 한걸음에 달려왔다. 그녀
는 아무 말 없이 수현의 손을 꼭 잡아주었다.

　"선생님 장례는 잘 치르고 오셨어요?"

　수현은 가만히 고개만 끄덕였다. 그에게 살인에 대한 모든 것을 가
르쳐준 선생이라는 말은 차마 하지 못했다.

　"걱정했었어요. 상심이 컸을 것 같아서."

　수현은 미간이 움푹 팬 눈빛으로 희주를 바라볼 뿐이었다. 희주는
수현에게 의자를 내주고는 따뜻한 차를 한 잔 가지고 왔다. 수현의
면밀한 시선이 그녀의 모든 몸짓을 찬찬히 지켜보고 있었다. 그는 천
천히 시간을 들여 희주가 내준 차를 다 마셨다. 그 시간 동안에 아무
질문도 하지 않고 묵묵히 기다려주는 희주가 고마웠다.

　찻잔을 비우고도 한참 시간을 끌던 수현이 드디어 결심한 듯 묵직
한 목소리로 물었다.

　"……오늘은 강희주 씨에게 질문을 하나 해도 되겠습니까?"

　그가 하늘공방에 들어와서 30분 만에 처음으로 내는 음성이었다.

　"나한테 그 사람을 죽여달라고 하지 않았습니까?"

수현의 질문이 희주의 눈빛을 다시 광기 어린 사투르누스의 것으로 만들어놓았다. 희주의 눈이 서서히 파충류의 눈같이 노랗게 변해가고 있었다.

"……생각해보셨어요?"

"……."

"……해주실 ……거죠?"

인간으로서의 성품이 다시 고개를 드는지, 희주는 살짝 수현의 시선을 피하며 말했다.

"……왜 그 사람을 죽이고 싶습니까?"

희주의 얼굴 위로 의아함이 떠올랐다. 정말 이유를 몰라서 묻는 거냐고 묻고 있는 표정이었다.

"……화가 나니까. 그 사람이 아직 버젓이 살아 있다는 생각을 하면, 정말…… 숨이 막히게 화가 나서요. 우리 엄마를 그렇게 무참히…… 죽여놓고 잘 살아 있다고 생각하니까……."

희주는 잠시 흥분을 가라앉히려, 숨을 크게 들이마셨다.

"그 사람은, 나에게서 엄마만 뺏어 간 게 아니었어요. 내 아빠도, 내 가족도, 내 유년 시절도, 내 인생도, 내 마지막 자존심까지…… 나에게서 좋은 것들을 남김없이…… 다 빼앗아 갔어요."

희주의 얼굴이 점점 더 사납게 일그러지고 있었다.

"내가 그동안 얼마나 힘들게 살아왔는지, 수현 씨는 모를 거예요. 하루하루 얼마나 외롭고 숨이 막히게…… 고독했는지. 그 사람이 살아 있는 한, 난 절대로 행복해질 수 없어요. 그래서……"

수현의 얼굴 위로 짙은 음영이 지고 있었다. 그는 그의 눈앞에 있는 얼굴 없는 소녀를 한참 바라보다 다시 어렵게 말문을 띄었다.

"……그 사람이 죽으면 강희주 씨가 행복해질 수 있겠습니까?"

그녀의 눈이 다시 한번 광기로 번득였다. 굳이 대답을 하지 않았지만, 수현은 충분히 희주의 마음을 알 수 있었다. 그녀의 광기 섞인 마음이 서걱거리며 그의 심장을 두 조각으로 가르고 있었다.

"……지금에서야 후회했습니다. 그 사람을 죽인 것을."

"……그 사람에게 복수하고 나서 좋았다고 했잖아요. 희열을 느꼈다고."

사람들은 그들을 분노케 만들었던 대상을 갈기갈기 찢어 죽여버리고 나면 분이 풀릴 거라는 헛된 희망을 품고 살아가지만, 분노는 지치는 법이 없었다. 곧 더 큰 분노가 그들을 잡아먹는다. 그렇게 분노에 모든 것을 강탈당하고 남은 것이라곤 영혼 없는 괴물뿐. 대체 이 여자에게 어떻게 이야기를 시작해야 할까? 어떻게 하면 이 여자가 괴물이 되는 것을 막을 수 있을까?

"그 사람을…… 용서해줄 수는 없겠습니까?"

구차한 부탁이었다. 차라리 지금 이 자리에서, 그녀를 위해 기꺼이 이 비루한 자신의 목숨을 내주고 싶었다. 그녀가 말하는 대로, 그 사람이 죽어서 희주가 행복해질 수만 있다면 지금 당장에라도 그녀의 눈앞에서 죽어줄 수도 있었다. 그건 오히려 쉬운 일이다. 하지만 동시에 알고 있었다. 그 방법은 결국 희주를 자신과 같은 괴물로 만들어버릴 것이다. 그가 그녀를 위해 해줄 수 있는 유일한 일은 그녀에게 진정으로 용서를 구하는 것, 그리고 그녀가 용서하게 하는 것이었다.

"……너무 늦었지만 이제야 그런 생각이 듭니다. 그때 그 사람을 용서했다면…… 내가 이렇게까지 망가졌을까?"

그러나 '용서'라는 말을 들은 희주는 코웃음을 쳤다.

"나도 그 사람을 죽인 후 25년이 지난 다음에 다시 생각해보죠. 용서할지 말지에 대해서는."

그녀에게서 처음으로 들어보는 냉소적인 목소리였다. 망령처럼 떠도는 불안한 정적 위로 11월 스산한 바람 소리가 들려왔다. 또 한 번 11월 늦가을의 폭풍이 휘몰아치려는 중이었다.

살기 어린 희주의 눈빛을 그저 찢어지는 마음으로 바라보고 있던 그가 드디어 다시 입을 열었다.

"1989년 11월 13일. 밤 10시쯤. 유혜경 화백이 죽임을 당했습니다. 산악용 칼에 심장을 찔려서. 바로 저 안락의자 위에서."

"……잠깐만요. 제가 그렇게 자세한 말을 수현 씨에게 한 적이 있었던가요?"

아주 잠시 희주의 표정에 의구심이 깃들었다. 하지만 그녀의 의구심은 곧 흡족한 미소로 바뀌었다.

"……직접 알아보신 건가요?"

'역시 당신이라면 날 도와줄 줄 알았어요. 날 위해 그 사람을 죽여줄 줄 알았어요.' 잔인한 미소가 그녀의 얼굴에 떠올랐다. 25년 전 분노에 도취되어 유혜경 화백이 울고 있는지 웃고 있는지조차 분간할 수 없었던 자신의 모습을 보는 것만 같았다.

"용의자는 당시 14세였던 정시현. 유혜경 화백의 모델이었던 정시은의 남동생. 사건 다음 날, 당시 여섯 살이었던 강희주 씨와 우연히 공방 앞에서 마주친 적이 있죠."

"네, 맞아요. 바로 그 사람. ……찾았……나요?"

한껏 고조된 희주의 목소리와 번뜩이는 그녀의 눈빛이 수현의 심장을 온통 헤집어 놓기 시작했다. 수현은 고통스럽다는 듯이 눈을 감았다. 처절하기만 했던 그의 생을 바라봐주고, 어루만져주고, 위로해 주던 가장 아름답고 따뜻했고 고귀했던 빛 하나가 서서히 어둠 속으로 사라져가고 있었다. 마지막 온기까지 잃은 빛이 차가운 어둠으로 변하려던 그 순간, 그 여자가 말했다.

"그 사람, ……죽여주세요."

그 사람을 죽여달라는 말. 저렇게 맑고 청아한 목소리로 저렇게 끔찍한 말을 그녀는 기어이 내뱉고야 말았다. 그녀의 폭주를 어떻게든 여기서 멈춰야만 했다. 수현은 손으로 그의 참담한 표정을 가렸다. 그의 인생에서 가장 깊고 암담한 바닥에 이르렀다고 생각한 바로 그 순간, 천천히 얼굴에서 손을 떼고 희주를 바라보았다. 그의 눈동자가 그의 슬픔의 깊이만큼 깊어지고 있었다.

"내가……"

의아한 표정을 짓는 희주의 말간 얼굴을 보며, 수현은 낮지만 또렷한 목소리로 말했다.

"내가…… 정시현입니다. 25년 전 바로 이곳에서 당신의 어머니를…… 살해한."

……당신이 그렇게 찾아 헤매던 사람.

……당신이 그렇게 죽이고 싶어 하던 사람.

……당신이 그렇게 평생을 증오하던 그 사람.

순간, 그들의 호흡이 멈췄다.

그들의 시간이 멈췄다.

그들의 우주가 멈췄다.

그들의 모든 것이…… 멈춰버렸다.

그 짧은 정적의 순간이 억겁의 시간처럼 느리고 구차하게 흘러가고 있었다.

"……지금 뭐라고…… 하신……"

"……미안합니다."

미. 안. 합. 니. 다.

정녕 이 순간에 할 수 있는 말이 정말 '미안합니다'라는 이 다섯 음절밖에 없는 걸까? 과연 이 공허하기 짝이 없는 다섯 음절로 25년 동안 쌓여왔던 저 여자의 밀도 높은 통곡과 눈물의 시간이 치유될 수는 있는 걸까? 이게 정말 최선인 걸까?

참담한 표정으로 '미안하다'고 말하는 수현의 목소리를 듣고 나서야 희주는 비로소 이 상황이 이해되기 시작하는 모양이었다. 희주가 두 손으로 입을 틀어막으며 자리에서 일어났다. 그녀가 앉아 있던 의자가 뒤로 넘어지면서 요란한 소리를 냈다. 그녀의 눈빛이 미친 듯이 흔들리고 있었다.

"다……당신……, 뭐……뭐야?"

덜덜덜 떨고 있는 희주의 목소리를 들으며 수현도 함께 자리에서 일어났다.

"……미안합니다."

"말도…… 안 돼."

수현은 고개를 숙였다. 이 여자가 이렇게 무너져 내리는 모습을 차마 마주할 자신이 없었다.

"거짓말이라고 해요! ……아니라고 하란 말이야!"

감정에 복받친 희주의 눈에서 하염없이 눈물이 떨어졌다. 그녀의 가녀린 어깨가 주체할 수 없을 정도로 들썩이기 시작했다. 수현이 자신도 모르게 그녀에게 다가가려고 한 발짝 내딛자 표독스러운 희주의 목소리가 그의 귀에 꽂혔다.

"가까이 오지 마!"

수현은 내디딘 발을 초라하게 다시 뒤로 감추었다. 수현은 간절하다 못해 비통해진 눈으로 희주를 바라보았다.

"……용서……받았으면 좋겠습니다. 강희주 씨에게. 진심으로."

'용서'라는 단어가 그녀를 극도로 자극한 모양이었다. 희주는 테이블 위에 손에 잡히는 아무거나 수현에게 있는 힘껏 던졌다. 던지고 나서야 그것이 하필이면 수현이 희주를 만난 첫날 그녀에게 선물한 연필깎이라는 것을 알게 되었다. 수현의 이마에 표독스럽게 부딪힌 연필깎이는 요란한 소리를 내면서 산산이 깨져버렸다. 연필을 깎고 난 부스러기들이 재처럼 뿌옇게 수현을 덮었다. 수현은 피하지 않고 그저 모든 것을 묵묵히 받아냈다.

"형님, 괜찮……"

창진이 급하게 공방 문을 열며 들어왔다. 창진은 수현의 이마에서 흐르는 검붉은 피를 보고 놀라 그에게로 다가갔다.

"괜찮으니까 들어오지 마!"

수현은 창진의 말이 채 끝나기도 전에 사나운 소리로 외쳤다.

"형님."

"……나가 있어!"

그의 무서우리만큼 단호한 외침에 창진은 마지못해 발걸음을 돌려 공방을 나갔다. 하얗게 질려 부들부들 떨고 있던 희주가 끝내 참지 못하고 터트리는 오열이 미닫이문 너머로 들려왔다.

한참을 오열하던 희주의 숨이 점점 거칠어지고 있었다. 패닉 어택이 온 것 같았다. 수현은 곧 쓰러질 것 같이 숨을 못 쉬고 있는 희주에게 단숨에 달려갔다. 무의식적으로 희주를 안으려 하다가 멈칫, 차마 눈앞의 이 여자를 안을 수 없었다. ……지금 이 여자를 안으면 영영 못 놔줄 것 같아서. 그는 조심스러운 몸짓으로 그녀의 어깨를 잡고 고요한 목소리로 희주를 진정시키기 시작했다.

"……내 눈을 봐. 천천히. 천천히. 괜찮아. ……괜찮을 거야."

희주의 눈은 그를 향한 분노와 증오로 가득했지만, 그녀의 몸은 어느새 그의 나직한 목소리에 반응하고 있었다. 뜨겁게 사랑했던 남자의 목소리를 몸이 본능적으로 기억이라도 하듯 서서히 다시 희주의 호흡이 돌아오기 시작했다.

가까스로 다시 평정심을 찾은 희주가 자신의 양쪽 팔을 잡은 수현의 커다란 손을 뿌리치려 했지만, 수현은 그녀를 놔주지 않았다. 눈물과 원망이 뒤섞인 눈으로 그를 쏘아보며 몇 번이나 더 그를 뿌리치려 했지만 역시 그의 강인함을 이겨내기는 역부족이었다.

그런 희주에게 수현이 초라한 목소리로 말했다. 아니, 그건 목소리라기보다는 포효였다.

"그 사람을 죽이고 나서…… 매 순간 불행했어. 단 한 번도 행복한 적이 없었어."

처절한 그의 진심이 제발 희주에게 닿기를 바랐다.

"제발…… 여기서 멈춰. 당신을…… 나 같은 괴물로 만들고 싶진 않아."

괴물의 얼굴이 비참하게 일그러졌다. 그녀의 눈에서 하염없이 물들이 쏟아져 흐르기 시작했다. 그제야 수현의 억센 손이 머뭇거리며 희주를 놓아주었다. 절규하던 희주가 두 주먹으로 수현의 가슴을 치기 시작했다. 그녀의 주먹이 그의 가슴을 칠 때마다 커다란 못이 심장에 박히는 것만 같았다. 차라리 그래서 피를 콸콸 쏟아내고 이 자리에서 죽어버렸으면……. 하지만 그렇게 죽어버리는 것은 너무 쉬운 일이 아닌가? 오히려 이 시간을 이렇게 묵묵히 견뎌내면서 그를 향한 그녀의 증오를 고스란히 받아내는 것이 그가 저지른 죄의 대가를 더 혹독하게 치르는 방법일 것이다. 그녀가 그를 증오하고 있다는 사실만으로 수현의 무간지옥은 이미 시작되었으니까.

희주는 그를 때리는 것조차 지쳤는지, 땅에 그대로 주저앉아 버렸다. 넋이 나간 표정이었다. 더 이상 나올 눈물이 한 방울도 남아 있지 않은 듯했다. 그녀가 메마른 목소리로 말했다.

"……여기서 나가."

선뜩하리만치 고요한 음성이었다. 수현의 미간이 움푹 패였다.

"그리고 죽어. ……죽어버려."

잔인하리만치 담담한 목소리였다.

……진심이구나. 이 여자.

그 사실을 자각한 바로 그 순간, 수현은 그의 차라리 심장이 없어졌으면 좋겠다고 간절히 바랐다. 뛸 때마다 너무 고통스러워서 심장의 존재가 버거워지고 있었다.

"미안……합니다."

수현의 목이 메어왔다. 어둠 속에 그녀를 홀로 두고 차마 떨어지지 않는 발걸음으로 공방을 나가는 그의 마지막 말이었다. 공방 문틈으로 우두커니 바닥에 앉아 있는 희주의 잔상이 그의 시야에 맺혔다. 눈물이 차올라 그녀의 잔상이 점점 더 희미해지고 있었다. 그 잔상을 마지막까지 흘려보내지 않으려고, 그래서 마지막 그녀의 모습까지도 잡아두려고, 그는 꿋꿋하게 참아냈다.

쿵.

공방의 문이 닫히는 소리가 그의 마음을 공허하게 울렸다. 그제야 그녀의 마지막 잔상이 허무하게 흘러가 버렸다. 깊은 암흑의 시간이 시작되었다. 아니, 그건 시간이라고 부를 수도 없는 것이었다. 시간은 오로지 살아 있는 자들에게만 흐르는 것일 테니까…….

❖

눈을 떴다. 갑자기 쏟아져 들어오는 햇살 때문에 희주는 한참이나 눈을 감고 있어야 했다.

'……여기가 어디지?'

하늘공방이었다. 공방 테이블 위에는 와인잔과 와인병이 흉하게 뒹굴고 있었다. 그렇게 그를 쫓아낸 후에 한참을 멍하게 앉아 있다가 자정이 넘어서야 와인을 들이붓듯 마시기 시작했었다. 조금 더 시야를 넓혀본다. 그녀는 공방에 있는 엄마의 안락의자에 앉아 있었다.

'……내가 어제 이 의자에서 잠이 들었었나? 와인을 마시다가 테이블에 엎드려 잠든 것 같은데.'

어제 땅바닥에 산산이 조각나 있던 연필깎이의 잔해가 말끔하게 없어진 것이 눈에 들어왔다.

'……내가 치웠었나?'

여전히 가물가물한 기억. 그러다 후각의 사소한 자극이 희주에게 기억 한 조각을 가져다주었다. 비 냄새였다. 어제 밤새도록 늦가을의 폭풍우가 휘몰아쳤던 것이 이제야 기억났다. 비의 냄새가 생각보다 가까운 곳에서 느껴졌다. 희주가 의아해하며 의자에서 일어서려는데, '툭' 하고 그녀의 몸을 감싸고 있던 검은색 재킷이 땅바닥으로 떨어졌다.

누구의 것인지 단번에 알 수 있었다. 어젯밤, 그는 공방 창문이 보이는 골목길에 밤새도록 서 있었다. 우산도 쓰지 않은 채, 맹렬한 폭풍 아래서 비바람을 고스란히 맞으며 희주의 공방을 하염없이 바라보고만 있었다. 희주는 그런 그를 보면서 매정하게 블라인드를 내렸었다. 가로등에 비친 그의 먹먹한 표정이 희주의 마음에 아주 잠시 스며들었지만, 교활한 분노가 발 빠르게 그녀를 위로했다. ……연민에 빠질 필요 없어. 너희 엄마를 죽인 괴물이잖아.

희주는 물끄러미 땅바닥에 내팽겨쳐진 수현의 재킷을 바라보았다. 그녀의 의지와는 아무런 상관없이 눈물 한 방울이 떨어져 내렸다.

또 기억의 조각들이 떠오르기 시작했다. 블라인드 뒤에서 마지막으로 그의 모습을 본 것이 새벽 3시였다. 그러고는 술에 취해 테이블 위에서 잠이 들었던 것 같은데……. 아무래도 그가 그다음에 공방에 들러 테이블에서 잠든 희주를 안락의자로 옮겨 놓은 것 같다. 그의 팔이 닿았던 그녀의 목덜미에는 이렇게 아직 그의 온기가 남아 있는데……. 그녀를 두 손으로 안고는 깊게 내쉬던 그의 숨결이 아직도 이렇게 생생한데……. 그런데 그만 이곳에 없다.

'……그럴 리 없어. 그 사람이 엄마를 죽였을 리 없어. 뭔가 잘못 알고 있는 걸 거야.'

헛된 소망일지도 모르지만 그가 범인이 아니라는 단서를 찾아봐야 할 것 같다는 생각이 들었다.

희주는 안락의자의 팔걸이를 손으로 딛고 자리에서 일어났다. 손 밑으로 울퉁불퉁한 조각의 음영이 느껴졌다. 지난 30년 가까운 세월 동안 늘 보아왔던 아기 천사 모양의 조각이었다. 순간 의식의 흐름이 멈추고, 온몸으로 시퍼런 소름이 번지기 시작했다. 피 묻은 천사……. '위험한 장소'에서 또 뭐가 보이느냐는 희주의 질문에 그는 이렇게 대답했었다.

"……천사. 피눈물을 흘리고 있는 천사."

엄마가 죽임을 당한 이 안락의자의 쿠션은 엄마의 피로 범벅이 되어 있었다. 나중에 희주가 미국에서 돌아왔을 때, 직접 가구 공장에 가져가서 의자의 골격만 남기고 리폼을 했다.

희주는 미친 듯이 수현의 미술치료 작품들을 모아둔 상자를 열어서, 그가 만든 '위험한 장소' 콜라주 작품을 꺼내보았다. 거기에도 있었다. 눈에서 피눈물을 흘리고 있는 푸른 천사.

'……25년 전에 엄마의 피가 묻어 있는 이 천사 문양을 보았던 것을 그의 무의식이 기억하고 있었던 거야.'

심장이 점점 더 빠르게 뛰기 시작한다. 콜라주 오른쪽 중간쯤에 무릎에 얼굴을 파묻고 울고 있는 소녀의 사진이 그녀의 시선을 사로잡았다. 엄마의 아틀리에 앞에서 무릎에 얼굴을 파묻고 앉아서 목놓아 울고 있던 다섯 살 희주의 모습일 것이다.

그러고 보니 그는 '어머님'이라는 단어를 입 밖에 낼 때마다 늘 머뭇거렸다. 마치 태어나서 처음으로 그 단어를 불러보는 사람처럼. '……엄마가 아니었어. 누나였던 거야. 여태까지 누나의 이야기를 하고 있었던 거야. 그래서 그렇게 어색했던 거야. ……그가 정말 정시현일까? 그가 정말 죽인 걸까. 우리 엄마를?'

수현이 세 번째 미술치료 세션 때 그린 문 그림이 희주의 눈에 들어왔다. 그 문 그림 위에는 희주가 깨알같이 적어둔 메모가 함께 붙어 있었다.

[희망이 없는 곳]

그가 이렇게 말했었다.

"……세 살부터 열세 살까지 보육원에서 자랐습니다. ……그 보육원은 희망이라곤 찾아볼 수가 없는 곳이었습니다."

희망……. 희망……. 최근에 어디선가 분명히 '희망'이라는 말을 들은 적이 있었다. 사람들은 '희망'이라는 단어가 선사하는 그 긍정적인 느낌을 좋아하면서도 실제로 '희망'이라는 단어를 자수 입에 올리지는 않는다. 이 생소하고 어색한 단어를 최근에 누군가가 썼던 기억이 생생했다.

'……그게 뭐였지? 누가 말했었지?'

"이택진. 남자. 경기도 소재 희망보육원 원장."

"바로 이 희망보육원 기록부에서…… 정시은, 정시현 오누이의 기록을 발견."

'희망'이라는 단어를 최근에 언급한 사람은 정우성 형사였다.

희주는 천천히 자리에서 일어났다. 마지막으로 그가 정말 정시현인지 아닌지 확실하게 확인할 수 있는 물건이 생각났기 때문이었다. 그녀는 침착하게 공방 계단을 내려가 뒤뜰로 갔다. 목련 나무 옆에 묻어두었던 그의 기억 상자 안에 그가 늘 품에 지니고 있었던 열쇠가 있다. 그의 지문이 수도 없이 많이 찍혀 있을.

그녀는 삽도 없이 맨손으로 수현의 기억 상자가 묻어 있는 곳의 흙을 파내기 시작했다. 땅의 강퍅함이 그녀의 연약한 피부를 찌르고 들어왔지만 상관없었다. 그녀의 고운 손이 흙 범벅이 되고 생채기투성이가 되었을 때야, 그가 만든 기억 상자가 모습을 드러냈다.

상자를 열자 은색 목걸이에 달려 있는 열쇠가 보였다. 아주 잠시, 그 열쇠를 기억 상자 속으로 넣었을 때 그가 지었던 표정이 떠올랐다. 먹먹하고도 아련한 표정이었다. 심장이 저릿해졌지만, 그녀의 주저함을 감지한 분노가 속삭였다. ……그따위 감상에 빠질 필요 없어. 네가 이렇게나 약해빠진 걸 알면, 그 괴물이 당장이라도 너를 죽이러 올걸? 너희 엄마를 죽였던 것처럼.

희주는 그의 잔상을 깨끗이 지워버리려는 듯 입술을 조이며 턱에 힘을 주었다. 그녀는 잔인하리만큼 침착한 몸짓으로 준비해 간 손수건으로 열쇠를 들어서 지퍼백에 넣었다. 정우성 형사에게 지문 대조를 의뢰하려는 것이었다.

아무런 감정 없이 기억 상자를 쓰레기통에 버리려고 할 때, 그 속에 들어 있던 헝겊 하트가 눈에 들어왔다. 또 기억났다. 수현에게 그 안에 들어갈 부고를 쓰라고 했었다. 그리고 그 사람을 영원히 그의 마음 안에 묻으라고.

희주는 서랍에서 커터 칼을 꺼냈다. 수현을 처음 만났을 때, 그를 오해하게 했던 바로 그 커터 칼이었다. 순간 그녀의 가느다란 속눈썹이 파르르 떨렸다. 일렁거리려는 마음을 가까스로 진정시키고 커터 칼로 무자비하게 헝겊 하트를 찢어버렸다. 그 속에 들어 있던 부고에는 이렇게 쓰여 있었다.

나의 세상. 나의 우주. 나의 모든 것이었던 나의 누나, 정시은. 이제 여기서 영원한 평안을 찾게 되기 바랍니다.

'……정말 ……정시현이었어.'

절망이 그녀의 심장을 천천히 훑으며 내려가고 있었다. 그녀의 절망은 심장을 뚫고 지나가면서 배신감, 증오, 그리고 분노의 무게가 더해져 점점 더 가속이 붙고 있었다.

'……정말 죽였구나. 우리 엄마를. ……감히, 너 따위가.'

❖

　우성이 하늘공방에 도착한 때는 이미 어둑한 기운이 세상을 감싸고 난 후였다. 어둠의 가장 깊은 곳에 우두커니 희주가 앉아 있었다. 이곳의 암흑이 그녀에게서 파생되고 있다는 착각이 들었다.

　"강희주 씨, ……괜찮습니까?"

　고독한 어둠을 담고 있던 눈동자가 고개를 들어 그를 바라보았다.

　"……언제 오셨어요?"

　"지금 막 왔습니다. 노크를 해도 대답이 없어서서."

　우성은 곁눈질로 희주의 모습을 보며 또다시 조심스럽게 물었다.

　"다…… 알게 된 겁니까?"

　"정 형사님은…… 알고…… 계셨군요."

　희주의 톤에서 미세한 원망이 감지되었다. 우성은 왠지 변명을 해야 할 것만 같은 의무감이 들었다.

　"두 분이 먼저 해결해야 할 문제라고 생각했습니다."

　우성은 손에 들고 있던 파일을 테이블 위에 올려두며 말했다.

　"부탁하신 유혜경 씨 사건, 미공개된 현장 사진들 가지고 왔습니다."

　우성에게 왜 미공개된 사건 현장 사진들을 가져다 달라고 부탁했는지 이유를 명확하게 알 수는 없었다. 그가 엄마를 살해한 바로 그 인간이라는 걸 더 확실하게 확인하고 싶어서였을까? 더 잔인해지려고? 그를 더 증오하려고? 그의 마음을 더 갈기갈기 찢어놓으려고?

　희주가 카디건 주머니에서 열쇠를 꺼내서 우성에게 넘겨주려고 하는 순간, 우성의 한마디가 그녀의 모질고도 혹독한 행동을 멈추게

어둠의 가장 깊은 곳

했다.

"……괴로워서 그랬던 것 같습니다, 그 사람."

희주가 뜻밖이라는 표정을 지었다.

"트라우마의 기억을 지우는 네프로스타라는 약을 지속적으로 투여받았던 것 같습니다. 본인도 최근까지 그 사실을 모르고 있었던 것 같고. 아무래도 유혜경 씨의 사건이 열네 살 소년에게는 트라우마가 되었던 듯합니다. 저도 처음에 강희주 씨에게 의도적으로 접근한 것이 아닌가 생각했는데, 아무래도 그건 아닌 것 같습니다."

희주의 눈빛이 흔들리기 시작했다. 그도 괴로워하고 있었다는 가능성에 대해서는 사실 생각해본 적이 없었다. 아니, 생각해볼 겨를이 없었다. 괴물도 괴로워하는가?

"이수현 씨 지문만 확보되면 영장 발부되는 건 시간문제입니다. 일단 이 주 전에 있었던 살인 사건으로 체포해서 발목 붙잡아놓고, 유혜경 씨 사건 자백받으면 될 것 같습니다. 공소시효가 열흘 정도 남았으니까 아직도 충분히 기소할 수 있습니다. 물증만 확보되면."

희주는 여전히 주머니 속에 있는 지퍼백을 만지작거리고 있다. 어떻게 해야 할까? 흔들리는 눈빛과 같은 속도로 그녀의 마음이 흔들리기 시작했다.

❖

희주는 깊게 숨을 한 번 들이쉬고 갈색 마닐라 봉투에 들어 있는 사진들을 꺼냈다. 옆에는 수현이 그때의 그 사건을 떠올리며 만든

'위험한 장소' 콜라주가 나란히 놓여 있었다. 아무래도 엄마의 사건에 대한 단서가 가장 많이 들어 있는 작품일 것이다.

가장 먼저 눈에 들어온 사진은 엄마의 아틀리에 내부를 롱숏으로 찍은 사진이었다. 안락의자 위에서 피를 흘리며 죽어 있는 엄마의 모습이 시선을 사로잡았다. 심장이 곤두박질치기 시작했다. 희주는 다시 한번 깊게 숨을 들이쉬고, 마음을 진정시켰다.

현장 사진에는 엄마가 죽어 있던 안락의자 뒤로 에펠탑 포스터가 보였다. 엄마는 한국으로 귀국한 후에도 미술 공부를 했던 파리를 무척이나 그리워했다고 했다. 그래서 아틀리에 커다란 에펠탑 포스터를 걸어놓고 파리에 대한 향수를 달래곤 했을 것이다. 예전에는 그냥 지나쳤었는데 오늘 보니, '위험한 장소' 콜라주 중앙 하단에 희미한 에펠탑의 실루엣이 눈에 들어왔다. 사건 당일 아틀리에에서 봤던 에펠탑 사진을 그의 무의식이 기억했던 것이다.

그다음은 아틀리에의 뒤쪽 공간을 찍어놓은 사진이었다. 아틀리에에서 보면 사실 잘 보이지 않는 구석에 자리하고 있던 공간이었다. 그곳에는 시선을 압도하는 붉은색의 장미들이 널브러져 있었다. 마치 장미꽃밭에 온 것 같은 어마어마한 양의 장미꽃이었다. 엄마의 인터뷰가 실린 신문 기사에서 읽었던 기억이 난다. 엄마는 꽃을 그리다가 꽃이 시들어버리면, 언제나 이렇게 아틀리에 칸막이 뒤쪽에 무더기로 모아두었다고 했다. 시들어버린 꽃을 보고 있는 것은 괴로운 일이지만, 그래도 꽃은 생의 마지막까지, 아니, 죽어버리고 난 후에도 고혹적인 향기를 내보낸다고 했었다.

그 사람을 찔렀을 때…… 수현은 진한 장미 향을 맡았다고 했다.

그는 피에서 고혹적인 장미 향을 맡았다는 사실에 스스로 충격을 받았던 거다. 그래서 자기 스스로를 괴물이라고, 살인마라고 치부해버린 것일 수도 있다. 자신이 인간이라는 일말의 소망을 그때 놓아버린 것이 아닐까?

'그는 사건 현장에 실제로 장미꽃이 있었던 걸…… 몰랐던 거야.'

자신을 스스로 괴물이라고 생각하고 사는 삶. 그것은 어떤 삶이었을까? 그래서 그는 항암 치료를 거부했던 것일까? 그런 식으로라도 끔찍한 괴물 한 마리를 이 세상에서 소멸시키고 싶었던 걸까?

"그 사람을 죽이고 나서…… 매 순간 불행했어. 단 한 번도 행복한 적이 없었어."

절규에 가까웠던 그의 외침이 다시 한번 그녀의 귓가에 서늘하게 꽂혔다. 애써 그 소리를 지워버리려 희주는 깊은 한숨을 내쉬어야만 했다. 그녀의 한숨이 허공에 허무하게 스러졌다.

가까스로 마음을 추스르고 다음 사진으로 시선을 옮긴다. 사진 속에는 피를 흘리고 있는 엄마의 왼쪽 팔이 보였다. 팔을 따라 내려가니 엄마가 흘린 피 웅덩이 위로 동그랗고 하얀 모양의 물체들이 알알이 흩어져 있다.

'……이게 뭐지?'

그다음 현장 사진에 답이 있었다. 동그랗고 하얀 모양의 물체를 클로즈업해서 찍은 사진, 그건 목걸이 줄에서 떨어져서 한 알, 한 알 흩어져버린 진주알이었다. 희주는 콜라주로 시선을 옮겼다. 거기에도 에펠탑 사진 위쪽으로 진주알이 흐르고 있었다. 섬뜩한 눈매의 여인에게서 흐르고 있는 것만 같은 눈물. 여태까지 그 진주알이 눈물을 형상화한 것으로 생각해왔는데……, 그건 눈물이 아니었다. 그건 실제로 진주 목걸이가 끊어져서 알알이 흩어져버린 진주알이었다.

'눈물……?'

그가 눈물에 대해서 언급했던 것이 기억난다.

"……눈에서 검은 눈물을 흘리던 사람"이라고 그가 말했다. 수현에게 처음 그 말을 들었을 때, 희주는 붉게 충혈된 눈에서 폐기름 같은 찐득한 눈물을 흘리는 저주받은 괴물을 떠올렸었다. 생각만 해도 소름 끼치는 상상이었다.

'검은 눈물은 과연 무슨 의미였을까?'

희주는 천천히 다음 사진으로 시선을 옮겼다. 그 사진에…… 검은 눈물에 대한 답이 있었다. 끔찍하게 오싹한 사진이었다. 하마터면 외마디 비명을 지르며 그 사진을 떨어트릴 뻔했다. 엄마였다. 죽어 있는 엄마의 얼굴을 클로즈업해서 찍은 사진이었다. 마스카라가 다 번져서 검은 눈물을 흘리며 엄마가 죽어 있었다. 세상에서 가장 아름답다고 생각했던 엄마가, 세상에서 가장 추악한 모습으로 죽어 있었다.

평생 어머니를 증오했던 화가 에곤 쉴레가 그린 작품 〈죽은 어머니〉의 잔상이 검은 눈물을 흘리며 죽어 있던 엄마의 모습 위로 계속해서 오버랩되고 있었다.

25

진심의 힘

우성이 다시 하늘공방을 찾은 것은 며칠이 지난 후였다. 희주의 눈매에는 여전히 걷잡을 수 없을 분량의 슬픔이 쌓여 있었지만 한 가지 달라진 것이 있었다. 지난번에 우성이 희주에게서 보았던 것은 파괴적인 의미의 슬픔이었다. 스스로를 깊은 늪에 가두고 서서히 자신의 모든 것을 함몰시켜가며, 점점 더 극단적인 분노로 변해가는 것을 기꺼이 방치하고 있는 슬픔이었다. 그런데 오늘 그녀의 눈매에 깃들어 있는 슬픔은…… 달랐다. 이 슬픔의 근원을 찾아서, 그것을 뿌리째 뽑아내고 싶어 하는 의지가 보이기 시작하는 슬픔이랄까? 왠지 희주의 눈빛 구석에 숨어 있던 조그마한 소망 한 자락이 보이는 것만 같았다.

"잘 지내셨어요?"

희주가 먼저 물었다.

"네, 잘 지냈습니다. 강희주 씨도 잘 지내셨습니까?"

희주에게 그 질문을 던지고 나서야 깨닫게 되었다. 어젯밤, 그 자식도 같은 질문을 던졌다는 걸.

❖

밤늦게 그에게서 전화가 왔다. 처음에는 발신자 제한 번호로 전화가 오길래, 무시하고 전화를 받지 않았는데, 그 후 세 번이나 더 전화가 왔다. 직감적으로 알 수 있었다. 누구에게서 걸려온 전화인지.

"정우성 경위입니다."

[⋯⋯이수현입니다.]

역시나 그 자식이었다. 전화를 통해서도 서늘한 기운이 전해지는 그 자식. 목소리만 들어도 그 안에 깊게 뿌리박고 있는 슬픔이 느껴지는⋯⋯ 바로 그 자식이었다. 그건 아무래도 수현의 눈매에서 파도처럼 일렁이는 슬픔을 우성이 이미 봐버린 탓일 것이다. 그제야 비로소 '희주도 이 남자 안에 있던 슬픔을 본 것이 아닐까?' 하는 생각이 들었다.

아무런 가감 없이 단도직입적으로 수현이 말했다.

[⋯⋯흑곰 형님 사건 현장에서 내 지문을 찾았다고 들었습니다.]

"⋯⋯이수현 씨의 지문이라고 추정되는 지문을 찾았을 뿐입니다. 아직 대조해볼 지문을 찾지는 못했습니다. 남자 대 남자로 말씀드리는 겁니다."

우성도 있는 사실 그대로 수현에게 말해주었다. 왠지 이 자식은 편

진심의 힘

법이나 허풍이 아닌 정직하고 정정당당한 방법으로 잡고 싶었다.

[……자수하겠습니다.]

"……!"

갑작스러운 대화의 전환에 우성은 전화를 들고 있던 손을 다른 손으로 바꿔 쥐고, 자세를 바로 했다.

"……진심입니까?"

[그 전에, 잠시 다녀와야 할 곳이 있습니다. ……일주일 정도만 시간을 줄 수 있겠습니까? ……유혜경 화백 사건 공소시효가 만료되기 전에 반드시 돌아오겠습니다.]

'……이 자식, 무슨 생각인 거지?'

우성은 수현을 향한 불신을 숨기지도 않고 물었다.

"내가 이수현 씨 말을 어떻게 믿습니까?"

[……남자 대 남자로 약속 지키겠습니다.]

수현에 대한 우성의 프로파일링에 의하면, 그는 자존심이 아주 강한 자였다. 한없이 절제되고 꼿꼿한 그의 제스처만 봐도 알 수 있었다. 그는 우성이 형사인 것을 알면서도 단 한 번도 먼저 눈을 피한 적이 없었다. 오히려 우성의 날카로운 눈빛을 아무런 감정의 흔들림 없이 끝까지 받아냈다. 그는 자기가 내뱉은 약속은 무슨 일이 있어도 지켜내는 자일 것이다. 그래서 죽음과도 같은 어려운 고백을 희주에게 했을 것이고, 지금 죽음과도 같은 이 시간을 묵묵히 견뎌내고 있는 것이다.

"……그럼, 이수현 씨. 기다리고 있겠습니다."

우성이 전화를 끊으려 하자, 전화기 너머로 수현의 주서함이 느껴졌다. 그 주저함의 끝에 질문 하나가 어렵게 새어 나왔다.

[……잘 ……있습니까?]

언제나 오만하고 굳건하기만 하던 사람이 만들어낸 소리라고는 믿기 어려울 정도로 초라하고 변변치 않은 목소리였다. 주어가 없는 문장이었지만, 누구에 대한 질문인지 단번에 알 수 있었다. 주어를 자신의 입에 담는 것조차 그녀를 욕되게 한다는 생각이었을 것이다.

"힘들어하고 있는 것 같습니다."

[……그 여자 ……부탁합니다.]

수현의 그 말이 우성의 마음이 저릿하게 만들었다. 아마도 "그 여자"와 "부탁합니다"의 사이에서 멈칫, 아무런 소리도 내지 못하고 몇 번이나 숨을 삼켜야 했던 수현의 애달픈 감정이 우성에게도 전해져서 그랬을 것이다.

❖

"바쁘실 텐데 자꾸 오시라고 해서 죄송해요."

희주의 목소리에 우성은 다시 현실로 돌아왔다.

"아닙니다. 이수현 씨 지문이 남아 있는 물건…… 찾으신 겁니까?"

희주는 우성의 눈길을 살짝 피하며 대답했다.

"……죄송해요. 아직."

희주가 거짓말을 하고 있다는 것을 바로 알 수 있었다. 우성은 씁쓸해져서 괜스레 헛기침으로 목을 한 번 가다듬었다. 이틀 전 하늘공방에 들렀을 때, 카디건 주머니 속의 무엇인가를 만지작거리며 한참

진심의 힘

을 망설이는 희주를 보았다. 그 주머니 안에 무엇이 들어 있는지 형사의 직감으로 알 수 있었다.

지난 두 달 동안 그는 희주에게 미술치료 상담을 받았다고 했다. 그의 지문이 남아 있는 물건은 손쉽게 구할 수 있었을 것이다. 그녀가 마음만 정한다면.

'……지문을 줄 수 없는 겁니까? 아니면 주지 않는 겁니까?'

이틀 전에도, 그리고 지금도, 희주에게 묻고 싶은 걸 우성은 그저 참아내고 있었다. 섭섭했지만, 다른 한편으로는…… 아이러니하게도, 참으로 다행이라는 생각이 들었다. 그의 지문을 내줄까 말까, 이토록 망설이는 여자여서 그녀에게 끌렸던 것이 아닐까?

희주는 따뜻한 차 한 잔을 우성에게 건네며 말했다.

"오늘은 부탁드릴 게 있어서……"

희주는 숨을 한 번 깊게 들이마셨다가 조금씩 조심스럽게 내보냈다. 고요하고 침착한 목소리로 이야기를 시작할 수 있어서 다행이라는 생각이 들었다.

우성이 가져온 엄마 사건의 비공개 사진을 본 후, 희주는 지난 이틀 동안 도무지 잠을 이룰 수가 없었다. 추악한 모습으로 죽어 있던 엄마의 모습을 두 눈으로 직접 확인한 충격 때문이 아니었다. 그녀가 잠을 이룰 수 없었던 이유는 따로 있었다. 25년이 걸려서 비로소 '누가 엄마를 죽였는가?'에 대한 답을 얻었지만, '검은 눈물'을 흘리던 괴물의 정체가 바로 엄마였다는 것을 뇌에서 인식한 순간, 자동으로 새로운 질문이 생겼기 때문이었다. 그동안 그녀의 육중한 분노에 짓눌려 차마 떠올릴 수 없었던, 그러나 첫 번째 질문만큼이나 지병석인 질문이었다.

'그는 왜 엄마를 죽였는가?'

한참 뜸을 들이던 희주가 우성에게 어렵게 말을 꺼냈다.

"……25년 전, 정시은 씨 사건에 대해 알아봐 줄 수 있으세요?"

수현은 엄마가 그의 누나를 그렇게 비극으로 몰아갔다고 확신하고 있었다. 그렇다면 어쩌면 이 모든 비극의 발단은 정시은 사건이 아니었을까? 단 한 번도 생각해본 적이 없는 시나리오였다. 사실 왜 정시은이 그런 비참한 죽음을 맞이해야 했는지 단 한 번도 궁금해하지 않았다. 비극적으로 태어나고, 비극적인 삶을 살던 사람들은, 마지막도 비극적으로 죽는 것이 어쩌면 자연스러운 이치라고 생각했던 것 같다. 구역질 나도록 오만했던 편견이었다.

"……정 형사님이 주신 자료들을 읽어보니, 11월 4일, 공사장에서 불의의 사고를 당한 정시은이 사망했다고 나와 있었어요. 제가 궁금한 건, 확실하진 않지만……"

희주는 마른침을 한 번 삼키고는 어렵게 말을 잇는다.

"정시은 씨 사건의 배후에…… 어쩌면 저희 엄마가 개입되어 있을……"

미세하게 떨리던 그녀의 목소리가 결국 도중에 멈추고 말았다. 끝내 문장을 마치지 못하는 희주에게 우성이 물었다.

"그래서 이틀의 시간이 필요했던 겁니까? ……생각할 시간, 그리고 용기를 낼 시간?"

우성의 미간을 쓸어내리며 그녀에게 물었다. 그의 질문이 그녀에게 묘한 위로가 되어주었다.

진심의 힘

"고민했어요. ……제 인생을 다 바쳐 믿고 있던 신념 하나가 무참히 무너질 수도 있는 일이니까."

그녀를 안쓰럽게 바라보던 그의 눈빛이 다시 차가워졌다.

"그렇지 않아도, 저도 그 부분이 찜찜해서 알아본 사실들이 몇 개 있습니다."

역시 정우성 형사였다.

"강희주 씨와 처음 미팅했을 때 드린 말씀 기억하십니까? 25년 전, 유혜경 화백 사건 조사 중 갑자기 강창수 법무부 장관님이 뜬금없이 물방울 다이아몬드 반지 도난 신고를 하신 일 말입니다."

"네. 그래서 수사 방향이 '단순 살인강도' 쪽으로 기울었다고, 그래서 엄마 사건이 오리무중에 빠졌다고 말씀하셨죠."

"사실 그 사건이 말입니다. 다이아몬드 반지가 실제로 도난당했는지 진위를 확인할 길이 없긴 합니다. 100% 강 장관님 증언에만 의존했던 사건이었으니까요. 게다가 강 장관님은 경찰에 한 번도 다이아몬드 감정서를 제출한 적도 없으셨죠. 절도에 대한 공소시효는 7년인데, 일단 피해자 측에서 재수사를 요청하지도 않은 상태에서 제가임의로 수사를 진행하기가 곤란합니다."

"……그러셨군요."

"그래서 사실은 강희주 씨에게 말씀을 안 드린 게 하나 있습니다. 그때는 이걸 말씀드린다 해도 뭐, 별 의미가 없어 보여서."

우성은 다이아몬드 반지 사진을 희주에게 보여주며 반지의 중앙부분을 손으로 가리켰다.

"아시다시피 25년 전, 강창수 장관님이 도난 신고하셨을 때 서희에게 제출하셨던 반지 사진입니다. 다이아몬드 여기 이 경사진 부분을 전문 용어로 거들이라고 한답니다. 보통 이렇게 5캐럿이나 하는 다이아몬드는 도난 방지 차원에서 거들 부분에 레이저로 고유번호를 각인해 둔다고 하네요."

희주는 아무 말 없이 유심히 듣고만 있다.

"그래서 제가 이 사진을 국과수 디지털 분석과에 의뢰해봤습니다. 몇 주 전에, 독일에서 고성능 이미지 인핸서 소프트웨어를 들여왔는데, 이 녀석이 물건입니다. 500m 떨어져서 찍은 조그만 바늘 하나까지도 바로 감지하는 아주 기특한 녀석이죠."

우성은 희미하게 보이는 사진을 꺼내서 희주에게 보여주었다.

"그랬더니, 정말 다이아몬드에 각인되었던 고유번호가 부분적으로 보이더라고요. 보이십니까?"

_524__13

숫자 세 개가 너무 흐릿해 보이지는 않았지만, 8자리로 되어 있는 일련번호임이 확실했다.

"8자리 수인 걸 보면, 미국 다이아몬드 협회 GIE 감정서의 레이저 각인 번호 같습니다. 그런데 보시다시피 숫자 세 개가 확인이 안 돼서, 그동안 조회를 못 하고 있었는데……, 우연히 2010년 '토론토 투데이'라는 캐나다 일간 신문에 실린 사진을 한 장 찾게 된 겁니다."

우성은 폴더 안에서 영문 신문을 출력한 사본을 희주에게 보여주었다.

"토론토에 사는 한국계 캐나다인 유병곤 씨가 한국인 최초로 캐나다 연방 상원의원에 당선됐다는 기사에 딸려 나온 사진이었죠."

"……유병곤이라면 혹시 제 외삼촌을 말씀하시는 건가요?"

"맞습니다. 고 유혜경 씨의 작은 오빠 되시는."

우성은 신문 기사에 나온 사진 한 장을 희주에게 보여주며 말을 이었다. 정말로 오랜만에 보는 외삼촌과 외숙모의 모습이었다. 파티에서 샴페인 잔을 들고 건배하는 모습이었다. 대학교 재학 중에는 외삼촌과 함께 살고 계셨던 할머니를 뵈러 토론토에 가끔 가곤 했는데, 할머니가 돌아가신 후에는 그나마도 연락이 뜸해졌었다.

"이 사진을 좀 보십시오. 상원의원 당선 기념 축하파티에 유병곤 씨의 부인, 그러니까 강희주 씨의 외숙모가 되시겠군요. 세실리아 강씨가 끼고 나온 반지, 어디서 많이 본 것 같지 않습니까?"

희주는 유심히 사진을 바라보았다. 자세히 보이지는 않았지만, 확실히 낯이 익은 물방울 모양의 다이아몬드 반지였다.

"우연의 일치일 수도 있지 않을까요? 우연히 엄마와 외숙모가 비슷한 모양의 다이아몬드 반지를 맞췄을 수도 있으니까요."

찬찬히 사진을 살피던 희주가 우성에게 물었다.

"네. 저도 똑같이 생각했습니다. 그래서 여태까지 강희주 씨에게 말씀드리지 않았던 거였고요."

우성은 함께 가지고 온 태블릿의 전원을 켜서 희주에게 건네주었다.

"그래서 3일 전, 제가 유병곤 씨에게 직접 연락했습니다. GIE 레이저 각인 번호를 알려달라고요. 여기 번호 한번 보십시오."

05240413

앞에서 빠져 있던 세 개의 숫자가 마지막 퍼즐 조각을 끼워 넣듯이 딱 맞아 떨어지는 8자리 일련번호였다.

"……결국 같은 반지란 말씀이시군요."

"네. 유병곤 씨에게 이 반지가 25년 전에 도난 신고가 되어 있던 반지라는 걸 혹시 알고 있었냐고 물어봤죠. 그랬더니 전혀 모르고 계셨던 눈치였습니다. 25년 전에 유혜경 화백에게 결혼 선물로 받은 반지였다고……."

질문 하나가 희주의 머릿속을 스쳐 지나가고 있었다.

'……그럼 엄마의 다이아몬드 반지는 한 번도 도난당한 적이 없다는 뜻인데……, 왜 아빠는 경찰에 거짓 신고를 했던 걸까?'

"그리고 또 하나, 이것 좀 보십시오."

엄마의 아틀리에 바닥을 클로즈업해서 찍은 사진이었다. 피가 여기저기 튀어 있는 바닥에 엄마의 그림들이 여기저기 흩어져 있었다.

"유혜경 화백의 그림이 워낙 땅에 많이 흩어져 있어서 25년 전에는 놓쳤던 것 같습니다. 그런데, 여기 이거 보이십니까?"

우성의 손가락이 가리키고 있는 곳에는 혈흔이 없는 빈 공간이 있었다. 엽서만 한 크기의 직사각형 종이가 여러 장 흩어져 있었던 것 같은 흔적이었다. 뭔가 자연스럽지 못하다는 느낌이 들었다.

프로파일러의 눈이 아니라, 일반인의 눈으로도 그것이 무슨 뜻인지 알 수 있었다. 혈액의 출발 지점과 목적지 사이에 제2의 물체가 있었고, 누군가가 나중에 그 물체를 옮겼다는 뜻이었다.

"짐작하시는 바와 같이, 이렇게 혈흔의 빈 곳으로 우리는 현장에 있던 없어진 물체를 추정할 수 있습니다. 여기에 대체 뭐가 있었을까요? 가령…… 3×5 사이즈의 사진 몇 장이라던가?"

우성의 목소리 위로 수현의 것이 겹쳐졌다.

"……그 사람은 ……사진을 보고 있었습니다."

"……그런데, 그 사람이 그 사진을 보면서……"

"……그 사진을 보면서 ……웃고 있었습니다. 재밌다는 듯이. 깔깔거리면서."

'……그는 엄마가 사진을 보고 있었다고 했어. 정시은 사건이 찍혀 있는 사진.'

희주 생각의 흐름 위로 우성이 쐐기를 박았다.

"현장 감식반이 도착하기도 전에 유혜경 화백의 사건 현장에 가장 먼저 들어가 증거물들에 손을 댈 수 있었던 유일한 사람은……"

"무슨 말인지 알겠어요."

희주의 단호한 목소리가 허공에 울렸다. 누구를 만나야 하는지, 무엇을 물어봐야 하는지, 이미 머릿속에서 정리가 끝난 상태였다.

❖

참으로 오랜만이었다. 아빠의 집을 다시 찾은 건. 유학을 마치고 한국에 돌아와서도 단 한 번도 아빠를 만나지 않았다. 아빠도 죽어버렸다고 생각했다. 그게 더 마음이 편했다.

인터폰으로 누가 왔는지 확인한 보형의 목소리 톤이 한 옥타브 높아졌다. 보영은 쓸데없이 엘리베이터를 타고 1층까지 내려와서는 희주의 두 손을 꼭 잡았다.

"희주야, 잘 왔다. 정말 잘 왔어."

"……잘 지내셨어요?"

희주는 보영이 잡은 두 손을 살짝 빼면서 보영에게 안부를 물었다.

"머리 잘랐구나? 너무 잘 어울린다. 나도 너같이 머리 짧게 잘라볼까?"

그 말을 듣고 희주는 토가 나올 것만 같았다. 저렇게 마음에도 없는 소리를 지껄이다니.

"집에서 저녁 먹고 갈 거지? 아줌마한테 네가 좋아하는 탕평채 해달라고 말해둬야겠다."

"……저녁은 됐어요."

"그래도 오랜만에 왔는데 밥 먹고 가. 우리 동주도 누나 보면 너무 좋아할 텐데."

"저녁은…… 같이 안 먹어요."

희주는 또 한 번 거짓 미소를 지으며 보영의 제안을 단칼에 거절했다. 그제야 보영은 조금 당황스러운 표정을 짓기 시작했다.

"어디 계세요?"

희주는 애써 '아빠'라는 단어를 생략하고 질문을 던졌다.

"……으응. 교수님은 서재에."

"저, 오늘은 중요하게 할 말이 있어요. 차 같은 거 필요 없으니까 예전처럼 불쑥불쑥 들어오시지 않았으면 좋겠어요."

"……응. 그……그래."

진심의 힘

보영의 목소리가 점점 더 작아지고 있었다. 그런 그녀 옆을 매정하게 스쳐 지나가려는데, 보영의 잿빛 목소리가 들려왔다.

"……이제, 마음을 열 때도 되지 않았니?"

비록 소리는 작았지만, 그 짧은 문장 안에는 그녀가 채워 넣을 수 있는 모든 원망이 담겨 있었다. 희주는 그런 보영을 완전히 무시하고 서재 쪽으로 무심한 발걸음을 옮겼다.

"……너도, 교수님도 ……똑같아."

보영의 뜻밖의 발언에, 그제야 희주는 매정한 발걸음을 멈추고 보영을 우두커니 바라보았다. 보영의 눈시울이 순식간에 붉어졌다.

보영은 정말로 눈물이 헤픈 여자였다. 드라마에서 여자 주인공이 혼자 김치에 밥을 먹고 있는 장면을 보던 보영이 크리넥스 한 통을 다 써가며 울었던 것이 기억났다. 전혀 슬픈 장면도 아니었는데.

"……교수님은 아직도 나를…… 조교로만 생각하셔. 너는 자업자득이라고 생각하고 있겠지."

자조적이었지만 서글펐던 보영의 말에 희주는 꿀 먹은 벙어리가 되었다. 보영에게 이런 사연이 있었는지 전혀 몰랐다. 엄마가 죽고 마침내 여왕의 자리를 꿰찬 보영은 아빠 곁에서 언제나 화사하고, 풋풋하고, 행복해 보이기만 했었다.

여전히 희주의 눈길을 피하면서 보영은 말을 이었다.

"……네 엄마 자리를 대신하려고 아무리 애를 써도……, 아무리 노력해도…… 언제나 제자리였어."

감정이 복받쳤는지, 보영은 하던 말을 잠시 멈췄다가 서늘하고도 서글픈 목소리로 다시 문장을 시작했다.

"……교수님은 사모님을…… 여전히 그리워하고 계셔. 여태까지는 믿고 싶지 않아서 모르는 척하고 있었는데……. 곧 좋아지겠지, 괜찮아지겠지 하고 있었는데……. 이제는 포기해야 할 것 같구나."

'……이 여자 지금 뭐라는 거야? 미쳤구나, 이 여자.'

희주의 시선이 섬뜩하리만큼 날카로워졌다. 보영에게 바락바락 대들며 반박하려 했다. 배부른 투정은 그만두라고. 그런 말도 안 되는 헛소리를 하려면 지금 당장 떠나라고. 그 말이 뇌를 떠나 성대를 진동시키려던 바로 그 순간이었다. 보영의 눈매에 가득 담긴 그녀의 뜨거운 진심이 처음으로 희주에게 고스란히 읽혔다. 보영을 향해 있던 모진 언어들이 조용히 침몰하기 시작했다.

"처음엔, 너 때문에 그러시는 줄 알았어. 희주 네가 나를 너무 싫어했으니까. 그래서 나에게 마음을 안 내주시는 건가……. 아이가 생기면, 교수님 마음으로 들어갈 수 있을 줄 알았어. 동주가 조금 더 크면……, 희주 네가 유학에서 돌아오면, 그때 나에게 마음을 열어주시려나……. 그런데 아니었어. 도저히 내가 들어갈 공간이…… 없구나. 교수님께는."

'교수님'이라는 단어가 유독 희주의 마음을 헤집어 놓고 있었다. 부부의 연을 맺은 지 벌써 10년이 훨씬 지났는데, 그래서 아이까지 낳았는데도, 보영은 여전히 아빠를 '교수님'이라고 부르고 있었다. 언제나 한 발짝 뒤에 서서 여전히 어려운 걸음을 종종거리며 아빠의 뒷모습만 바라보고 있던 보영의 모습이 희주의 머리를 스쳐 지나가고 있었다.

"나는 동주랑 미국에 가려고 해. 거기에 중증 자폐 아이들만 받아주는 특수학교가 있대. 나도 특수교육학과 대학원에 가려고 입학 허가서 받아둔 상태고. 아직 교수님께는 말씀드리지 않았지만."

전혀 예상치 못하게 맞닥뜨린 보영의 진심에 소란스러웠던 희주의 마음이 고요해지고 있었다. 그녀의 진심이 희주의 마음에 공명을 일으켰다.

보영 언니도 많이 힘들었겠다는 생각이 희주의 마음에 스며들자, 그제야 애써 의연하게 서 있으려 사력을 다하고 있는 보영의 자태가 눈에 들어왔다. 마음이 저릿해졌다. 아무리 밀어내려 갖은 힘을 써봐도, 보영의 진심이 희주에게 전해지고 있었다. 그것이 진심의 힘이었다. 진심은 기어코…… 어떤 일이 있더라도 반드시 상대방의 마음에 닿는 것. 그리고 기어코…… 상대방의 마음을 움직이는 것.

"……용서……받았으면 좋겠습니다. 강희주 씨에게. 진심으로."

"그 사람을 죽이고 나서…… 매 순간 불행했어. 단 한 번도 행복하다고 생각한 적 없어."

"제발…… 여기서 멈춰. 당신을…… 나 같은 괴물로 만들고 싶진 않아."

그날, 그가 토해낸 문장들이 메아리가 되어 희주의 마음을 울리고 있었다. 수현도 그랬던 것이다. 그 순간, 사력을 다해 그의 진심을 내보였던 것이다. 숨이 끊어질 만큼의 증오와 분노를 받아낼 것을 알면서도, 그는 있는 힘껏, 죽을힘을 다해 기꺼이 그의 진심을 그녀에게 전한 것이다.

그를 격렬하게 밀어내고, 소리 지르고, 상처 내고, 피 흘리게 하고, 죽으라고 저주했지만, 그의 진심은 찬찬히, 우직하게, 그리고 성실하게 그녀의 마음에 밀려들고 있었다. 아니, 어쩌면 그의 진심이 이미 희주의 마음을 가득 채워서, 지금 아빠의 서재 앞에 서 있는 것일지도 모르겠다. 살면서 가장 두려울지도 모르는 진실과 당당히 직면하기 위해서.

이제 서재의 문을 열면, 희주가 그녀의 인생을 걸고 믿어왔던 모든 것이 처참하게 무너질지도 모른다. 그래도 의연하고 용기 있게 진실과 직면하는 것이 그의 진심을 대하는 가장 올바른 태도일 거라고 희주는 생각했다. 그러려면 지금 이 순간 위에 놓여 있는 보영의 진심부터 받아들여야 하지 않을까? 그래야 그녀의 마음이 그의 처절한 진심을 받아들일 준비를 할 수 있지 않을까?

희주가 처음으로 보영의 눈을 정면으로 바라보았다.

"……아직도 교수님이라고 부르면 어떻게 해요, 남편한테."

희주가 보인 뜻밖의 반응에 보영이 멍하니 그녀만 바라보다 결국 눈시울을 붉혔다. 그런 보영을 향해 한마디 덧붙였다. 그녀의 인생에서 이런 말을 할 수 있는 날이 오리라고 전혀 예상하지 못했지만 말이다.

"……아빠에게는 언니와 동주가 필요해요. ……우리는 가족이니까."

진심이었다. 이렇게…… 희주는 마음의 매듭 하나를 풀었다. 이렇게 쉽게 풀리는 매듭이었는데, 왜 그토록 오랫동안 지독하게 매어두고 있었는지. 왜 그토록 오랫동안 계속 같은 매듭을 묶고 또 묶고만 있었는지.

진심의 힘

아빠는…… 어둠 속에 앉아 있었다. 어둠이 아빠를 삼켜버린 것 같았다. 아니, 아빠 자체가 어둠이었다. 실제로 서재의 조도가 낮은 것은 전혀 아니었다. 그저 아빠가 이곳을 온통 짙은 무채색으로 물들이고 있다는 느낌이 들었다. 그런 아빠의 모습에서, 희주는 며칠 전 어두운 공방 안에 우두커니 앉아 있던 자신이 떠올랐다.

"……저 왔어요."

아무런 생기를 찾을 수 없는 표정의 아빠가 고개를 들었다. 생각하고 있던 것보다 훨씬 더 늙어버린 모습이었다.

"……왔니?"

5년 만에 만나는 아버지와 딸 사이라고는 생각하기 어려울 만큼 어색한 분위기였다. 딱히 적대감이 흐르는 것은 아니었지만, 그렇다고 해서 애틋함이나 온기가 흐른다고도 할 수 없었다. 생각해보니 엄마가 죽고, 아빠는 늘 저런 표정이었다. 살아 있지도, 죽어 있지도 않은 것 같은 모호한 표정. 어쩌면 그것이 아빠가 엄마의 죽음을 애도하는 방법이었을까?

"……엄마를 죽인 범인, ……찾았어요."

희주를 바라보는 아빠의 눈에 순간 빛이 스며들었다. 그러나 그건 범인을 잡았다는 사실에 흥분하거나 기뻐서 생긴 빛이 아니었다. 그건 마음속 밑바닥에 고여 있었던 원망이 고약한 냄새를 풍기며 범람하고 있는 음험한 빛이었다.

"그 아이를…… 결국 찾은 거냐?"

깊은 탄식의 소리가 물었다. 희주는 순간 자신의 귀를 의심했다.

'……지금 '그 아이'라고 한 거야? 설마……?'

희주 안에서 썩을 대로 썩고 문드러진 마음에서 진득한 검은 진물이 흘러내리기 시작했다.

"……알……고 계셨군요. 누가 엄마를 죽였는지. ……지난 25년 동안 그 사실을 알고도……"

희주는 터지려는 심장을 간신히 부여잡고 한 글자씩 꾹꾹 누르면서 읊어댔다.

"그 사실을 알고도 ……가만히 계셨던 거군요. 내가 그렇게 범인을 찾는 걸 알고 있었으면서……. 어떻게 여태까지 이렇게……?"

"그래서 네 외삼촌에게 전화가 온 거였구나. 형사가 반지에 관해 물어봤다고……."

강 교수는 딸의 동요에는 눈길도 주지 않고 혼잣말을 내뱉었다. 원래 자기만 아는 그런 인간이었다. 새삼스럽지도 않다. 희주가 다시 강 교수에게 날카롭게 날을 세우며 물었다.

"25년 전에 허위로 도난 신고를 하셨던 그 반지 말씀인가요? 엄마 사건을 흐지부지 종결시키려고 아빠가 의도적으로 그러신 거죠? 엄마가 죽기 전에 보고 있던 사진을 치우신 것도…… 결국은 아빠였던 거고요?"

그제야 강 교수는 비로소 희주에게로 눈길을 옮겼다.

"……네가 그걸 어떻게?"

강 교수의 목소리가 사시나무처럼 떨리기 시작했다.

"……아빠 정시현이 진범인 걸 처음부터 알고 있었던 거죠?"

"……그 얘기는 그만하자."

강 교수는 다시 희주의 눈을 피하면서 말했다. 강퍅하고도 냉정하기 그지없는 어조였지만, 사실 그는 딸에게 그 떨림을 송두리째 들켜 버릴 정도로 동요하고 있었다.

"그 사람이 그랬어요. 엄마가 자기 누나를 무참하게 죽였다고. 그래서 우리 엄마를 찔렀다고."

강 교수가 화를 못 이기고 책상을 손바닥으로 거세게 내리치며 자리에서 일어났다. 성내는 척을 하고 있긴 했지만, 희주는 알 수 있었다. 아빠는 두려워하고 있었다. 일부러 두려움을 감추려고 저렇게 더 감정적으로 반응하는 것이다.

"그만하라고 했……"

아빠의 문장이 끝나기도 전에 희주가 외쳤다. 절규였다.

"엄마가 죽어가면서 그 사람한테 '고맙다'고…… 했대요."

울지 않으려고 했는데, 절대로 이 파렴치한 인간 앞에서 다시는 눈물을 보이지 않으려고 했는데, 울분의 눈물이 터져 나왔다. 핏기 사라진 얼굴로 다시 힘없이 의자에 주저앉는 아빠의 무기력함에 대한 울분이었고, 그렇게 죽어갈 수밖에 없었던 엄마에 대한 울분이었고, 이런 잔혹한 운명에 단 한 번의 저항도 하지 못한 채 무기력하게 휩쓸려버린 그들의 슬픈 사랑에 대한 울분이었다.

희주는 울음 섞인 목소리로 강 교수를 다그쳤다.

"……대체 무슨 일이 있었던 거예요? 대체 엄마는 정시은 씨에게 무슨 짓을 한 거예요?"

"……고맙다고 했다고? 죽으면서…… 고맙다고. 하아……."

허무한 탄성의 끝에서 강 교수는 결국 뜨거운 눈물을 쏟아냈다.

"네가 끝까지 몰랐으면 했다. 이제 다 잊었다고 생각했는데……."

강 교수는 하염없이 눈물을 흘리는 딸을 처음으로 정면에서 바라보았다.

'너에게는 엄마에 관한 기억은 좋은 것만 남게 하고 싶었는데……. 추악한 진실로부터 너를 영원히 보호해주고 싶었는데…….'

시간이 흘렀고, 자신은 늙었으며, 눈앞에 있는 그의 사랑하는 딸은 이제 더는 어린아이가 아니었다. 울고 있긴 했지만, 동시에 희주의 짙게 젖은 눈빛은 가혹한 진실을 마주할 준비가 된 듯 보였다. 그 진실이 무엇이든 이겨내리라는 의지도 함께.

애써 평정심을 찾은 강 교수의 침착한 목소리가 어두운 서재를 채우기 시작했다.

"네 엄마가 이상해지기 시작한 건, '창녀와 꽃'이라는 주제로 한국에서 두 번째 개인전을 열고 난 직후였다. 태어나서 처음으로 평론가들에게 지독한 혹평을 들었던 전시회였지. 늘 찬사에만 익숙했던 네 엄마에게는 커다란 충격이었을 게다. 그때 네 엄마가 조금 이상하다는 걸 바로 눈치채고, 치료를 받게 해야 했는데……."

26

죽음이 찾아온 시각

하루는 혜경이 그에게 와서 뜬금없이 작년에 돌아가신 시어머니의 사진을 달라고 했다. 뜻밖의 부탁에 강 교수는 놀라기는 했지만 동시에 마음에 온기가 들었다.

'드디어 어머니가 그리워진 건가?'

어머니가 살아 계실 때 심각한 고부갈등이 있었다거나, 어머니를 노골적으로 싫어하거나 했던 것은 단언컨대 절대 아니었다. 혜경은 적어도 겉으로는 시어머니를 꽤 좋아하는 것 같았다. 어머니가 집에 놀러 오시면 살갑게 팔짱을 끼고 좋은 음식점에 모시고 가서 비싼 음식도 대접하고, 유명하다는 양장점에서 옷도 지어드렸다. 그러면서도 초라한 단칸방에 홀로 사시던 어머니의 집을 찾아가 뵌 적은 단한 번도 없었다. 오히려 어머니가 "훌륭한 그림을 그리려면 좋고 고귀한 것만 보고 살아야 한다"라며 누추하기 싹이 없는 집에 오는 것을 막으셨다. 그러면 혜경은 아무것도 모른다는 순진하고 말간 얼굴로 "네, 알겠습니다. 어머님" 하고 대답했다.

스물이 채 되기도 전에 시집와, 서른이 채 되기도 전에 혼자가 된 어머니셨다. 외아들이었던 강 교수에게 어머니의 존재는 언제나 시리고 애틋했다. 그런데 혜경이 그런 어머니의 사진을 달라고 하니, 왠지 마음에 감동이 일었다. 그는 늘 지갑 속에 넣고 다녔던 어머니 사진을 혜경에게 주었다. 혜경은 그 사진을 유심히 쳐다보고 또 쳐다보았다. 강 교수는 그런 아내가 사랑스러웠다.

어느 날 늦은 오후, 지금 막 작품 하나를 완성했다며 들뜬 얼굴을 하고 혜경이 강 교수의 서재를 찾아왔다. 언제나 자신의 작품을 가장 먼저 남편에게 보여주고 싶어 했던 혜경이었다. 혜경은 참으로 아름다운 여인이었다. 그녀의 세상에 살고 있으면, 강 교수도 함께 아름답고 고귀한 생을 살고 있는 것 같은 환상에 빠졌다. 여태까지 가난 때문에 받았던 갖은 수모와 핍박의 순간이, 이 여자와 함께 있으면 온전히 보상받는 느낌이었다. 혜경은 강 교수에게는 한 줄기 구원과도 같은 존재였다.

그런데 혜경과 정답게 손을 잡고 그녀의 아틀리에로 함께 걸어가서, 지금 막 완성된 그림을 본 그 순간, 강 교수는 피가 거꾸로 솟는 것 같았다. 옷은 반쯤 벗겨져 쭈글해진 젖가슴이 다 드러나 있는 어느 노파가, 세상에서 가장 먹먹하고 초라한 모습으로 앉아서 물에 만 밥을 먹고 있었다. 한눈에 알아볼 수 있었다. 그 노파가 누구인지. 혜경은 순진무구한 표정과 조증의 상태로 들어선 조울중 환자같이 흥분된 목소리로 이렇게 말했다.

"이렇게 흉한 모습으로 죽어가는 늙은 창녀를 꼭 한 번 그려보고 싶었어. 그런데 아무리 생각해도 어머님이 그 이미지로 너무 어울리는 거야. 어때요? 퀭한 눈매며 성병에 걸려서 썩어들어 가고 있는 몸뚱이. 막 작품에서 어머님 냄새, 아, 당신도 그 냄새 뭔지 알죠? 어머님 살아 계실 때 나던 그 퀴퀴한 시궁창 냄새 말이야. 작품에서 그 냄새가 나는 것 같지 않아? 아, 갑자기 어머님이 너무 보고 싶네요."

……소름이 끼쳤다. 저런 끔찍하고 잔인하고 참담한 말을 저렇게 아무렇지도 않게 해놓고서, 어머님이 보고 싶다고 한다. 더 오싹하고 소름 끼쳤던 건, 마지막으로 내뱉은 "어머님이 너무 보고 싶네요"라는 말에는 혜경의 진심이 온전히 실려 있었다는 것이었다.

강 교수는 구토가 나올 것만 같았다. 차라리 시어머니가 너무 싫어서 비아냥거리고 있는 것이라고 생각하면 마음이 더 편했을 것이다. 홀어머니를 생각하면서 밤마다 눈물짓는 남편이 너무 진절머리나게 싫어서, 그의 속을 뒤집어놓으려고 이런 그림을 그렸다고 생각하면 비록 화가 머리끝까지 났겠지만, 어떻게든 그녀를 이해하려 했을 것이다. 그런데 그게 아니었다. 강 교수는 자신의 그림이 너무나 만족스러워 해맑게 웃고 있는 혜경의 눈에서 병적인 광기를 보았다. 자신의 옆에서 저 흉측하고 슬픈 그림을 보면서 흡족하게 웃고 있는 이 여자는, 아름답고도 고귀했던 자신의 아내가 아니었다. 작품을 위해서라면 어떤 짓을 저질러도 전혀 양심의 가책을 느끼지 못하는 미치광이였을 뿐. 예술에 대한 끊임없는 집착과 광기가, 그녀 안에 살고 있던 흉측하고 잔인한 괴물을 서서히 끌어내고 있었다. 아니, 혜경이 괴물을 끌어내고 있는 것이 아니었다. 괴물이 이미 혜경을 먹어치워

버린 후였다.

플라톤은 이렇게 말했다. "신에 의해서 주어진 것 중에서 광기는 좋은 것 중에서도 가장 좋은 것이다." 플라톤이 말했던 그 광기 때문에…… 반 고흐는 작업 중이었던 자신의 자화상이 불만스러워 스스로 귀를 잘라버렸고, 에드바르 뭉크는 자신의 정신질환이 오히려 창작의 기동력이 된다고 생각해 치료를 거부했고, 호생관 최북은 세도가가 자신의 그림을 트집 잡자, 자신의 눈 한쪽을 찔러가면서까지 작품에 대한 자존심을 지켰다.

❖

유혜경 화백은 극도로 예민한 여자였다. 태어나면서부터 그랬던 건 아니었다. 한 번도 무엇인가 해달라고 울거나 떼를 써본 적이 없는 천사 같은 아이였다고 했다. 생각해보면 어쩌면 혜경이 원하기도 전에, 이미 모든 것이 혜경의 것이 되어 있었기 때문이 아니었을까?

위로 아들만 줄줄이 있는 집안에 늦둥이로 태어나, 금지옥엽으로 키우던 부모의 과잉보호 속에서 자라난 탓이었다. 그녀는 '자신이 무엇을 원하고 있다'는 감정에 아주 서툴렀다. '무엇을 원하고 있다'라는 생각이 드는 바로 그 순간 초라해지는 느낌이 싫었다. 마치 길에 지나가는 꾀죄죄한 평민이 되어버린 것 같은 느낌이랄까? 매 순간 고귀하고 우아해야 하는 그녀와는 어울리지 않은 느낌이었다.

여고생 시절, 혜경이 지각을 해서 한 달 동안 벌로 화장실 청소를 해야 했던 적이 있었다. 그 사실을 알게 된 혜경의 아버지는 딸이 다니는 학교에 3년 내내 화장실 청소를 해주는 용역업체를 고용했다. 막내딸 손에 오물이 묻는 걸 차마 볼 수 없어서였다.

혜경은 순진무구한 아이였다. 이 모든 사건에 사사건건 아버지가 개입했다는 사실은 전혀 모르고 있었다. 그저 혜경은 자신이 특별하고 고귀하기 때문에 이런 특권이 주어지는 거라고 생각했다. 잘난 척은 천박한 아이들이나 하는 것이니, 그녀는 겸허하고, 순진하고, 조용히 미소만 짓고 있으면 된다고 생각했다.

그렇게 자란 혜경에게 국내에서 두 번째로 열린 개인전 '창녀와 꽃'에서 받은 혹평은 치명적이고도 치욕적이었다. 객관적이고 솔직하게 평가해보자면, 그녀의 작품들은 여전히 독창적이었고 여전히 숨 막히게 아름다웠다. 외신에서는 연일 그녀의 새로운 작품들에 아낌없는 찬사를 보내왔다.

하지만 전시회 오픈 다음 날 일간지에 실린 짧은 사설 하나가 혜경의 자존심을 집요하게 건드리고 있었다. 별로 유명하지도 않은 일간지 구석에 실린 〈유혜경 화백의 창녀〉라는 제목의 사설이었다. 이름을 들어본 적도 없는 사설위원 나부랭이가 쓴 글. 게다가 신문의 구석에 처박혀 있어 눈에 잘 띄지도 않는 짧은 사설이었다. 사설은 고흐가 사랑했다던 창녀 시앵의 이야기로 시작되고 있었다.

"1882년 12월 무렵. 파리의 사창가를 드나들던 고흐는 그곳에서 서른두 살의 창녀 시앵을 만나게 된다. 시앵은 임신 중인 데다가 알코올중독, 성병까지 걸려 있었음에도 여전히 거리에서 몸을 팔아야 했다. 노모와 다섯 살 난 어린 딸을 먹여 살려야 했기 때문이었다. 고흐는 비참한 생을 사는 시앵을 위해 〈슬픔Sorrow〉이라는 제복의 석

판화를 제작하고 그림 하단에 '어떻게 한 여자가 홀로 버림받아야 하나?'라는 문구를 써넣었다."

사설은 "유혜경 화백은 왜 창녀를 그렸나?"라는 질문을 던지며 혜경의 '창녀와 꽃' 개인전을 신랄하게 비판하고 있었다. 화가가 창녀를 그리는 이유는 이 시대의 아픔을 대변하기 위해서라고. 몸이 더 상하지도 못할 만큼 망가져버린 창녀가 여전히 오늘도 몸을 팔아야 하루를 살아갈 수 있는 더러운 세상을 일갈하기 위함이라고. 이 시대를 대변하는 화가라면, 창녀의 몸을 통해 화가의 눈에 비친 이 세상의 처절함을 그려내야 하는 거라고. 그런데 유명한 친일파였던 아버지 밑에서 부족함 없이 호의호식하며 곱게만 자란 유혜경 화백에게 이 시대의 추악함과 슬픔을 그려주는 것을 기대하는 것은 불가능하지 않겠냐고. 왜 그런 그녀가 어울리지도 않게 창녀를 그리는 것을 고집하는지 이유를 알 수 없다고. ……그에 더해 마지막 문장이 혜경의 마음을 헤집었다.

"유혜경 화백의 화폭에 있는 창녀는 이 시대의 아픔을 대변하기는커녕, 너무나 아름답고 고귀한 모습의 뮤즈가 우아한 포즈를 취하고 있을 뿐이다. 그녀는 과연 이 시대의 창녀인가, 성녀인가?"

혜경은 처음에는 중요하지도 않은 일간지의 사설 따위 애써 무시하려고 했다.

'니까짓 게 예술에 대해 뭘 안다고 함부로 지껄이는 거야?'

그런데 혜경의 승승장구에 불만을 품고 있던 미술계 인사들 몇이 이 사설에 힘을 보태기 시작하면서 일이 점점 커지기 시작했다. 혜경의 작품이 전시되고 있는 갤러리 앞에 성난 군중들이 하나둘씩 모여들기 시작했고, 결국 갤러리에서는 예정보다 일주일이나 먼저 혜경의 작품들을 내리기로 결정했다. 혹자는 정권이 바뀐 지 얼마 되지 않은 탓에, 정계에 적잖은 파워를 가지고 있던 혜경의 부친을 은근히 견제하기 위한 방책으로 그녀를 희생양으로 삼은 것일 뿐이라고 말했다. 하지만 그런 이유 따위 혜경에게는 아무런 위로도 되지 않았다.

며칠 동안 잠도 못 이루고, 온종일 술을 마시고, 조울증 걸린 사람처럼 웃었다가, 울었다가, 또 술을 마시고, 미친 듯이 그림을 그리다가, 커터칼로 캔버스를 찢어버렸다가, 다시 붓을 들었다가, 다시 붓을 던져버렸다가……. 지쳐서 더 이상 이런 미친 행동들이 시들해졌을 때가 돼서야 질문 하나가 뫼비우스의 띠처럼 혜경의 머리에서 돌고 또 돌기 시작했다.

'누구한테, 어떻게 복수를 할까?'

그 질문이 뫼비우스의 띠를 타고 내려가면서 서서히 보랏빛 광기가 심장으로 스며들었다. 병적일 만큼 집요한 자존심이 그녀의 모든 것을 잡아먹기 시작했다. 온종일 복수에 대한 생각뿐이었다. 생각이 꼬리에 꼬리를 물었다.

처음에는 아빠의 권력을 이용해, 사설 위원 나부랭이를 데리고 와서 무릎을 꿇고 싹싹 빌게 만들어주려고 했다. 그런데 생각해보니 유치했다. 억지로 누군가의 무릎을 굽히는 건 비루한 평민들이나 하는 저급한 복수 방법일 것이다. 그렇다면 뒤에서 이 모든 사건을 조종하고 있는 한국 예술회 회원들에게 복수해야 하는 걸까? 그것도 재미 없고 유치하다는 생각이 들었다. 어차피 예술회는 능력 없는 늙수그레한 화가들이 몇 모여서, 떠오르는 천재 화가들의 작품을 어떻게 하면 깎아내릴까 종일 궁리하는 찌질이들의 모임이었다. 격 떨어지게 그들과 함께 진흙탕에서 뒹굴 수는 없었다. 그렇다면 누구에게 복수를 해야 할까? 누구에게, 어떻게, 가장 잔인한 방법으로 복수를 해야 한단 말인가?

어느 날 오후, 번뜩이는 아이디어가 생각났다. 그림을 다시 그리는 거다. 창녀 그림을 다시……. 이번에는 모두가 입을 다물지 못할 정도로 처절하고 비참한 창녀를 그려낼 것이다. 영혼이 망가질 대로 망가져 버린 창녀를. 그래서 이 시대의 아픔을 기가 막히게 잘 표현한 그런 창녀를 그릴 것이다. 이 시대의 그 빌어먹을 아픔이 뭔지는 아무 상관 없다. 아니, 도무지 이해할 수가 없다. 이 시대에 대체 무슨 아픔이 있다는 거지? 그저 짓밟히고 버림받고도 돈에 혈안이 되어 오늘 밤도 그 짓을 하려고 밤거리를 거닐면서 진드기처럼 남자들에게 들러붙는 창녀만 기가 막히게 잘 그리면 되는 것 아닌가? 그러다가 문득 사설의 마지막 부분이 떠올랐다.

"유혜경 화백의 화폭 속에 있는 창녀는 이 시대의 아픔을 대변하기는커녕, 너무나 아름답고 고귀한 모습의 뮤즈가 우아한 포즈를 취하고 있을 뿐이다. 그녀는 과연 이 시대의 창녀인가, 성녀인가?"

……너무나 아름답고 고귀한 모습의 뮤즈.

……너무나 아름답고 고귀한 모습의 뮤즈.

……그녀는 과연 이 시대의 창녀인가, 성녀인가?

죽음이 찾아온 시각

……그녀는 과연 이 시대의 창녀인가, 성녀인가?

온종일 혜경의 머릿속을 떠나지 않은 문장들. 그 문장들은 곧 원망으로 돌변했고, 원망은 집착이 되어 그 흉한 모습을 드러냈다.

'이것 때문이었어. 모두 다 시은이 그 애 때문이었어.'

2년 전 창녀를 그리고 싶다는 열망에 사로잡히기 시작하면서 가장 먼저 혜경이 해야 했던 일은 그동안 혜경의 뮤즈가 되어주었던 모델들을 갈아치우는 것이었다. 모두 완벽한 몸매와 빼어난 미모의 소유자였지만, 그들을 모델로 창녀를 표현하기는 쉽지 않았다. 혜경이 찾고 있는 그 1%의 특별함, 그것은 천박함이었다. 값싼 천박함 속에 은근하게 드러나는 아름다움을 지닌 모델.

하루에 몇십 명씩 모델들과 면접을 봤지만, 혜경의 구미에 딱 맞는 모델을 찾기란 쉽지 않았다. 그러다가 곰보라는 자를 알게 되었다. 청운파 조직을 뒤에 업고 혜경의 부친이 소유한 몇 개의 공사 현장을 관리하는 자였다. 그가 청운파가 소유한 업소에 있는 쓸 만한 아가씨들을 몇 명 소개해주겠다고 해서 데리고 온 아이가 시은이었다.

시은을 처음 본 순간의 희열을 혜경은 아마 평생 잊지 못할 것이다. 그토록 찾아 헤매던 그녀의 뮤즈를 찾아낸 것이다. 그 아이는 아프리카 북부를 여행할 때 황폐한 사하라 사막에서 봤던 새벽 별 같은 느낌이었다. 숨 막히도록 빛나고 있었다. 신의 분노를 사서, 지금 막 지상으로 쫓겨난 타락한 천사 같다고 생각했다. 타락한 이유를 굳이 듣지 않아도 충분히 짐작할 수 있을 것만 같은 관능적인 눈빛으로 시은은 혜경을 뚫어지게 쳐다보고 있었다.

부드러운 곡선을 그리고 있는 이마와 고상하게 뻗어 있는 콧등은 그녀에게 우아함을 더해주었다. 립스틱을 바르지도 않았는데, 시은의 입술은 지금 막 인간의 피를 빨아들인 뱀파이어처럼 치명적인 붉은 색이었다. 목선을 보고 싶어서 혜경이 시은에게 머리를 올려보라고 했다. 시은은 순순히 머리를 틀어 올리더니, 테이블 위에 있던 연필을 하나 집어서 흘러내리는 머리카락을 고정했다. 처음 와보는 곳이었을 텐데, 그녀의 몸에 스스럼없이 밴 그 천박함에 혜경은 완전히 매료되고 말았다.

머리를 틀어 올리자 그 아래로 하얀 목선이 드러났다. 넋을 잃고 그 목선을 쭉 훑고 지나가면, 어느새 음영이 확연하게 드러나는 가슴골이 시야에 들어왔다. 혜경은 그 자리에서 미친 듯이 스케치를 시작했다. 시은의 이 절박하고도 퇴폐적인 아름다움을 지금 당장 화폭에 담고 싶었다. 몸을 팔아야 하루를 먹고 살 수 있는 슬픈 운명의 창녀. 하지만 동시에…… 돈이 필요해서인지, 남자의 품이 그리워서인지 그녀 스스로도 구분을 할 수 없어, 밤이 되면 무조건 거리로 뛰쳐나와야 하는 천박한 창녀. 시은은 그날로 혜경의 캔버스로 들어가 그녀의 뮤즈가 되었다.

바로 그 시은이 문제였던 것이다.

혜경은 그동안 자신이 스케치해놓은 시은의 그림들을 하나하나 찬찬히 살펴보았다. 시은의 모습들이 하나씩 눈에 들어올수록 혜경의 분노가 겹겹이 쌓여갔다. 그제야 혜경의 눈에도 보이기 시작했다. 왜 시은이 창녀처럼 보이지 않고 성녀처럼 보였던 건지. 창녀들에게 있어서는 안 되는 그것이 시은에게 여전히 남아 있었던 것이다. 시은의 꼿꼿한 눈빛과 고귀한 표정을 통해서 그대로 드러나고 있는 그것. 아무리 시은이 벌거벗은 몸으로, 값싼 웃음으로, 퇴폐적인 포즈를 취하고 있어도, 여전히 그녀의 안에서 영롱한 빛을 발하는 그것. 그것은 그녀의 꼿꼿한 자존심이었다.

'그래, 이것 때문이었어. 자존심…… 창녀 따위에게 어울리지 않는 이 자존심. 무슨 일이 있어도 꺾어 놔야 해. 무슨 일이 있어도…… 망가트려야 해.'

성녀를 창녀로 만들어버리겠다는 혜경의 예술가적인 집착이 광기로 변하는 순간이었다. 혜경은 무엇엔가 홀리기라도 한 듯, 전화기를 들었다. 그리고 시은을 처음으로 혜경에게 데리고 왔던 곰보에게 전화를 걸었다.

"사모님, 무슨 일이십니까?"

"……부탁이"

혜경은 이야기를 하다 말고 침을 꿀꺽 삼켰다. 그리고 다시 말을 이었다.

"……부탁이 있어요. 사례는 충분히 할 테니까……."

"신에 의해서 주어진 것 중에서 광기는 좋은 것 중에서도 가장 좋은 것이다." 플라톤이 말했던 그 좋은 광기 때문에 유혜경 화백은…… 한 여자의 영혼을 짓밟을 계획을 세웠다. 영혼이 짓밟혀진 그 여자를 더 생생하고 처절하게 화폭에 담아내기 위해서. 그래서 이 시대의 아픔을 그려내려고. 그 아픔이 뭐였던 간에.

✦

1989년 11월 2일 오전 9시 16분.

늦잠을 자고 일어나 한껏 가뿐해진 마음으로 에스프레소를 마시고 있던 혜경이 커피잔을 떨어트린 시각. 사방으로 커피가 튀면서 그녀의 하얀색 린넨 홈웨어를 더럽혀 놓았던 시각. 순간 그것이 피처럼 보였던 시각. TV에서 나오는 아침 뉴스가 그녀의 귓속을 송곳처럼 파고들던 바로 그 시각.

지난 1일 새벽, 업소 접대 여성 정 모 씨가 효자동 삼거리 인근 공사가 중단된 건설 현장에서 성폭행을 당한 채 쓰러져 있는 것을 순찰 중이었던 경찰이 발견, 인근 병원으로 후송했지만, 중태에 빠진 것으로 확인됐습니다.

✦

1989년 11월 4일 밤 11시 14분.

곰보에게 37번째로 전화를 걸었던 시각. 뉴스를 보고 지난 3일 내내 안절부절못하며 곰보에게 몇 번이나 전화를 해봤지만, 곰보는 전화를 받지 않았다. 의도적으로 그녀의 전화를 피하는 것일까?

죽음이 찾아온 시각

❖

1989년 11월 5일 저녁 6시.

"정시은 환자분은 11월 4일 허혈성 쇼크로 사망하셨다고 나와 있는데요."

몇 번의 망설임 끝에 가까스로 용기를 내어 성은병원 응급실을 찾은 혜경이 시은의 사망 소식을 처음으로 듣게 된 시각.

❖

1989년 11월 5일 저녁 7시 12분.

극도의 불안함을 견디다 못한 혜경이 덜덜 떨면서 첫 번째 와인을 병째로 들이붓기 시작한 시각.

❖

1989년 11월 11일 오후 1시 24분.

혜경 앞으로 등기 우편이 도착한 시각. 봉투 안에 들어 있던 것은 시은의 영혼이 난도질당하고 있던 순간의 사진들 열 장이었다.

❖

1989년 11월 13일 밤 8시 12분.

곰보에게 전화가 온 시각.

"…… 대체…… 어떻게 된 거예요? 왜 그동안 ……이렇게 연락이 안 됐던 거예요?"

[그날, 정시은 그년이 하도 반항을 심하게 해서 제가 넘어졌는데 말입니다. 재수가 지지리도 없었는지, 팔꿈치가 부러졌지 뭡니까? 병원에 가서 철심 박는 수술 받고 어저께 퇴원해서 왔습니다. 그런데 사모님, 잔금이 아직 안 들어왔는데 말입니다.]

혜경은 숨이 턱 막히는 것 같았다. 지금 잔금이라고 한 건가, 이 남자?

"……당신 대체 시은이에게 무슨 짓을 저지른 거예요?"

[아……, 우리 사모님. 왜 갑자기 이렇게 소리를 지르시나? 영혼이 상할 정도로 몸을 망가트리라며? 그리고 사진을 찍어서 보내라며? 미친 개싸이코 같은 짓을 해달라고 할 때는 언제고, 갑자기 지금 와서 이렇게 딴소리를 하시면 저도 섭섭합니다, 사모님.]

"……그렇게까지……."

차마 "죽일 필요는 없었잖아?"라고 말을 할 수는 없었다. 너무 끔찍했으니까. 그리고 그렇게 말하면 혜경 자신도 공범이 되는 것만 같았으니까.

"……그 아이한테 꼭 그렇게까지……."

다시 한번 감정을 억누르며 혜경이 내뱉었지만, 여전히 문장을 끝낼 수는 없었다. 문장의 공백을 곰보가 끈적이는 소리로 메워주었다.

[이 아줌씨가 순진한 소리 하고 앉아 있네. 잡초같이 살아온 년들에겐 그 정도는 해줘야지 영혼이 상하지. 아줌마도 사실, 같은 걸 바

죽음이 찾아온 시각

라고 있었던 거 아니야?]

혜경은 그제야 시은이 살고 있던 세상이 어떤 곳이었는지 처음으로 알게 되었다. 맹세하건대, 그렇게 집단 성폭행을 하라는 뜻은 아니었다. 혜경이 사는 세상에서 '영혼이 상할 정도'라는 뜻은 그냥……'영혼이 상할 정도'라는 뜻은 그저……, 절대로 저런 끔찍한 뜻이 아니었어. '영혼이 상한다'는 뜻은. ……대체 내가 무슨 생각으로 저런 말을 했을까? ……마음속 깊은 곳에서는 어쩌면 이렇게 되리라는 것을 알고 있었던 게 아니었을까? ……내가 무슨 짓을 한 거지?

혜경의 생각이 거기까지 미치자 그제야…… 그제야…… 자신이 시은에게 어떤 끔찍한 짓을 벌였는지 똑똑히 알게 되었다. 그토록 눈부시게 아름답던 아이. 자신을 보고 늘 환하게 웃어주던 그 아이. 몇 시간이고 같은 포즈로 있어도 불평 한 번 안 하던 그 아이. 혜경이 처음으로 그려준 자신의 그림을 보고 "너무 예쁘다"며 눈물을 글썽이던 아이. 자기와 함께 있으면, 마치 엄마와 같이 있는 것 같다고 해맑게 좋아하던 그 아이.

단단하고 견고하게 몇 겹이고 혜경을 에워싸고 있던 그녀의 병적인 자존심이 깨져버리는 순간이었다. 혜경의 눈동자가 요동치다가 이내 뜨거운 눈물을 흘려보내기 시작했다. 혜경의 가슴에 그 아이의 모습이 끝없이 재생되고 있었다. 그 아이의 이미지를 떠올리는 것만으로도, 심장이 칼에 찔린 것만 같이 고통스러웠다. 고백하건대, 인생에서 처음으로 온전히 남을 위해서 흘리는 눈물이었다. 자신의 끔찍하고도 병적인 욕망을 재우기 위해 살가리 찢긴 시은을 위한 눈물이었고, 그토록 곱고도 아름다웠던 그 불쌍한 아이를 그리워하는 눈물이었다.

[으아아아아아아! 너 이 새끼, 뭐야!]

그때, 수화기 너머로 곰보의 날카로운 비명이 들려왔다.

[누구야? 지금 통화하고 있던 그 사람?]

처음 들어보는 목소리였다. 저토록 거대한 분량의 분노를 지니고 있기에는 아직도 앳된 목소리였다.

펙!

뭔가가 부러지는 것 같은 둔탁한 소리가 들려왔고,

[아아아아아아악!]

그 소리 위로 다시 한번 곰보의 비명이 들려왔다.

[누구야! 우리 누나를 저렇게 만들라고 시킨 그 미친 인간이? 죽여 버릴 거야!]

전화기 너머로도 이 세상 모든 것을 태우기에 충분한 그의 살기가 전해지고 있었다. 그 목소리의 주인공이 누군지 알 것 같았다. 시은이가 살아생전 그렇게나 사랑하던 그녀의 동생, 정시현. 그녀의 유일한 자존심이었던 아이.

[⋯⋯하악. ⋯⋯하악. ⋯⋯서촌 유혜경 화백.]

곰보가 거칠게 숨을 내쉬다가 결국 대답을 하고 만다. 그 대답을 듣고 나니, 오히려 혜경의 마음이 후련해졌다. 다행이었다. 그가 알게 되어서.

누군가가 수화기를 들었다. 분노에 찬 뜨거운 숨소리가 수화기를 통해 전해졌다.

[……당신이 유혜경입니까?]

수화기 너머에서 그 아이의 서늘한 소리가 들려왔다.

"……네가 시은이 동생이구나."

생각보다 고요하고 침착한 목소리여서 혜경은 스스로 다행이라는 생각이 들었다.

"지금 내 아틀리에에 혼자 있어. 여기로 와. 기다리고 있을게."

[뚜……뚜……뚜……]

전화가 끊어지며 들리는 기계음이 음산하게 그녀의 귓가에 맴돌고 있었다. 이제 그를 맞이할 준비를 해야 할 시간이다.

❖

1989년 11월 13일 밤 9시 47분.

혜경이 공들여서 곱게 화장을 하기 시작한 시각. 옷도 평소에 제일 아끼던 하얀색 원피스로 갈아입었다. 인생의 마지막을 초라하게 보이고 싶지는 않았으니까.

❖

1989년 11월 13일 밤 10시 44분.

혜경의 심장에 칼이 꽂힌 시각. 그녀가 쇠가 녹슬어가는 소리로 생의 마지막 말을 흩뿌린 시각.

"고……맙다."

나의 악몽을 멈추어줘서…….

❖

1989년 11월 13일 밤 10시 52분.
유혜경 화백의 출혈량이 2L를 넘긴 시각.
생명의 근원인 심장이 박동을 멈춘 시각.
장기들이 하나씩 기능을 잃어가던 시각.
죽음이 혜경을 찾아온 시각.

❖

강 교수는 한참을 망설이다가 책상 서랍의 가장 깊은 곳에서 편지를 한 장 꺼냈다.

"그날, 자정이 넘도록 네 엄마가 침실에 들어오지 않았다. 걱정이 돼서 아틀리에로 가보려고 나왔는데, 방문 밑에 이 편지가 놓여 있었다. 미친 듯이 아틀리에로 뛰어갔지만 네 엄마는 이미……."

강 교수의 목소리가 미세하게 떨리고 있었다.

"네가 마음의 준비가 되면 그때 이 편지를 읽었으면 좋겠다. 네가 많이 힘들어질 수도 있겠구나."

애잔한 눈빛으로 딸을 바라보던 강 교수는 결국 시선을 떨구었다.

"미안하다. 너도, 그리고 그 아이도 지켜주지 못해서……."

강 교수는 목이 메어와서 더 이상 말을 잇지 못했다. 살아오면서 처음으로 보는 것만 같은 아빠의 연약한 모습이 이미 많은 것을 말해 주고 있었다.

'이 편지는 가늠할 수 없을 정도로 거대한 슬픔을 품고 있겠구나.'

지난 25년 동안 그 슬픔의 비밀을 혼자 떠안아 왔을 아빠의 고독이 희주의 심장으로 뜨거운 바람을 불어넣었다. 그 바람이 희주의 얼어 붙은 심장을 그저 무심히 스치고 지나간 것뿐이었는데, 차가운 피는 어느새 뜨거운 눈물이 되어 있었다. 희주는 그 자리에서 엄마의 편지를 읽을 수 없었다.

❖

화요일 밤. 하늘공방의 창문 밖으로는 늦가을 밤의 정적이 나지막 하게 차오르고 있었다. 희주는 어둑한 공방에 앉아 있었다. 테이블 위에는 25년이라는 세월을 고스란히 담고 있는 빛바랜 봉투가 하나 놓여 있었다. 도무지 용기가 나지 않아 차마 가방 밖으로 꺼낼 수도 없었던 그 봉투를 오늘에서야 꺼낸 것이다.

봉투에는 엄마의 정갈한 글씨체로 "사랑하는 희주 아빠"라고 쓰여 있었다. 희주는 엄마가 남긴 마지막 편지의 봉투를 조심스럽게 열었다. 편지지 끝이 너덜너덜해져 있었다. 숨을 깊게 들이마신다. 그리고 깊게 들이마신 숨을 아주 조금씩 공기 중으로 내보내며, 천천히 엄마 생의 마지막 문장들을 읽어나가기 시작했다.

엄마의 편지는 "행복했어"로 끝을 맺고 있었다. 그러고 보니 엄마 생에 마지막 말은 아이러니하게도 "행복했어"와 "고맙나"였다. 광기에 서려 비극적인 죽음을 맞이한 사람의 마지막과는 어울리지 않는 단어들이었다. 그렇지만 그래서 다행이라고 생각했다.

편지를 다시 고이 접어서 봉투에 넣었을 때에야, 맑고도 맑은 물들이 하염없이 쏟아져 내리기 시작했다. 누구를 위한 눈물인지 알 수 없었다. 이 서글픈 운명의 수레바퀴 위에 남겨진 모두를 위한 눈물이 아니었을까? 남겨진 자들이 평생 낙인처럼 지니고 가야 할 상처였다. 상처의 무게가 점점 더 무겁게 그녀를 짓누르고 있었다. 그래도 살아 있기에 이 무게가 느껴지는 것이 아닐까. 그래, 어쨌든 그들은 살아남은 자들이었다. 살아 있는 자들은, 어떻게든 오늘도 숨을 쉬며 살아가야 했다. 지금 이렇게 살아 있으니까, 그것 하나만으로도 살아야 할 이유는 충분하지 않을까? 매 순간 아프지만, 매 순간 흔들리지만, 언젠가 괜찮아져 있기를 바라며…… 마침내 맑아진 모습으로 다시 이 세상을 마주하게 될 그 날을 기다리며…… 그렇게 오늘을 살아내야만 할 것이다.

하늘공방은 나지막한 희주의 울음소리로 서서히 차오르고 있었다. 이 밤에, 살아남은 모든 것들이 숨을 죽이고 희주의 맑은 울음소리를 듣고 있었다.

27

르네 마그리트의 〈연인〉

수요일 4시. 그가 하늘공방을 찾아오던 시간. 늦가을 햇볕이 공방을 호젓하게 지나가고 있었다. 빛이 지나가는 자리마다 그림자가 내려앉았다. 희주는 빛의 온기가 지나간 곳마다 가만히 손을 대본다. 그가 앉았던 자리. 그가 만들었던 작품들. 그의 입이 닿았던 찻잔. 그의 손길이 닿았던 모든 것에 여전히 따스한 햇살의 기운이 남아 있었다.

그가 오지 않으리라는 것을 본능적으로 알 수 있었지만, 단 한 순간도 공방을 떠날 수가 없었다. 나뭇가지가 바람에 흔들리거나 차가 지나가는 사소한 소리에도 몇 번이나 문 쪽으로 고개를 돌렸다. 구름이 지나가며 생긴 그림자에도 몇 번이나 쿵 하고 가슴이 내려앉았다. 지금이라도 저 문을 열고 들어와, 나지막한 저음으로 "잘 지냈습니까?" 하고 물을 것만 같아서. 그녀의 모든 움직임을 성실하게 따라다니던 그의 시선이 느껴지는 것만 같아서. 다시 움트기 시작하는 봄풀 같던 그의 체취가 느껴지는 것만 같아서.

하지만 여전히 이곳에는 그녀 혼자뿐이다. 하지만 그가 지금 여기에 있다 해도 달라지는 것은 없었다. 그는 여전히 엄마를 죽인 살인범이었고, 그런 그를 여전히 용서하지 못했다. 엄마가 저지른 끔찍한 악행에 대해 그에게 어떻게 용서를 구해야 할지도 아직 생각해본적이 없다. 이 모든 사실을 알게 되면, 어쩌면 그가 희주를 증오할지도 모른다. 그의 증오를 받는다는 생각만으로도 이 세상이 끝나버린것만 같았다. 그도 같은 느낌이었을까? 그래도…… 여전히…… 지금숨 막히듯 고요한 이 순간을 그와 함께하고 싶다는 생각이었다. 그와함께라면, 죽을 것 같이 괴로운 이 시간들을 견뎌낼 수 있을 것만 같았다. 서로 아무 말 하지 않아도, 이 공간에 함께 있다는 사실 하나만으로도 서로에게 뜨거운 위로가 될 수 있을 것 같았다.

하지만 여전히 이곳에는 그녀 혼자뿐이었다. 하루가 온통 그의 생각뿐인데, 그럼에도 정작 그를 볼 수가 없는데……, 그 하루가 이렇게 더디게 지나가고 있었다.

❖

목요일. 희주는 이 혼돈과 광기가 뒤엉킨 실타래를 하나씩 차근차근 정리하기로 했다. 가장 먼저 희주가 한 일은 공방 근처 우체국에 가서 명동 심부름센터에서 받은 대포폰을 택배로 돌려보낸 일이었다. 심부름센터 대표이사라는 사람을 처음 만난 그날, 그는 주소가하나만 덩그러니 새겨진 명함을 주며 말했다. 그 사람을 더 이상 찾지 않아도 될 날이 오면, 이 대포폰을 명함에 새겨져 있는 주소로 보내기만 하면 된다고. 그러면 알아서 모든 것이 정리될 거라고. 어쨌든 이제 엄마를 죽인 그 사람을 찾았으니, 심부름센터의 임무는 끝난 것이다. 다시는 그런 자와 엮이고 싶지 않았다. 그런 곳에 겁도 없이 제 발로 찾아갔다는 사실과 잠시나마 그 대표이사라는 자에게 수현의 청부 살인을 의뢰하려고 했다는 사실에 희주는 소름이 끼쳤다. 수현이 아니었다면 그녀 안의 괴물이 그녀의 영혼을 조금씩 먹어 치우는 것을 그저 방관하고 있었을 것이다.

희주는 오후에 있는 상담 약속들을 모두 취소하고 공방을 나섰다. 곧 진눈깨비라도 날릴 듯한 초겨울의 오후였다. 오래 걷기에는 싸늘한 날씨였지만, 뜨거웠던 머리가 맑아지는 느낌이 들었다. 가장 먼저 들른 곳은 우성이 있는 서울지방경찰청이었다.

"희주 씨가 여기까지 웬일이십니까?"

언제나 그렇듯, 밝은 표정의 우성이 한걸음에 내려왔다.

"경위님 바쁘신데 매번 공방으로 오시라고 하기가 죄송해서요."

둘은 경찰청 앞 아담한 전통 찻집으로 들어갔다. 우성이 희주에게 따뜻한 유자차를 건네며 말했다.

"잘 오셨습니다. 여기에 희주 씨 꼭 한 번 데리고 오고 싶었거든요. 아무리 유기농 유자로 만들었다고 해도 그렇지, 무슨 유자차가 12,000원씩이나 한답니까? 지대로 미친 거죠. 그래도 이거 마시면 올겨울 감기 걱정은 안 해도 될 겁니다."

그러면서 우성은 자신은 뜨거운 물 한 잔이면 된다고 했다. 눈치를

챈 희주가 우성에게 차를 사주겠다고 해도 그는 한사코 만류했다. 그는 피해자 가족들에게는 물 한 잔도 얻어 마시지 않는 게 집안 내력이라고 너스레를 떨었다.

"그렇지 않아도 저도 희주 씨에게 드릴 말씀이 있는데 말입니다."

"……먼저 말씀하세요."

우성은 조금 전 희주의 의연한 표정을 다시 한번 떠올리며 말을 시작했다.

"1989년 사건 발생 후 한 달쯤 지나서, 강창수 법무부 장관님께서 길음동 파출소를 여덟 번이나 찾아가서 정시현의 행방에 관해 물어보셨다는 기록을 찾게 됐습니다. 길음동 파출소는 당시 시은, 시현 남매가 살고 있던 미아리고개의 관할 파출소였죠. 정시현이 행방을 갑자기 감추고 난 후여서, 아마 강 장관님께서 몇 번이나 더 찾아왔다가 허탕을 치고 가신 것 같습니다. 아버님께서 왜 정시현을 찾으신 걸까요? 혹시 아버님 만나보셨습니까?"

우성에게 차마 바로 대답은 하지 못했지만, 그 이유를 충분히 알 것 같았다. 희주의 심장이 저릿하게 울렸다. 아빠는 엄마를 진심으로 사랑하고 있었구나…….

"저 역시 그렇지 않아도 25년 전 사건에 관해 정 경위님께 의논드리고 싶은 게 있어서."

따뜻한 유자차를 한 모금 마시고 나서야, 희주가 어렵게 입을 열었다.

"……만약에 이 사건이 촉탁 승낙 살인이었다면."

평소에는 상대방의 말을 끝까지 참을성 있게 들어주는 우성이었

르네 마그리트의 〈연인〉

다. 그러나 이번에는 불쾌해질 정도로 날카롭게 희주의 말을 자르며 말했다.

"이미 죽기로 결심한 피해자의 부탁에 따라 그 사람을 살해했다는 가능성을 말하는 겁니까?"

우성은 다시 한번 사납다 싶을 정도로 단호하게 말을 이어나갔다.

"촉탁 승낙 살인은 보통 1년 이상 10년 이하의 징역으로 일반 살인에 비해 형량이 가볍습니다. 공소시효는 10년으로 알고 있습니다. 만약에 유혜경 씨 사건이 촉탁 살인이었다면 이미 공소시효가 만료됐다고 봐야겠지요."

희주가 우성의 시선을 피한 건 두 가지 이유 때문이었다. 첫 번째는 부끄러워질 정도로 간절한 그녀의 속마음을 바로 그에게 들킬 것 같아서였고, 두 번째는 우성의 눈이 "꼭 이렇게까지 해야겠습니까?" 하고 그녀를 힐난하는 것 같았기 때문이었다.

"……강희주 씨, 촉탁 승낙 살인의 경우 죄의 성립 요소를 입증하기가 거의 불가능합니다. 이 사건이 촉탁 살인이라는 명확한 증거가 필요합니다. 피해자의 자필유서라든지, 피해자가 평소에 자살에 대한 징후를 보였다든지 하는 확실한 증거가 있습니까?"

희주는 조심스럽게 대답했다.

"저도 촉탁 승낙 살인에 대해 최근에 나온 판례를 검색해봤는데요, 일단 피해자에게 방어흔이 전혀 없었다는 점이 유력한 증거가 될 수 있다고. 그리고…… 이거."

희주는 아무 말 없이 가방에서 빛바랜 봉투를 꺼내 우성의 앞쪽으로 놓아주었다. 그녀의 손이 미세하게 떨리고 있었다.

"……아빠가 여태까지 보관하고 계셨던 엄마의 편지예요. 저도 며칠 전에 처음 읽게 됐어요. 그 편지를 읽어보시면 아빠가 왜 정시현을 애타게 찾았는지 그 이유도 알게 되실 것 같네요."

우성은 그의 날카로운 시선을 아래로 옮겨서 편지를 읽어 내려갔다.

사랑하는 창수 씨,

이렇게 떠나는 나를 절대 용서하지 말아요.

시은이 동생이 지금 오고 있어. 내가 여기로 오라고 했어. 기다리고 있겠다고. 그 아이가, 도와줄 거야. 나 혼자 할 수 없는 일. 몇 번이나 혼자 해보려고 했지만, 아무래도 할 수 없었던 그 일.

여보, 그 아이 도와줘. 경찰이 그 아이 잡지 못하게. 그 아이, 당신이 책임지고 지켜줘. 그 아이 잘 클 수 있게. 이거, 그 아이 잘못이 아니야. 다 내 잘못이야.

여보, 내가 시은이에게 몹쓸 짓을 했어. 인간이라면 절대로 하지 말았어야 하는 그런 끔찍한 일. 나 때문에 시은이가 죽었어. 내가 사람들 시켜서 시은이 영혼을 망가트리라고 했어. 내가 그랬어. 난 그저 내 인생의 걸작을 남기고 싶어서 그랬을 뿐인데……, 어쩌다가 일이 이 지경이 된 걸까?

여보, 내가 그 아름다운 아이에게 대체 무슨 짓을 한 걸까?

너무 괴로워서 숨을 쉴 수가 없어. 나 스스로가 너무 끔찍해서 살아 있다는 것이 부끄러워. 마음이 너무 무거워서, 그 무게를 견딜 수가 없어서…… 자수할까도 생각해봤어. 몇 번이나 경찰서 앞까지 갔었어.

그런데, 그럴 때마다 희주……, 희주가 아른거려서. 눈물이
나서. 나의 아름다운 딸. 나의 사랑. 나의 소망. 나의 숨. 나의
생명. 나의 햇살. 나의 웃음. 나의 기쁨. 나의 좋은 모든 것.

나 같은 끔찍한 괴물이 그 아름다운 아이의 엄마라는 오명을
남기고 싶지 않아. 희주에게 평생 '살인자의 딸'이라는 낙인
이 찍힌 채 살아가게 할 수는 없어. 희주의 기억에서 나를 지
워줘. 좋은 기억도, 나쁜 기억도. 그 아이가 내 부끄러운 그림
조차 보지 않았으면 좋겠어. 나라는 존재 자체가 그 아이의
기억에서 사라졌으면 좋겠어. 그 아이의 인생에 나라는 저주
를 남기고 싶지 않아.

정말로 끝까지 뻔뻔스럽다고 생각할지도 모르지만, 희주가
평생 몰랐으면 좋겠어. 엄마가 왜 죽었는지, 엄마가 누구를
죽였는지. 엄마가 어떤 미친 이유로 그 사람을 죽였는지.

지금 당신 너무 보고 싶다. 당신이랑 사는 모든 순간이 설렜
어. 한없이 부족한 나라는 인간의 남편으로 살아줘서 고마웠
어. 당신의 아내로 살 수 있어서, 매 순간 행복했어.

편지를 다 읽고 나서야, 비로소 우성은 편지를 건네는 이 여자의
손이 떨리던 이유를 알 것 같았다.

우성은 유자차를 마시며 창문 밖을 응시하는 희주를 묵묵히 바라
보았다. 오늘따라 그녀의 눈빛이 수정처럼 투명해 보였다. 그녀 안에
있던 많은 눈물이 쏟아져 내리며, 그녀의 영혼을 맑게 씻겨준 것

같다는 착각이 들었다.

이 가여운 여자를 어떻게 해야 할까? 그녀가 사랑했던 남자는 엄마를 죽인 원수였고, 그녀가 사랑했던 엄마는 이 모든 비극을 초래한 괴물이었다. 이 여자는 지금 이 순간을 어떻게 견뎌내고 있는 걸까?

"······새로운 증거가 나오면 피의자의 죄목이 바뀔 수도 있다고 들었어요."

희주가 어렵게 말문을 열었다. 한참이나 오른손으로 고개를 받치고 깊은 고민에 빠져 있던 우성이 희주에게 말했다.

"강희주 씨가 어떤 감정인지 알 것 같습니다만, 죄는······ 여전히 남아 있습니다. 게다가 이수현 씨는 이 사건 말고도 다른 살인 사건에도 연루되어 있습니다."

희주의 미간이 움푹 패더니 눈동자가 잠시 흔들렸다.

"다른 사건들에 대해서는······ 관여하지 않겠습니다. 저에게는 그럴 권한이 없는 것 같아서요. 그렇지만······ 적어도 저희 엄마 사건에 대해서만은······, 적어도 이 사건에 대해서만은 그 사람의 짐을 덜어주고 싶어요."

"꼭 이렇게까지 하셔야겠습니까? 이 편지가 증거로 채택된다면 고 유혜경 씨의 명예가······"

희주의 시선이 우성의 것과 평행선을 만들었다. 우성이 말을 채 맺기도 전에 희주가 말을 자른다.

"이 사건으로 엄마의 명예가 훼손된다면, 그 부분에 대해서는 저희가 감수하겠습니다. 사실 피의자의 명예 훼손을 걱정하는 것이 지금 이 시점에서 솔직히 부적절한 것 같고······"

르네 마그리트의 〈연인〉   211

떨리는 목소리로 문장을 시작했지만, 희주의 문장은 점점 더 평정심을 찾아가고 있었다.

"많이 늦긴 했지만, 정시은 씨의 사건에 대해서는 피의자 가족인 저희가 법적인 책임을 져야 한다고 생각합니다."

나지막하기만 했던 그녀의 소리가 점점 더 단단해지고 있었다.

"……알겠습니다. 무슨 말씀인지."

우성은 희주를 보며 한참을 고민하다 어렵게 말을 꺼냈다.

"그렇다면 강희주 씨에게 부탁하고 싶은 게 하나 있습니다. 최근에 발생한 살인 사건에서 나온 지문과 대조해볼 이수현 씨의 지문이 필요합니다. 제가 가지고 있는 이수현 씨 지문은 사실 비공식적인 루트로 만든 샘플이어서 법적 효력이 없어서 말입니다. 수사에 협조해 주시겠습니까?"

희주는 차마 대답하지 못했다. 그녀의 요동치는 눈빛이 모든 것을 말해주고 있었다. 그녀는 우성에게 드리웠던 시선을 거두면서 말했다.

"……글쎄요. 그 사람 지문이 남아 있을 만한 물건이 있는지 모르겠네요."

거짓말이다. 그 거짓말이 우성에게 통할 리 없다. 우성은 조금 더 단호한 어조로 희주에게 물었다.

"만일, 거짓 증언이라면 증거 인멸죄로 강희주 씨가 징역 5년 이하의 처벌을 받을 수도 있습니다."

하지만 희주에게서 돌아온 대답은 섭섭하리만치 간단명료했다.

"그래야 한다면…… 법적인 처벌, 달게 받겠습니다."

걷는다. 몇 시간째. 하염없이. ……어디로 가고 있는 걸까? 거리 한 가운데 우두커니 선다. 사람들이 무심하게 그녀를 스쳐 지나간다. 이렇게나 사람들이 많은데, 이 많은 사람 중에 그의 모습은 찾을 수가 없다. ……이제 어떻게 해야 할까? 그는 어디에 있는 걸까? 눈물이 흐를 것 같아서 숙이고 있던 고개를 위로 젖혔다. 도시의 외로움이 그녀의 시야 안으로 들어왔다. 땅거미가 내려앉기 시작한 도심의 거리에 가로등이 하나씩 빛을 내기 시작했다.

국립 현대 미술관 건물 벽에 지금 막 새로운 현수막이 걸리는 중이었다. 〈르네 마그리트 展〉이라는 타이틀이 가장 먼저 보이기 시작했고, 서서히 르네 마그리트의 대표작 중 하나인 〈연인〉이 펼쳐지고 있었다. 하얀 천으로 얼굴을 가린 연인이 키스를 하는 그림이었다.

슬픈 사연이 있는 작품이었다. 열네 살의 르네 마그리트는 어머니의 자살이라는 트라우마를 겪어야 했다. 어머니는 강물에 뛰어들어 목숨을 끊었는데, 그때 입고 있던 시신이 흰 잠옷에 얼굴이 덮인 모습으로 발견되었다. 그때의 상처가 무의식에 남아 있다가, 르네 마그리트의 작품에 영향을 미쳤던 것일까? 상처는 결국 지워지지 않는 것일까? 우리는 상처를 평생 안고 살아가야 하는 걸까? 도시의 푸른 어둠 아래, 화가의 깊은 상처를 가득 담고 있는 그 그림을 보니 뜨거운 눈물이 밀려들었다.

'내가 지금 키스하고 있는 저 사람은 대체 누구인가? 그는 인간인가? 그는 괴물인가?'

르네 마그리트의 〈연인〉

그 전에 물어봐야 할 질문이 있었다. 오랜 세월 잊고 있었던 질문이었다.

'나는 누구인가? 인간인가? 괴물인가?'

그 사람의 모든 것을 알고도…… 나의 모든 것을 그에게 고백하고도…… 우리는 서로 사랑할 수 있을까? 어쩌면, 우리가 괴물이어서 서로를 이해할 수 있었던 것은 아닐까? 괴물이어서, 서로의 상한 영혼을 알아봤던 것이 아니었을까?

며칠 전 아빠의 모습이 떠올랐다. 희주가 늘 생각해왔던 견고하고 단단한 모습의 아빠가 아니었다. 마치 둥지에서 떨어져서 상처 입고 죽어가던 어린 새 한 마리를 보는 것만 같았다. 아빠의 그런 낯선 모습을 보고 처음으로 알게 되었다. 아빠에게 엄마의 죽음은 여전히 현재 진행형이었다는 것. 아빠의 눈에는 여전히 엄마의 그 광적인 붉은 피가 흐르고 있었고, 아빠의 귀에는 여전히 엄마의 핏방울이 떨어지면서 만들어대는 울림이 맴돌고 있었다. 지난 25년 동안, 아빠에게는 위로해줄 사람도, 아빠의 상처를 치유해줄 사람도 곁에 없었던 것이다.

그제야 수현의 존재가 그녀에게 어떤 의미였는지 명확해지고 있었다.

희주는 영원히 흐를 것 같았던 눈물을 두 손으로 닦아낸다. 그제야 번잡한 생각의 소리들이 침수되기 시작했다. 그녀가 해야 할 일들이 하나씩 떠오르기 시작했다. 아무것도 필요 없다. 그들의 상처도, 그들의 아픔도, 복수도, 증오도 아무것도 중요하지 않았다. 그저 한 가지, 그와 함께할 수 있다면……. 오로지 그것에 그녀 생의 모든 의미를 부어넣고 싶을 뿐. 그를 찾아야 할 것 같다. 그를 다시 살게 해야겠다.

희주는 하늘공방으로 걸어오는 내내 어떻게 그를 찾아야 하는지 고민했다. 최태웅 박사에게 연락을 해봐야 하는 걸까? 선미한테 가면 그가 응급실에 내원했을 때 남겼던 기록이 있지 않을까? 아, 예전에 창진에게 명함을 받았던 것 같기도 한데, 그걸 어디에다 넣어두었더라? 발걸음이 점점 더 빨라지고 있었다. 하지만 답은 뜻밖의 곳에서 그녀를 기다리고 있었다. 공방 앞쪽으로 눈에 익는 검은 세단이 세워져 있었기 때문이었다.

'……그다!'

희주는 온종일 정처 없이 걸어 다녀 다리가 저린 것도 잊고, 그 차로 달려가기 시작했다.

'그가 온 걸까? 그가 여기서 나를 기다리고 있었던 걸까?'

희주가 다가오는 것을 느낀 건지, 차 문이 열리고 누군가가 차에서 나왔다. 창진이었다. 희주의 시선이 자연스럽게 뒷좌석으로 향했다. 그러나 그의 모습은 보이지 않았다.

"그 사람…… 그 사람, 지금…… 어디 있나요?"

❖

그날. 수현이 생에 대한 소망을 놓아버린 그날. 밤이어서 그랬는지, 그의 이마에서 피가 흐르고 있어서 그랬는지, 그가 죽음 같은 표정으로 우두커니 서 있기만 해서 그랬는지, 그에게 내리는 비가 온통 거뭇하게 보였다. 그는 마치 이 검은 비가 모조리 삼켜주길 원하는 사람처럼 보였다.

동이 틀 때가 다 돼서야 그가 창진에게 가자고 했다. 핏기가 모두 빠져나간 듯 창백한 그의 안색이 영 안 좋아 보였다. 숨을 쉬는 것조차 힘들어하는 것처럼 보였다. 운전석까지 그의 뜨거움이 느껴질 만큼 고열에 시달리고 있었다. 창진이 그를 방까지 부축해서 데리고 와 침대에 눕혔지만, 수현은 잠을 자지 않았다. 약국에서 감기약을 사 왔지만, 먹지 않았다. 며칠 동안 먹은 것이 하나도 없는 그를 위해 창진이 흰쌀로 죽을 쑤어 건넸지만, 먹지 않았다.

그는 살기 위해 인간이 기본적으로 해야 하는 일을 모두 무시하고 있었다. 그는 자고 있을 때도, 자고 있지 않을 때도 악몽을 꾸고 있는 것 같았다. 잠이 들면, 곧 식은땀을 흘리다가 소리를 지르며 일어났다. 눈을 뜨고 있을 땐 그 여자를 생각하는 것 같았다. 그 여자와의 처참했던 마지막 순간을 떠올리고 또 떠올리고 있는 것 같았다.

그러다가 술을 마시기 시작했다. 무엇을 그리도 잊고 싶었을까? 미친 듯이 술을 부어대기 시작했지만, 술이 망각에 전혀 도움이 되지 않는다는 것을 술병을 잡은 지 3일이 지나서야 비로소 알게 된 모양이었다. 그는 마신 술을 다 게워냈다. 들어간 음식이 없어 시큼한 갈색의 신물만 넘어올 뿐이었다. 극심한 통증이 와도, 그는 약을 먹지 않았다. 스스로에게 벌이라도 주듯, 그저 고통의 시간을 버텨내고 버텨냈다. 신음조차 차마 입 밖으로 내지 못하고 속으로 삭일 뿐이었다.

'이런 무식하고 지독한 인간 같으니라고…….'

창진의 마음에서는 몇 번이나 수현을 면상을 후려갈겼는지 모른다. 정신 차리라고, 이제 제발 정신 좀 차리라고! 어쨌든 일단은 살아야 하는 게 아니냐고! 그러다가 깨달았다. 그가 진심으로 생을 놓으려 하고 있다는 것을. 마치 죽음을 기다리는 자 같았다. 아니, 이미 죽어버린 자 같았다.

'……형님께 말씀드려야 할까?'

창진은 알고 있었다. 수현을 다시 살게 할 단 하나의 진실. 그 진실이라면 수현에게 충분히 다시 살고 싶은 마음이 들게 할 것이다.

'……형님을 살리려면 이 방법밖에 없는 것이 아닐까?'

창진은 몇 번을, 몇십 번을, 몇백 번을 스스로에게 물었다. 이 세상에서 자신과 조상기만 아는 비밀이었다. 창진 자신도 어머니의 요양원을 찾다가 아주 우연한 기회에 알게 된 사실이었다. 상기는 창진이 이 비밀을 유지해주는 대가로, 10년 전부터 창진 모의 요양원 비용을 책임지고 있었다. 그만큼 이 비밀은 상기를 곤경에 빠트리게 할 수도 있는 그의 약점이라는 뜻이었다.

자신이 이 사실을 수현에게 알린 것이 상기 귀에 들어가면, 상기는 창진을 그대로 두지 않을 것이다. 몸의 일부가 잘려나가던가, 쥐도 새도 모르게 어느 뒷산에 묻혀버리게 될지도 모른다. 아니면 요양원에 계시는 어머니의 목숨을 담보로 그를 위협하려 들지도 몰랐다. 여태까지 그래 왔던 것처럼. 상기는 충분히 그러고도 남을 인간이었다.

그래도…… 수현이 이렇게 스스로를 망가트리는 것을 보고 있을 수만은 없었다. 일단은 그를 살리고 봐야 했다. 7년 전 수현이 그를 업고 10km가 넘는 길을 달려 그의 목숨을 구해준 일에 대한 보은으로 생각하기로 했다.

지난달부터 요양원에서는 창진에게 조심스럽게 어머님을 호스피스 병동으로 옮기는 게 어떻겠냐는 권유를 해왔었다. 더 이상 살 가망이 없다는 뜻이었다. 그때는 거절했었다. 죄책감 때문이었다. 먼저 창진은 바로 요양원에 전화해서, 어머니를 호스피스 병동으로 옮겨 달라고 요청했다. 그런 다음, 한 치의 망설임도 없이 수현의 방문을 열었다. 창진이 들어왔는데도 수현은 아무런 기척을 하지 않았다. 그는 그 자신이 죽음이라도 된 것처럼 바닥에 앉아 멍하니 창밖만 바라보고 있었다.

"형님."

창진을 돌아보는 그의 퀭한 눈동자. 인생의 모든 것을 놓아버린 사람에게만 드리우는 서늘한 죽음의 그림자가 느껴졌다.

"……시은 누님, 살아 계십니다."

"……!"

창진은 그때 처음으로 목격했다. 순식간에 생명이 다시 인간의 몸으로 들어가는 광경을. 그 거대한 힘, 생명의 힘을 막을 수 있는 것은 이 세상에 하나도 없을 것만 같았다.

❖

11월의 제주도는 봄이었다. 희주는 제주공항에서 택시를 잡아탔다. 해안도로를 따라 달리는 차 안에서 희주는 창문을 열었다. 짭짜름한 바다의 습기가 희주의 얼굴을 어루만져 주었다. 따스하고 포근한 느낌이 들었다. 엄마의 양수 안이 이런 느낌이었을까? 프랑스에서는 어머니 안에 바다가 있다고 해서, 바다와 어머니를 똑같이 '메흐(mer)'라고 부른다고 했다. 중국에서는 바다 인에 어머니가 있다고 해서, 바다 해(海) 글자에 어미 모(母) 글자가 들어 있다고 했다. 모든 생명이 시작된 어머니의 바다. 다시 그 안으로 들어갈 수 있다면 얼마나 좋을까? 아픔도 상처도 없는 그곳으로. 죽음도 상실도 없는 고요한 그곳으로.

그러나 그들이 사는 이곳은 어머니의 바다와는 거리가 먼 곳이었다. 너무나 소란스럽고 불완전한 곳이었고, 하루하루 미친 듯이 흔들리며 살아가야 하는 곳이었고, 서로가 서로를 잡아먹고, 서로가 서로에게 잡아먹히는 곳이었다. 하루에도 몇 번씩 '우리가 미쳐가는 건가, 우리가 사는 이 세상이 미쳐가는 건가?' 물어보면서 살아야 하는 곳이었다. 이런 곳에서 살아보겠다고 오늘도 발버둥을 치고 있었다. '어떻게 하면 이 미친 곳에서 미치지 않고 온전하게 살 수 있는 건가?'에 대한 답을 찾아가면서. 어쩌면 그래서, 이렇게 제주도로 그를 찾으러 왔는지도 모르겠다. 그의 얼굴을 보면 그 답을 얻을 수 있을 것 같았다.

창진이 알려준 요양원은 풍월읍이라는 작은 마을, 푸른 바다가 정면으로 보이는 언덕에 한갓지게 자리하고 있었다. 바다 위로 눈부신 햇살의 금빛 가루들이 떨어지고 있었다.

안내 데스크에서 '정시은' 환자의 병실이 몇 호냐고 물었다. 안내 직원은 712호 VIP실이라고 대답해주었다. 엘리베이터를 타고 7층 버튼을 눌렀다. 엘리베이터 문이 닫히고, 덜컹거리기 시작했을 때에야 희주의 마음도 덜컹거리기 시작했다. 오늘 그를 보게 된다면, 열흘만의 재회였다.

'……내가 그를 볼 수 있을까?'

긴장되기 시작했다. 아직 많은 선택의 여지가 남아 있었다. 순간순간 '내가 왜 여기에 있지?' 라는 생각을 하지 않은 건 아니었다. 창진에게 수현이 있는 곳을 들었을 때 그냥 무시해버릴 수도, 마지막 순간에 제주도로 가는 비행기에 타지 않을 수도, 제주공항에서 바로 서울로 돌아오는 항공권을 살 수도, 택시 기사에게 다시 제주공항으로 돌아가 달라고 부탁할 수도 있었다. 요양원 건물 앞에서 내리지 않고 바로 차를 돌릴 수도 있었고, 결정적으로 지금 이 병실의 문을 열지 않고 발걸음을 돌릴 수도 있다.

하지만 712호의 문을 열고 침대 옆 안락의자에 구부정하게 앉아 있는 그를 본 순간, 구겨진 흰색 와이셔츠를 입고, 넥타이를 느슨하게 풀어 놓고, 소매는 아무렇게나 접어 올리고 있는 그를 본 순간, 피곤한 듯 흐트러진 머리를 오른손으로 받치고 무기력하게 앉아 있는 그를 본 순간, 눈에 띄게 야윈 그의 모습이 그녀의 호흡을 멎게 한 그 순간……, 그제야 정신이 들었다.

'내가 지금 왜 여기에 있는 걸까?'

그 순간, 초췌한 모습의 그가 고개를 들었다. 그들의 시선이 파릇하게 허공을 가르고 있었다. 그는 무척이나 놀란 것 같았다. 아니, 그건 아무래도 '놀랐다'라는 간단한 단어로 표현될 수 없는 표정이었다. 〈여기 들어오는 너희는 모든 희망을 버려라〉라고 쓰인 지옥의 문 앞에서, 인생의 마지막 희망을 찾은 자 같은 복잡한 표정이었다. 불과 몇 초가 지났을 뿐이었는데, 그들이 살아왔던 인생의 모든 힘들었던 순간들이 그들 사이의 여백으로 고요히 지나가 버린 것 같았다.

희주는 잠시 수현을 바라보다 갑자기 문 쪽으로 몸을 돌렸다. 그와 눈이 마주친 그 순간 깨달았다. 아직 그를 마주할 자신이 없다는 것을. 그를 용서할 마음도 없고, 그에게 용서를 구할 마음은 더더욱 없다는 것을. 아니, 어떻게 용서를 구해야 할지조차 모르겠다는 것을. 여전히 엄마를 죽인 그를 증오하고 있었고……, 여전히 그를……, 여전히 그를…….

이곳에 오는 게 아니었다. 지금이라도 늦지 않았으니, 지금이라도 도망쳐야 했다.

그녀가 문고리를 잡고 병실에서 도망치려고 할 때, 수현의 팔이 뒤에서 그녀를 강하게 끌어안았다. 숨이 멎는 것만 같았다. 시간이, 아니, 인생이 거기서 멈춰버린 것만 같았다.

수현의 뜨거운 숨결이 그녀를 나직하게 휘감았다.

"가지 마."

오랫동안 말을 하지 않았는지, 목소리가 깊이 잠겨 있었다. 그가 다시 말했다.

"가지 마."

그가 두 번째로 "가지 마"라고 말할 때 그의 목소리에 물기가 차오르고 있었다. 그의 소리를 들으며 그녀의 심장에도 물기가 차오르기 시작했다. 희주는 눈을 질끈 감았다. 이제야 모든 것을 확실하게 알 수 있었다. 이 순간 그녀가 있어야 할 자리는……, 바로 지금, 바로 이곳이었다.

눈물이 흘렀다. 누가 흘린 눈물인지, 무엇 때문에 흘리는 눈물인지 알 수 없었다. 그저 눈물이 계속 흘러내려 뒤섞이고 있었던 것만 간신히 알 수 있었다. 한참을 소리 없이 울다가 알게 되었다. 그 눈물 속에는 많은 이들의 비극과 아픔이 담겨 있었지만, 결국 그 흐름의 끝은 그들 자신이었다는 것을.

그들의 슬픔이 그들을 위로했다.

'……그동안 많이 힘들었지?'

그들의 소망이 그들에게 말을 걸었다.

'……이제 괜찮아. 같이 있으니까.'

28

분노로 중독된 심장

정확하게 일주일 전, 창진에게 시은 누나가 살아 있다는 말을 듣고 제주도에서 누나를 다시 봤을 때 수현은 결심했다. 무슨 일이 있어도 조상기를 죽여버리겠다고.

수현이 안내 데스크에서 '정시은' 환자를 찾자, 요양원의 원장이라는 사람이 바로 수현을 보러 내려왔다. 시은은 원장이 직접 진료하는 VIP 환자라고 했다. 원장은 수현에게 시은의 상태에 대해 차분히 설명했다. 25년 전 사고로 하반신 마비인 상태. 저산소성 뇌 손상 때문에 인지 기능이 상당 부분 저하되어 있는 상태. 끝으로 원장은 조심스럽게 덧붙였다. 마음의 준비를 하고 계시는 편이 나을 것 같다고. 25년 전에 죽었던 누나는, 또다시 죽음 앞에 놓여 있었다.

간호사의 안내를 따라 들어간 병실에서 누나를 처음 본 순간, 수현에게 밀려든 감정은 두려움이었다. 아무런 생기가 느껴지지 않는 좀

비가 앉아 있었다. 좀비는 이 세상의 모든 불행과 처절함은 다 떠안고 있는 듯한 표정으로 창문 밖을 바라보고 있었다. 병실 창밖에는 찬연하기 그지없는 옥빛 바다가 펼쳐져 있었다. 이 얼마나 이질적인 풍경인지…….

그 좀비가 시은 누나라는 것을 알아차리기까지는 시간이 조금 걸렸다. 그 사실을 알아차린 바로 그 순간 본능적으로 알 수 있었다. 이미 죽음이 시은에게 깊숙이 드리우고 있다는 것. 수현은 심장이 그 자리에서 멈춰버리는 것만 같았다.

"……누나."

그는 조심스럽게 시은을 불렀다. 얼마나 그리워했던 호칭이었는지. 얼마나 입 밖으로 소리 내 불러보고 싶은 '누나'였는지. 그런데 그의 목소리를 들은 시은이 겁에 질려 어눌한 발음으로 소리를 지르기 시작했다.

"미미미……미안해……더요. 오빠, 내가 자……잘못하……어요. 그……그러니까 나 너무 무서워. 그거 그……러지 마. 오빠, 나한테…… 그러지 마. 아아아악……!"

당황스러웠다.

"누나……, 나 시현이야. 나 좀 봐."

누나의 앙상한 어깨를 잡고 몇 번이나 눈을 맞추려고 했지만, 그녀는 계속 그의 눈길을 피하기만 했다. 시은은 뭔가 두려움으로 가득 차 있는 사람같이 온몸을 떨고 있었다.

결국 간호사 두 명이 황급하게 병실로 뛰어들어와 시은에게 진정제를 투여한 후에야 시은은 조금씩 안정을 되찾기 시작했다. 그녀는 완전히 정신을 놓는 순간까지 여전히 두려움에 가득한 눈으로 수현을 바라보았다. 그런 시은의 눈빛이 수현의 마음에 수천 개의 못을 박고 있었다.

"놀라셨죠? 정시은 환자분은 양복을 입은 남자분들을 보면 가끔 저렇게 발작을 일으키세요."

간호사 한 명이 병실을 나가면서 수현에게 일러주었다. ……이게 대체 무슨 일이지? 시은이 또 발작을 일으킬까 봐 차마 들어가지도 못하고, 문틈으로 멍하니 시은의 병실만 응시하고 있을 때, 누군가 옆으로 지나가면서 수현에게 말을 걸었다.

"남편이 와도 저렇게 몇 시간은 걸려요. 너무 조바심내지 말고 기다리고 있으면 금세 곧 괜찮아져."

옷차림새를 보니 병원에서 일하는 스태프 같지는 않고, 민간 간병인인 것 같았다.

"……이 환자에게 남편이 있습니까?"

놀라서 묻는 수현에게 그 여자가 대답했다.

"그러고 보니 우리끼리는 당연히 남편이라고 생각하고 있었는데, 아닐 수도 있겠구먼. 댁처럼 맨날 검은 양복 입고 오는 남자 하나 있어요."

"그 사람이 자주 옵니까?"

"한 달에 두세 번 정도 와서는 한 이삼일 정도 있다가 가나? 환자가 자기를 알아보는 것 같지도 않은데, 얼마나 지극 정성으로 환자를 돌보는지 몰라요. 간호사와 조무사, 심지어 우리 같은 옆 방 간병인들한테 줄 간식도 꼬박꼬박 챙겨 오고."

분노로 중독된 심장

"......."

"매번 그 사람이 오면 그 방 환자는 처음에는 무섭다고 소리를 지르고, 물건을 던지고, 발작을 일으키고 그래요. 그럼 그 남편이라는 사람은 그런 여자가 뭐가 좋다고 그거 다 받아주고, 괜찮아질 때까지 기다려주고. 그러다가 환자가 지쳐서 제풀에 꺾이면, 또 그 남편 품에서 잠들고. 그러다가 좀 좋아지는 것 같으면 훌쩍 또 가버리고. 그러다가 또 며칠 뒤에 오면, 다시 여자가 무섭다고 난리를 치고. 간병인들끼리는 우스갯소리로, '남편이 부인 속을 엄청 많이 썩였나 보다.' 그러고 있지, 뭐."

"......혹시 그 사람 어떻게 생겼는지 설명해줄 수 있으십니까?"

"흠······. 그러게, 어떻게 설명을 해야 하나? 키가 좀 큰 편이고. 이런 말 그렇지만 약간 조폭 두목 같이 생겼는데, 사실 인상이 그렇게 좋지는 않아. 그런데 인상 안 좋은 건 댁도 마찬가지네요. 댁이 조금 더 젊고 잘생기긴 했네. 오호호호호."

그러다가 간병인이 뭔가 생각났다는 표정을 지으며 수현에게 말했다.

"아, 맞다. 지금 여기 1층 아트리움에서 사진 전시회를 하고 있어요. 환자들과 환자 보호자들 사진. 거기에 그 사람 사진이 있을 거예요. 이 요양원에서는 애틋하기로 유명한 커플이니까 사진 몇 장 찍었을 거야. 거기서 한번 찾아봐."

〈우리 모두에게 힐링을〉이라는 주제의 사진전이었다. 환자뿐만 아니라 환자의 보호자들도 힘께 치유가 필요하다는 취지에서 보호자들의 애환을 담아낸 사진들을 전시하고 있다고 했다. 천천히 사진들을 응시하던 수현의 시선이 몇 장의 사진들 앞에서 속도를 늦추었다. 거기에 검은 양복을 입은 조상기가 있었다. 시은의 발을 닦아주고 있는 상기의 모습. 시은의 병실 밖 복도에 앉아 있는 상기의 모습. 시은에게 책을 읽어주고 있는 상기의 모습.

조. 상. 기. 그 남편이라는 사람이 상기라는 것을 알게 된 그 순간……, 수현의 찢어진 마음 구석구석 비집고 들어오는 것은 의심이었다. 조금 전 분명히 누나는 두려움에 떨면서 "오빠"라고 말했다. "미안해요, 오빠. 내가 잘못했어요"라고.

질문이 시작되었다. '상기 형인가? 누나를 이렇게 만든 사람.' 가장 깊숙한 곳부터 서서히 불길한 예감이 차오르고 있었다. 그의 불길한 예감은 슬프게도 단 한 번도 틀린 적이 없었다. 누나가 살아 있다는 사실을 수현에게 알리면서 창진이 그랬다.

"처음부터 누님이 살아 계신 걸 알고 있었던 건 아니었습니다. 10년 전에 어머니의 요양원을 알아보다가, 우연히 상기 형님을 만나게 됐습니다. 휠체어를 타고 있던 어떤 여자분과 함께 계셨습니다. …… 그분이 시은 누님인지 알게 된 건 사실 얼마 되지 않았습니다. 6개월 전, 누님의 상태가 급격하게 안 좋아지면서, 제주도 요양원으로 옮기게 되는 과정에서 우연히."

그 말은 시은이 살아 있었다는 것을 상기가 알고 있었다는 뜻이다. 왜? 왜 여태까지 자신에게 알리지 않았던 것일까? 시은 누나가 자신에게 어떤 의미인지 누구보다 잘 알고 있었으면서. 그러다가 시은을 만나러 제주도로 오기 바로 전날, 우성과 했던 대화가 떠올랐다.

"25년 전, 종로서에 갇혔던 적 있지 않습니까? 그때의 사건 담당 김진욱 형사와 최근에 통화를 하다가 알게 된 사실이 있습니다. 그 당시, 조상기가 김진욱 형사에게 직접 부탁을 했답니다. 이수현 씨를 일주일만 종로서에 붙잡아 놓고 있으라고 말이죠. 혹시 이 사실을 알고 있었습니까? 조상기가 대체 왜 그랬을까요?"

우성과 통화 중에, 아주 잠시 '상기 형이 왜 그랬을까?' 하는 의문이 생기지 않은 것은 아니었지만, 큰 의미를 두지 않았었다. 창진에게 시은이 살아 있다는 말을 듣고 난 지 얼마 되지 않은 때여서 어떤 말도 뇌에서 제대로 인식하기가 어려웠을 것이다. 그러고 보니, 누나의 사망은 수현이 김진욱 형사에게 상해를 입히려다 종로서 유치장에 수감되었을 때 일어난 일이었다. 수현은 단 한 번도 누나의 생사에 대해 직접 확인한 적이 없었다. 누나가 죽었다는 상기의 말과 병원에서 보여준 사망 진단서에만 의존했을 뿐, 한 번도 누나의 시신을 직접 확인한 적은 없었다. 하긴, 사체를 확인할 방법도 없었을 거다. 누나는 바로 서울 근교 화장터에서 화장했다고 상기가 그랬으니까.

지금 생각해보면 거짓 사망 진단서를 떼는 것은 식은 죽 먹기였을 것이다. 지금도 신분을 위조하기 위해서, 혹은 종적을 감춰야 할 일이 있을 때 청운파 조직원들이 자주 쓰는 수법이었다. 그런데 왜 굳이? 왜 굳이 수현을 종로서 유치장에 수감하라고 형사에게 부탁까지 해가면서? 얼마 전 만난 곰보는 분명히 누나가 죽었다는 사실에 경악하며 말했다.

"살아 있었어. 분명히. 내 팔을 부러뜨렸을 정도로 심하게 반항을 했다고. 우리가 공시장을 떠날 때까지는 분명히 펄펄하게 살아 있었어! 조상기한테 물어봐. 그 새끼가 네 누나를 찾으러 그날 공사장으로 왔었으니까."

경찰이 출동했다는 말을 듣고 허겁지겁 사건 현장을 빠져나가면서 했던 말이어서, 그렇게 큰 의미를 둘 겨를이 없었다. 이제야 잃어버렸던 퍼즐의 조각들이 하나하나 모이면서, 무언가 의미 있는 그림이 되어가기 시작했다.

……누나는 곰보 일행에게 집단 성폭행을 당했다. 곰보가 사건 현장을 떠났을 때 누나는 아직 살아 있었다. 그 뜻은 상기 형이 누나를 본 마지막 목격자라는 뜻. ……그날, 누나 위로 철근 콘크리트가 떨어졌고, 그날 새벽, 순찰을 돌던 경찰들에게 발견되어 성은병원 응급실로 내원했다. 그런데……상기 형은 수현을 일주일 동안 유치장에 수감해놓으라고 김진욱 형사에게 부탁했다. ……그리고 그 일주일 동안 시은을 다른 병원으로 옮겨놓고, 수현에게는 누나가 죽었다고 거짓말을 했다.

수현의 심장을 가장 서늘하게 만드는 사실은 바로 누나가 상기 형을 두려워하고 있다는 것, 누나가 두려움에 떨면서 "잘못했어요, 오빠"라고 말하고 있다는 것이었다.

추측은 분노와 뒤엉키면서 진실이 된다. 아니, 억지로 진실이 되려 한다. 분노로 물든 진실에는 희생양이 필요하다. 희생양을 찾는 그 순간까지 분노로 중독된 심장은 멈추지 않는다. '상기 형인가? 누나를 이렇게 만든 사람?'에서 시작된 질문은 이제 스스로 대답이 되어버렸다. '상기 형이었구나. 누나를 이렇게 만든 사람.'

수현은 비정해진 마음으로 발걸음을 돌렸다. 그의 뒤로 상기와 시은이 찍혀 있는 사진들이 점점 흐려지고 있었다. 25년 전 분노에 사로잡혀 사람을 죽이고, 그리고 그 일 때문에 사랑하던 여자를 심장을 떼어내듯 놔버려야 했으면서도, 수현은 여전히 분노에 중독되어 있었다. 차오르는 분노 때문에 그는 상기가 찍혀 있는 사진들에서 많은 것을 보지 못하고 지나쳐야 했다.

시은의 발을 닦아주면서 상기가 그의 인생에서 가장 행복하고 평온한 미소를 짓고 있었다는 것. 병실 밖에서 발작하는 시은을 보며 상기가 뜨거운 눈물을 흘리고 있었다는 것. 상기가 시은에게 읽어주던 책의 제목이 '용서'였다는 것. '용서는 단지 우리에게 상처를 준 사람들을 받아들이는 것만을 의미하지 않는다. 그것은 그들을 향한 미움과 원망의 마음에서 스스로를 놓아주는 일이다. 그러므로 용서는 자기 자신에게 베푸는 가장 큰 자비이자 사랑이다'라는 책 속의 구절을 상기가 시은에게 몇 번이고, 몇백 번이고, 몇천 번이고 읽어주고 있었다는 것.

❖

3일째 잠든 시은을 보고 있어야만 했다. 3일째 시은은 여전히 수현을 보면 헛소리를 해대고, 욕을 해대고, 두려움에 떨다가 결국은 발작을 일으켰다. 3일째 수현은 생각했다. 대체 누나에게 무슨 끔찍한 일이 있었길래 누나는 저 지경이 됐을까? 3일째 수현은 한 이름을 되뇌었다. 조상기. 조상기.

시은을 만난 지 나흘째 되는 새벽. 그 푸르스름한 어둠 속에서 시

230

은이 눈을 떴다.

"……시……시현아."

뜻밖에 시은이 시현의 이름을 불렀다.

"……누……나? 나 누군지 알겠어?"

수현은 시은이 또 발작을 일으킬까 봐 바로 간호사들을 부를 마음의 준비를 하며 그녀에게로 가까이 다가갔다.

"너…… 우리 시……시현이구나? 시현이. 내 동생."

"……정신이 들어?"

시은은 하염없이 눈물을 흘리기 시작했다.

"……내 부……불쌍한 동생. 어. 어. 어떻게 하니? 너를 어. 어. 어. 어떻게 하니?"

"누나, 대체 어떻게 된 거야? 왜 이렇게 된 거야? 누가 이렇게 했어?"

시은은 온몸을 떨기 시작했다.

"무……무……서워. 너무 ……추워. 그런데 그 사람이…… 그냥 가버리고 있어."

"무슨 말을 하는 거야? 그 사람이 대체 누군데?"

"……상기 오빠……. 나한테 이렇게 해놓고 그……그냥 갔어. 나 이렇게 다치게 해놓고, 그냥 가버렸어. 공……공사장에서 소……소리 지르는데, 내가 사……살려달라……고 했는데, 그냥 가버렸어. 너무 어둡고 무서워. 너무 아파. 움직일 수가 없어. 너무 무서워. 내 몸에서 피가 다 흐…… 흘러나가고…… 있는데, 상기 오빠가 그냥 뒤……뒤돌아서 갔어."

'……그랬구나. 역시 그였구나.'

수현은 두 주먹을 꽉 쥐었다. 그의 주먹이 미친 듯이 떨리고 있었다. 붉게 충혈된 눈에서는 눈물이 아니라 핏방울이 떨어질 것만 같았다. 25년 전 누나의 죽음을 알게 된 바로 그날의 감정이 다시 재연되고 있었다. 수현의 심장이 다시 한번 작은 조각들로 깨어지고 있었다. 온몸에 조각난 심장의 파편들이 박히면서, 그는 다시 한번 얼음장같이 차가워졌다. 그 찬 기운이 다시 온몸으로 퍼지면서, 그는 다시 한번 이상하리만치 침착해졌다.

살기였다. 수현 스스로도 모르는 사이에 음험한 그것이 다시 그에게 깃들고 있었다. 모든 것이 확실해졌다. 원하는 건 단 하나. 조상기를 죽여버리는 것. 그의 뇌는 다시 살인을 계획하기 시작했다.

'이건 살생을 위한 살인이 아니다. 이건 생존을 위한 살인이다. 그 사람을 죽이지 않으면 숨이 쉬어질 것 같지 않으니까.'

수현은 스스로 세뇌하기 시작했다. 그때 시은이 믿을 수 없는 말을 내뱉었다.

"……그런데 시현아, 그 사람…… 너……너무 안됐어."

아마도 누나가 정신이 없어서, 심신이 쇠약해져 있어서 오락가락하는 것이 분명했다. 분노는 바로 누나의 말들을 부정하고 무시해버렸다. 분노는 이해하고 싶은 것만 이해하는 고약한 녀석이었으니까. 다시 한번, 수현은 그의 모든 것을 기꺼이 분노에 내주었다. 그래서 분노가 그의 모든 것을 깡그리 앗아갈 수 있게. 그래서 조상기, 그를 죽. 일. 수. 있게.

"내가 조상기 죽여. 무슨 일이 있더라도."

시은은 눈물만 흘리고 있었다. 눈물에 섞인 목소리로 이렇게 말했다.

"……그러지 마. 그 사람한테 그……그러지……마. 그 사……람 너무 부……불쌍해."

시은의 말은 아무런 의미를 담지 못한 채 허공에서 맴돌기만 했다. 분노는 그녀의 초라한 진심을 아무런 죄책감 없이 먹어치워 버렸다.

수현 자신도 자각하지 못하는 사이에 암살 계획이 구체화되기 시작했다. 의식적으로 계획을 세우는 것이 아니었다. 그의 분노가 그도 모르는 사이에 저지르는 짓이었다. 유혜경 사건 공소시효가 끝나는 마지막 날인 12일까지는 무슨 일이 있어도 일을 마무리해야 한다. 조상기를 죽일 수 있는 날은 앞으로 5일 정도가 남았을 뿐이다.

평소 타깃을 처리하는 때와 같이 현수에게 연락을 해두었다. 조상기의 향후 5일간의 동선을 파악해놓으라고. 현수가 소스라치게 놀라며 무슨 일이냐고 물었지만, 수현은 대답 없이 전화를 끊었다. 그의 머릿속을 가득 메우고 있는 파괴적인 생각들. 조상기. 복수. 이 모든 것의 끝, 죽음. 어떻게 죽여야 할까? 상기를 죽이는 그 순간이 수현의 머릿속에서 무한 반복되고 있었다. 숨 막히도록 짜릿했다.

그 살육의 순간에 매료되어 수현은 712호 병실 문이 열리고, 누군가가 망설이는 발걸음으로 조심스럽게 들어오고 있었다는 것을 알아차리지 못했다. 그 발걸음의 주인공이 수현을 본 순간 심장 박동이 한동안 멎었다는 것을 알지 못했다. 그 사람이 애써 속으로만 집어삼키고 있는 숨소리가 수현의 귀에 들려왔을 때에야 수현은 고개를 들었다.

빛이었다. 그 병실의 문을 열고 들어온 것은 살아 있는 모든 것들에 대한 소망이었다. 살면서 다시는 못 볼 줄만 알았던 얼굴. 희주였다. 봄빛 같던 그녀의 시선이 파릇하게 수현의 심장을 가르던 그 순간에서야 자각하게 되었다. 자신이 지금 또 스스로 괴물이 되려 하고 있었다는 것을.

자신이 여전히 이런 끔찍한 괴물이라는 것을 알아차리기라도 한 듯이, 복잡한 시선으로 수현을 바라보고 있던 희주가 문 쪽으로 몸을 돌렸다. 잡아야 했다, 그녀를. 지금 놓친다면 그는 영영 그녀를 잡지 못할 것이다. 그러면 그는 또 괴물이 되어버리고 말 것이다. 수현은 자신도 모르는 사이에 그녀에게 달려가고 있었다. 그리고 그녀에게 외치고 있었다.

"가지 마."

목소리가 심하게 잠겨 있어서 그녀가 듣지 못했을 것만 같았다. 그래서 다시 한번 말했다. 진심을 다해…….

"가지 마."

그리웠던 그녀의 들꽃 같은 체취가 그의 폐 안으로 깊숙이 들어온 순간, 그는 들꽃의 속삭임을 들었다.

'지금, 여기서, 나는 분노를 멈춰야 한다.'

그러나 분노는 그로 하여금 지금까지 숨을 쉬고 살 수 있게 했던 유일한 에너지였다. 분노를 내려놓는 순간, 폐가 뜯겨나가고 심장이 찢어져 버릴 것만 같았다. 참을 수 없는 모멸감에 차라리 나를 죽이리고 비밍을 시르고 싶어질 것 같았다. 아니, 죄소한 조상기 그 인간은 갈기갈기 찢어 죽여 버려야 다시 살 수 있을 것만 같았다. 하지만, 들꽃이 또 한 번 속삭였다.

'지금, 여기서, 나는 분노를 멈춰야 한다.'

……인간으로 살고 싶었다. 다시 인간으로 살아보고 싶었다. 그녀와 함께. 결코 다시는 괴물이 되고 싶지 않았다. 가늘게 비춰오는 희미한 빛에 간신히 기대어, 수현은 긴 한숨을 내쉬었다. 인간으로 살고 싶었다. 인간으로 살고 싶었다. …… 인간으로 살고 싶었다.

그는 한숨에 실어 지독한 분노들을 몸 밖으로, 삶의 밖으로 내보냈다. 자신을 지탱해온 분노를 놓아버리며, 수현은 25년 동안 마음의 감옥에 가두어두고, 지독하고 집요하게 괴롭혀왔던 죄수 하나가 마침내 자유를 얻는 것을 보았다. 그가 놓아준 그 죄수는 바로 수현, 그자신이었다.

❖

희주가 요양원에 온 지 세 시간이 채 안 돼 시은의 상태가 급속하게 악화하기 시작했다. 시은의 호흡 주기가 점점 길어지던 그 순간, 수현은 본능적으로 알 수 있었다.

'숨이 얼마 남지 않았구나.'

덜덜 떨고 있는 그의 손을 희주가 꼭 잡아주었다. 그리고 그의 손에 시은의 손을 쥐여주었다. 해에서부터 시작된 빛의 파편이 시은의 얼굴을 비추기 시작했다. 빛의 흐름을 따라 시은의 영혼이 서서히 그녀를 떠나갔다. 고요한 죽음이었다. 시은이 먼 길을 떠나고 나서야,

수현은 덜덜 떨고 있던 손을 멈추었다.

요양원 뒤편에 자리한 장례식장에 시은의 빈소가 차려졌다. 아무도 찾지 않는 초라한 빈소였다. 수현은 아무런 미동 없이 꼿꼿하게 시은의 영정 사진만 바라보고 있었다. 사진 안의 시은이 싱그러운 미소를 짓고 있었다. 그녀가 가장 아름다웠을 때의 사진이었을 것이다. 수현은 밤새도록 아무 말도 하지 않았다.

새벽 무렵, 고요하기만 했던 빈소 밖에서 소란스러운 구두 굽 소리가 들려왔다. 조직원 몇 명이 검은 양복을 입고 장례식장으로 들어왔다. 그 뒤로 선글라스를 낀 사내가 시은의 빈소 쪽으로 걸어오고 있었다. 곁눈질로 상황을 주시하던 수현이 곧 천천히 몸을 돌려 그를 맞을 준비를 했다. 사내는 수현의 눈빛을 보고 긴장하는 것 같았다. 그는 선글라스를 천천히 벗고, 수현을 뚫어져라 바라보다가 결국 눈빛을 낮추었다. 그에게 백기를 드는 것 같은 무력한 움직임이었다.

상기가 차마 빈소에 들어와 보지도 못하고 발걸음을 돌리려는데, 수현이 나직한 목소리로 말했다.

"……마지막 인사는 하셔야 하지 않겠습니까?"

수현은 한 걸음 뒤로 물러나 상기가 빈소로 들어올 수 있는 공간을 만들어주었다. 상기는 정성스럽게 분향을 하고 흰 국화 한 송이를 그녀의 영정 앞에 놓아두었다. 그는 한참이나 시은의 영정 앞에서 눈길을 떼지 못했다. 생각보다는 담담하고 평온한 표정이었다. 마치 시은과의 이별을 꽤 오래전부터 준비해오고 있던 사람 같았다.

상기가 이 무거운 침묵의 무게를 먼저 깨트렸다. 누구를 향해 던진 말인지 알 수 없었지만.

"……바다를 보여주고 싶었다. 살면서 바다에 가본 적이 한 번도 없었다고 했어."

그런 상기에게 수현도 깍듯하게 고개를 숙이며 말했다.

"……여태까지 누나를 돌봐주신 점, ……감사하게 생각하고 있습니다."

❖

바다가 보이는 납골당에 시은의 유골을 안치하고 나온 때는 연기 같은 해무가 피어오르던 늦은 오후였다. 납골당 앞으로 펼쳐진 바다를 조금 걷고 싶다고 수현이 말했다. 수현이 앞으로 걷고, 희주가 가만히 그 뒤를 따랐다. 수현은 여전히 눈물을 흘리지 않았다. 그는 믿기 어려울 만큼 침착하고 담담했다.

시은의 유골이 안치된 납골당 건물에서 본 바다는 푸른 옥빛이었는데, 가까이 내려와서 보니 바다는 온통 검은빛이었다. 낮게 깔린 안개에서 비릿한 소금기가 느껴졌다. 안개가 그를 대신해서 울어주고 있다는 생각이 들었다. 그는 저토록 의연하다. 저렇게 흔들리고 있으면서, 저렇게 죽을 듯이 고독하면서 신음 한 번 내지 않는다.

수현은 두려운 검은 바다 앞에 무기력하게 서 있는 수도승 같은 모습으로 묵묵히 검은 바다만 응시하고 있을 뿐이었다. 두꺼운 안개 속에 가려져 있는 햇살을 바라보고 있는가? 이 무겁고 짙은 안개 위로 햇살이 비추려는가? 그가 그 빛을 마주할 수 있을까? 그의 뒷모습을 희주의 안쓰러운 시선이 따라다니고 있었다.

한동안 아무 소리도 내지 않던 수현이 "게스트하우스에서 짐을 챙겨서 오겠다"고 처음으로 입을 열었다. 그는 오늘 중으로 서울로 돌아가서 꼭 해야 할 일이 있다고 했다. 희주는 게스트하우스 주변 돌담길을 느릿느릿 걸어 다니며 수현이 나오기를 기다렸다. 안개가 걷히니 눈물 나도록 푸른 날이 펼쳐지고 있었다. 그의 마음이 더 저릿해질 것 같아 걱정되었다.

30분이 지나도 수현이 게스트하우스에서 나오지 않자, 걱정이 된 희주가 문을 열고 조심스럽게 들어갔다. 그는 아직 신발도 벗지 않은 채 현관에 서 있었다. 끝을 찾을 수 없는 적막 속에 덩그러니 서 있는 그의 뒷모습이 그녀의 마음을 헤집어 놓았다.

"⋯⋯괜찮아요?"

어둠 속의 그는 무엇인가를 바라보고 있었다. 그의 시선 끝에는 장례식이 끝나고 요양원에서 챙겨다 준 시은의 영정 사진이 있었다. 영정 사진 속의 시은이 그들을 보고 해맑게 웃고 있었다. 희주가 조심스럽게 그의 앞으로 다가갔다. 누나에게로 고정되어 있는 그의 시선을 다른 곳으로 돌려주고 싶었다. 지나간 과거에서 지금 이 순간으로. 상처에서 회복으로. 절망에서 희망으로. 떠나간 누나에게서 다시 돌아온 그녀에게로.

"⋯⋯차라리 울어요. 억지로 참지 말고."

희주의 말을 듣자마자, 수현의 뜨거운 눈물이 기다렸다는 듯 그녀의 어깨 위를 흩뿌리고 지나갔다. 그리고 바로 그의 머리가 희주의 어깨 위로 후두둑 쓰러졌다. 온몸이 불덩이였다.

❖

꼬박 하루하고도 반나절을 앓았다. 수현은 정신이 혼미한 상태에서도 병원에 가지 않겠다고 고집을 부렸다. 할 수 없이 요양원 의사에게 왕진을 와달라고 부탁했다. 혈액 검사를 해봐야 정확히 알 수 있지만, 다행히도 가속기에 접어든 것 같지는 않다고 의사가 말했다. 무리한 강행군으로 인한 단순 몸살인 것 같으니 한동안은 절대 안정이 필요할 것 같다고, 그는 덧붙였다.

희주는 수현이 누워 있는 침대에서 한시도 떠나지 않고 그를 지켰다. 일단 열을 내리는 것이 급선무라고 했다. 희주는 그의 상의를 벗기고 미지근한 물수건으로 열 기운을 닦아냈다. 처음에는 열을 내려야 한다는 급한 마음에 그녀의 손가락이 그의 수많은 상처 자국들 사이사이를 무심하게 지나쳐버렸지만, 그 상처들이 희주의 손끝에 미세한 파문을 남길 때에야 알게 되었다.

'……나도 이 사람에게 또 한 번 이런 상처를 남길 뻔했구나.'

그제야 수많은 상처들의 외침이 들려왔다. 어루만져 달라고, 아팠다고, 차라리 죽었으면 좋겠다는 생각이 들 만큼 외로웠다고, 아무도 이 상처들을 쳐다봐주지 않아서. 희주는 속절없이 흘러가려는 눈물을 꾹 넘겨버리고 속으로만 흐느꼈다. 왠지 그의 앞에서는 이렇게 쉽게 눈물을 흘려보내는 것조차 미안하다는 생각이 들었다.

그는 의식의 줄을 완전히 놓았을 때만 희주의 이름을 부르고, 그녀를 찾고, 그녀의 손을 잡았다. 아주 실낱같이 가느다란 의식이라도 남아 있을 때는 어떻게든 참는 것 같았다. 이를 악물고 그녀의 이름이 입 밖으로 절대로 새나가지 못하게 억누르고 있는 것 같았다. 마치 '희주'라는 이름이 절대로 그의 입 밖으로 나가면 안 되는 단어라도 되는 듯.

수현은 다음 날 늦은 저녁이 되어서야 겨우 정신을 차렸다. 희주가 부엌에서 새로 만든 얼음 주머니를 가지고 방에 들어왔을 때, 그는 침대에 걸터앉아 있었다.

"……좀 괜찮아요?"

그는 희주의 질문에 대답도 하지 않고, 희주를 보지도 않고 물었다.

"오늘 며칠입니까?"

"……일요일이에요. 거의 서른 시간이 넘게 누워 있었어요."

'일요일, 11월 12일'이라는 사실을 인식하자마자 수현은 팔에 꽂혀 있던 링거주사 바늘을 거칠게 뽑았다.

"몸이 많이 약해졌다고 며칠 더 누워 있어야 한다고 했어요."

그는 희주의 말이 들리지 않는 듯 어느새 옷걸이에 걸려 있던 와이셔츠를 몸에 걸쳤다.

"서울로 돌아가야 합니다. 아니, 일단 아무 경찰서나 가서……"

희주가 한 손으로 수현의 분주한 행동들을 제지했다. 아주 미미하고도 침착한 움직임이었지만, 그제야 수현은 처음으로 희주를 정면으로 응시했다.

"……이수현 씨, 무슨 일인데요?"

그의 눈빛이 흔들리고 있었다.

"……오늘이"

그는 잠깐 말을 멈추었다가 어렵사리 다시 입을 열었다.

"오늘이…… 공소시효 마지막 날입니다."

주어를 말하지 않았지만, 차마 주어를 말할 수 없었던 그의 마음이 그녀에게 전해지고 있었다.

"만약 유혜경 씨 사건에 대해 말하고 있는 거라면……"

아주 잠시 엄마의 이름을 말하면서 마음이 아렸다. 말이 허공으로 나오니, 그제야 '이 남자가 정말 엄마를 죽인 그 사람이구나' 싶었다. 아무리 그를 용서하겠다고 하루에도 백만 번씩 다짐하지만 분노와 원망의 감정이 이렇게 불쑥 튀어나와 또 그녀를 흔들어댔다.

희주는 다시 마음을 움켜쥐었다.

"그 사건의 공소시효는 이미 15년 전에 소멸했다고……, 오늘 오전에 정 경위님이 알려주셨어요."

전혀 예상치 못했던 희주의 발언에 수현이 멍하니 그녀를 바라보았다.

"유혜경 살인 사건은 어제 날짜로 불기소처분됐어요."

"……그게 무슨 뜻입니까?"

지금이었다. 그에게 모든 것을 고백해야 하는 시간. 광기 어린 25년 전 그 사건의 자초지종을 그에게 낱낱이 고백해야 하는 시간. 진심으로 용서를 구해야 하는 시간이 바로 지금 시작되고 있었다. 두렵고도 떨리는 시간. 그에게 버림받는다 해도 묵묵히 받아들여야 하는 시간. 그의 증오도 분노도 잠잠히 견뎌내야 하는 시간.

"이수현 씨에게 꼭 해야 할 말이 있어요."

기적 같은 사랑

빛의 흔적이 모조리 소멸해버린 온전한 어둠이었다. 떨리는 희주
의 목소리가 고해의 정점을 찍었다.

"……엄마를 대신해서, 미안하다고, 제가 대신 용서해달라고 말해
야 할 것 같아서. 엄마가 마지막 그 순간까지 비겁해서. 이수현 씨 손
에 엄마의 최후를 맡긴 거……. 정말 해서는 안 되는 일이었는데. 정
말 미안합니다. ……진심으로."

이런 상황에서 할 수 있는 말이 공허하기 짝이 없는 다섯 음절의
"미. 안. 합. 니. 다."였다.

그는 여전히 아무 말이 없었다. 어둠 속이어서 그가 무슨 표정을
짓고 있는지, 어디를 바라보고 있는지조차 분간하기 어려웠다. 오히
려 다행이었다. 그의 얼굴을 보고는 아무 말도 할 수 없었을 것이다.

"그래서 당신 찾으시 여기에 온 서예요. 낭신 용서하러 온 게 아니

라 용서받고 싶어서."

"……."

"……내 곁을 떠나고 싶다면 보내줄게요."

보내주고 싶지 않았다.

"나를 미워해도…… 괜찮아요."

괜찮을 것 같지 않았다.

"그런데 내가 소름 끼치게 싫겠지만……, 난 그래도 당신 옆에 있고 싶어서, 이런 내가 당신 사랑하고 싶어서……, 당신 사랑해도 되나 물어보려고……."

차마 "……니다"라는 완벽한 형태로 문장을 끝낼 수는 없었다. 자신 없었다. 두려웠다. 자신이 그에게 했던 그대로 그가 꼴도 보기 싫으니 떠나버리라고, 나가서 죽어버리라고 하면 심장이 두 동강 날 것만 같았다. 그러나 이 모든 것 중에 가장 그녀를 두렵게 하는 것은 '다시는 그를 못 보겠구나.' 하는 생각이었다.

어둠 속에 있으면서도, 희주는 눈을 감아버렸다. 더 짙은 어둠이 그녀를 덮쳤다. 얼마나 시간이 지났을까? 이 세상에 남아 있는 것이라곤 침묵뿐이라는 느낌이 들었다. 그는 여전히 아무 말이 없었다. 어둠이 그를 먹어 치워버리기라도 한 건지 걱정이 되기 시작했을 때에서야, 그의 숨소리가 나직하게 들려왔다. 무엇인가 결심한 것 같은, 참으로 깊고도 서늘한 한숨이었다. 그저 그의 숨소리를 들었을 뿐인데, 희주의 심장이 순간 고요해졌다.

'……아무래도 안 되는구나.'

기대했던 것은 아니었다. 그를 이해하지 못하는 것도 아닌데, 그래도……. 먹먹해지는 마음을 달래려고 왼손을 심장 위에 가만히 올려놓고 발걸음을 돌리려는데, 수현의 초라한 목소리가 들려왔다.

"내가…… 내가 살고 싶어 해도 되겠습니까?"

희주는 어둠 속에서 본능적으로 수현을 찾기 시작했다. 참 이상한 일이었다. 분명 한 치 앞이 보이지 않는 새까만 어둠이었다. 그가 어떤 모습으로, 어떤 표정을 지으며 앉아 있는지조차 보이지 않는 그런 어둠. 그런데 희주의 두 손이 정확하게 그의 얼굴을 찾고, 또 바로 그녀의 입술이 정확하게 수현의 입술을 찾아냈다. 순식간에 그들의 숨과 눈물과 체온과 단내가 서로를 물들이고 있었다. 그녀의 입술이 오랫동안, 아주 오랫동안 그의 입술 위에 머물렀다.

"부탁이에요. 살아주세요."라고 떨리는 목소리로 희주가 말했을 때, 비로소 수현은 알게 되었다. '……살아달라'는 말이 그에게 얼마나 엄청난 의미인지. 그 말이 얼마나 그의 가슴을 뛰게 하는지.

그는 자리에서 일어나 희주를 품에 안았다. 봄바람이 그렇게 그의 품으로 들어왔을 때, 그는 그제야 '아, 내가 살아 있구나.' 생각했다. 어둠 속에서 희주의 입술을 찾았다. 그렇게 봄바람과 뜨겁게 입맞춤했을 때, 그는 그제야 '아, 내가 살아 있구나.' 생각했다.

길고도 뜨거웠던 입맞춤이 끝나고, 수현이 나직하게 물었다.

"……이런 내가 사랑해도 되겠습니까?"

수현의 질문에 희주는 아무 대답을 하지 않았다. 그 대신 입고 있던 블라우스의 단추를 하나씩 풀어 내려갔다. 부드러운 블라우스의 옷섶이, 땅으로 떨어지는 순백색 치자꽃 잎처럼 하늘하늘 벌어지고 있었다.

어둠 속에서 희주가 무엇을 하는지 알게 되었을 때, 그가 멈칫하며 희주의 손을 잡았다. 물론 그도 그녀를 원하고 있었다. 그 누구보다 간절히, 그 어느 때보다 절실하게. 하지만 정말 이래도 되는 걸까? 그의 한없는 망설임 위로 봄바람이 속삭였다.

"……이런 나를 사랑해줄 수 있어요?"

그 순간, 서로가 서로에게 무너지듯 내려앉았다. 영영 헤어 나오지 못할 만큼 아득한 전율이 그들을 삼켰다. 격하게 몰아치는 그들의 숨결이 서로에게 얽혀들고 있었다. 숨결이 닿는 곳마다 거칠게 일렁이고 있었다.

그녀의 숨결이 격렬하게 뛰는 그의 심장 곁을 스쳐 지나갈 때, 그녀의 심장도 함께 휘몰아치고 있었다. 그 격렬함 때문에 알 수 있었다. '그가 이렇게나 살고 싶어 하는구나' 생에 대한 그의 치열한 집착이 그녀를 흥분하게 했다.

그녀의 온몸을 그의 손가락이 훑어갔다. 사람을 그렇게나 많이 죽였다는 사실이 믿기지 않을 정도로 그의 손은 섬세하고 부드러웠다. 그의 손가락이 지나갔던 자리마다 풀들이, 들꽃들이, 따스한 봄바람이 솟아올랐다. 다시 살겠다고. 다시 살아보겠다고. 그의 온몸에 그녀의 숨결이 흘러갔다. 분노에 중독되어, 살벌한 숨을 내보내며 "그 사람을…… 죽여주세요"라고 외치던 사실이 믿기지 않을 정도로 그녀의 숨결은 따뜻했다.

그들은 그제야 신음을 내보냈다. 쾌락의 정점에서 터져 나오는 정욕의 소리가 아니었다. 그들의 신음은 서로를 향한 신호음이었다. 당신이 거기에 있다는 사실을 확인하고 싶어서. 나의 맨살에 당신의 맨살을 섞고, 당신이 나의 아주 깊은 곳까지 들어와 이렇게 부드럽고 세심하게 어루만져 주고 있다는 사실이 너무나 벅차서, 이제야 엄살을 부리는 것이다.

그들은 여태까지 한 번도 마음 놓고 소리 낼 수 없었던 신음을 이제야 내보내고 있었다. 들어달라고. 듣고 있다고. 내가 이렇게 아팠다고. 힘들었다고. 그들은 서로의 존재만으로도 서로에게 기적이 되는 사람들이었다. 그리고 지금 이 순간, 서로의 기적을 이렇게 힘껏 뜨겁고 간절하게 끌어안고 있었다. 그녀의 가장 깊은 곳에, 그의 모든 것이 머무르고 있을 때 그들이 말했다.

"……사랑해."

"……사랑해요."

그리고 우연이었겠지만 바로 그 시각, 유혜경 화백 살인 사건 25년의 공소시효가 끝났다.

❖

"나 없는 동안 공방 앞 커피집에는 몇 번이나 갔습니까?"

"……맨날 갔어요. 어떤 날은 하루에 두 번도 갔어요."

수현이 질투라도 하듯이 손가락으로 희주의 머리카락을 흩트려 놓는다.

"그뿐인 줄 아세요? 정우성 경위님이 12,000원이나 하는 유기농 유자차도 사줬고요."

"이러다가 옛날 그 남자도 빈났다고 할 것 같습니다."

"어! 나 그 사람도 봤어요."

여태까지 편안한 자세로 누워 있던 수현은 그제야 옆으로 몸을 틀고 희주를 뚫어져라 바라보았다.

"정말 이렇게 나오겠다 이겁니까?"

희주가 소리 내어 웃으며 말했다.

"탈세 혐의로 검찰 조사받으러 들어가는 모습이 뉴스에 잠깐 잡혀서……."

어이없다는 미소를 짓는 수현의 얼굴을 희주가 어루만지며 말했다.

"아무리 생각해도 수현 씨가 가장 근사해요. 숨이 막힐 정도로……."

수현이 희주의 어깨에 입을 맞추었고 그런 수현의 머리를 희주가 부드럽게 쓰다듬었다. 그리고 그들은 사랑을 나누었다.

"애인이 생기면 하고 싶은 일들이 아주 많았어요."

"뭐가 제일 하고 싶었습니까?"

"……지금 우리가 하는 이거. 같이 한 침대에 누워서 밤새 얘기하는 거요."

"또?"

"음…… 같이 마트 가서 장 보는 거. 마트에서 사 온 것들로 집밥 만들어 먹는 거요."

"……내일 같이 합시다."

"내일 마트 갔을 때, 우리 서로 선물도 사주면 안 돼요? 사귄 지 30일 된 기념 선물."

"……연필깎이는 다시는 안 사줄 겁니다."

기적 같은 사랑

기억난다. 그가 사준 연필깎이를 던져서 그를 상처 나게 했던 그 일. 희주가 미안한 표정으로 묻는다.

"……어디에요? 그때 다쳤던 데가."

수현이 아무 말 없이 왼쪽 이마의 흉터를 희주에게 보여준다. 희주가 그 상처 위에 부드럽게 키스를 해준다. 그 키스 위로, 그들은 다시 사랑을 나누었다.

한 명이 잠이 들면, 다른 한 명은 눈으로 사랑을 나누었다. 눈빛만으로도 이 기적 같은 사랑이 내 곁에 있다는 사실이 벅찼다. 잠을 자다가 눈을 떠도, 그 사람이 바로 옆에 있었다. 그 사람의 손길이 여전히 나를 어루만지고 있었고, 그 사람의 숨결이 나를 끌어안고 있었고, 그 사람의 맥박이 나의 맨살 위에서 격렬하게 뛰고 있었다. 꿈이 아니었구나. 이 기적 같은 사랑이 꿈이 아니었구나.

어슴푸레한 새벽이 찾아와 방 안이 빛의 흔적으로 조금씩 물들고 있을 때에야 수현은 다시 그것을 보았다. 희주 목 뒤에 있는 초승달 모양의 빨간 반점. 더는 두렵지도, 떨리지도 않았다. 그것도 그녀의 일부였고, 그는 그녀의 모든 것을 사랑하고 있었다.

수현은 지난 25년 동안 그를 두려움에 사무치게 한 그 초승달에 부드럽게 입을 맞추었다. 그는 자신의 팔을 베개 삼아 조용히 누워 있는 희주에게 나직하게 물었다.

"자고 있습니까?"

"……아뇨."

"어려운 말……, 해도 되겠습니까?"

희주는 말없이 고개를 끄덕였다.

"……사람을 많이 죽였습니다. ……이런 내가 ……끔찍하지 않습니까?"

"나도…… 당신을 죽이려고 했으니까."

대체 누가 누구를 용서할 수 있으며, 누가 누구를 괴물이라고 부를수 있을까? 그런 희주였기에, 그를 더 절실하게 이해할 수 있었을 것이다. 그들은 서로의 영혼을 알아본 것이고, 그 이유로 그들은 서로에게 기적이었다.

"……서울로 돌아가면 자수하고 싶습니다."

수현이 덤덤하게 말했다. 희주가 반대쪽을 보고 있어서 그녀가 어떤 표정을 짓고 있는지 보이지 않았다. 순간 아주 잠시 멈칫하는 그녀의 어깨선만 눈에 들어왔을 뿐. 그녀는 한참 동안 꼼짝하지 않았다. 팔베개를 해주고 있는 수현의 왼팔에 간간이 느껴지는 희주의 숨결만이 아직도 그녀가 살아 있다는 것을 알려주고 있었다.

희주가 천천히 수현 쪽으로 몸을 틀었다. 흉터투성이인 그의 가슴이 그녀의 부드러운 가슴과 맞닿았다. 희주가 청아해진 눈빛으로 수현을 바라보며 환한 미소를 지었다.

"그 전에…… 우리, 여기서 일주일만, 아니, 3일만, 아니, 단 하루라도 좋으니까, 이 세상에 아무도 없고, 우리만 있는 것처럼 살아봤으면 좋겠어요. 아무것도 신경 쓰지 말고."

그 말이 나오기까지 희주가 얼마나 많은 눈물을 억지로 삼켰는지……, 얼마나 많은 흐느낌을 다시 꾹꾹 밀어 넣어야 했는지…… 아무것도 모르는 수현은 그러자고 그저 고개를 끄덕일 뿐이었다.

❖

"형님, 그 새끼 찾았습니다. 정선에서 모친상 치르고 지금 올라오는 중이랍니다. 어떻게 할까요?"

창진에 관한 보고였다.

'이 새끼가 지 엄마가 죽고 나니 눈에 뵈는 게 없었나 보지?'

분노가 밀려들었다. 상기는 하다 하다 이제 이런 조무래기 같은 새끼들까지 자신을 기만하고 있다는 생각이 들었다.

"반쯤만 죽여서 내 앞에 데리고 와."

"알겠습니다, 형님."

"수현이는 어디 있어?"

"형님은 아직 제주도에 계신 것 같습니다."

거슬린다. 역시 무식하고 배운 것 없는 새끼들하고는 같이 일을 하는 게 아닌데. 그는 보고하고 있는 조직원의 무릎을 무자비하게 발로 찼다. 그의 무릎이 휘청거리며 꺾어졌다.

"다시 말해봐."

조직원은 다시 일어나 힘겹게 상기 앞에 섰다.

"……형님은 아직 제주도에 계신 것, 윽!"

그의 말이 채 끝나기도 전에, 이번에는 상기가 그의 복부를 발로 찼다. 그가 힘없이 뒤로 꼬꾸라졌다. 상기는 여전히 분이 풀리지 않는지 넘어져 있는 그의 복부를 몇 번이나 세차게 가격하고는 숨을 고른다.

"다시 말해봐. 가 제주도에 뭐가 있셨다고?"

그제야 무슨 말인지 감을 잡은 조직원이 상기 앞에 힘겹게 무릎을 꿇고 조아리며 말했다.

"……헉헉. 그 새……끼는, 헉헉…… 아직 제주도……에 있습니다. 아직 헉헉…… 그 여자랑 같이, ……헉헉, 있다는 것 같……습니다."

그제야 비로소 흡족한 대답을 들었는지, 상기가 흘러내린 앞머리를 넘기며 말했다.

"그 새끼, 잘 감시해. 수시로 보고하고. 나가봐."

문이 닫히는 소리 위로 적막이 깔린다. 고막이 찢어지는 것같이 시끄러운 적막이었다. 상기는 책상에 있던 모든 것을 내동댕이쳐버렸다. 그러고도 성에 안 차, 골프채를 이리저리 휘두르며 깨트릴 수 있는 모든 물건을 박살 내기 시작했다. 상기의 사무실이 물건의 비명들로 채워졌다.

가만히 생각해보면, 그들의 병적이고도 파괴적인 관계는 시은의 도발로 시작되었다. 상기가 그녀를 처음 만난 건 청운파 형님들을 따라 처음으로 '업소'라는 곳에 갔을 때였다. 흑곰과 둘이 죽을 각오로 백사파를 제압하고 난 직후였다. 그 자리는 흑곰과 상기가 청운파에 들어온 것을 환영하기 위해 만들어진 자리였다. 여자들이 있는 곳이라고 했다. 그런 곳을 처음으로 가본 상기는 잔뜩 긴장해서 정자세로 꼿꼿하게 앉아 있었다. 여자들이 룸의 문을 열고 한 명씩 들어왔다. 짙은 화장과 손바닥만 한 천으로 만든 옷으로 어떻게든 그들의 나이를 가리려 했지만, 여전히 10대 특유의 어린 티를 못 벗은 여자아이들이었다.

여자들은 시키지도 않았는데 각각 남자들 사이로 흡수되듯 들어가 앉았다. 그때 상기 옆으로 들어온 여자가 바로 시은이었다. 시은은 상기 옆에 앉자마자, 그의 허벅지 안쪽으로 그녀의 손을 밀어 넣었다. 마치 이런 일을 셀 수 없이 많이 해봤던 것 같이 익숙하고도 요염한 손가락의 움직임이었다. 상기가 움찔거리며 바짝 긴장하자 시은은 세상에서 제일 재미있는 장면을 봤다는 듯이 고개를 젖히고 깔깔깔 웃어댔다. 하얗고 가느다란 목선에 저절로 눈이 갔다. 자신도 모르게 침을 꿀꺽 삼켰다. 숨 막히게 예뻤다. 세상에서 가장 퇴폐적이고도 아름다운 것을 보는 것만 같았다. 저 여자를 갖고 싶었다. 맹세하건대 바로 그 자리에서 그의 영혼을 악마에게 팔 수도 있을 것만 같았다. 저 여자만 가질 수 있다면.

새벽까지 이어진 청운파의 난잡스러운 파티에서 시은은 단연 돋보였다. 그 누구보다 음란했고, 그 누구보다 많은 남자의 끈적한 손놀림에 휘둘렸고, 그 누구보다 많은 팁을 받았다. 시은은 그 누구보다도 즐거워 보였다. 마치 이 자리를 위해서 태어난 여자 같았다.

그날 밤, 시은은 상기를 자기 방으로 데리고 갔다. 그리고 살랑거리는 눈웃음을 치며 말했다.

"오빠, 아이스 하나 놔줄까?"

필로폰을 하겠냐는 그 바닥의 은어였다. 상기는 아무 저항 없이 고개를 끄덕였다. 상기의 팔뚝을 걷어서 주삿바늘 꽂을 자리를 찾던 시은이 놀란 표정으로 물었다.

"뭐야? 오빠, 작대기 맞는 거 처음이구나?"

상기는 대답하지 않았다. 이런 일이 처음이라는 것이 왠지 부끄러웠다. 미치도록 관능적인 이 여자가 그를 얼뜨기라고 생각할까 봐 두려웠다. 그를 촌스럽다고 비웃을까 봐. 그래서 그를 떠나갈까 봐. 상기는 괜히 성질을 부리면서 시은이 잡고 있던 팔을 뿌리쳐버렸다.

"미친년. 관둬."

시은은 상기 안의 부끄럼 많은 소년을 능숙하게 어르면서 그를 유혹했다.

"알았으니까 화내지 마. 이거 맞으면 좋아. 내가 기분 좋게 해줄게."

그들은 환각 상태에서 몸을 섞었다. 하늘을 날아다니는 것 같은 기분이었다. 태어나서 이렇게 좋았던 적이 있었던가. 지금 죽더라도 여한이 없을 만큼. 아니, 차라리 가장 행복한 지금 이 순간 죽어버렸으면 좋겠다는 생각이 들 만큼. 이 쾌락이 마약 때문인지, 시은 때문인지 도무지 구분이 가지 않았다. 그것들에 대한 구분이 대체 무슨 의미가 있겠나 싶기도 했다.

상기는 필로폰과 시은에 빠르고도 지독하게 중독되어갔다. 망가져가는 사람들이 동지를 만나면 그 파괴력에 가속이 붙기 마련이었다. '나만 망가지는 것이 아니야.' 하는 생각에서 오는 끈끈한 연대감과 '내가 이렇게 된 건 다 너 때문이야.' 하는 생각에서 오는 나른한 안이함 때문이었다. 서로의 존재는 서로에게 커다란 위안이 되었다. 그 위안이 독인지도 모르고, 아니면 독인 것을 알면서도 기꺼이 서로를 부둥켜안고 있었다.

그들이 사는 세상은 꿈꾸는 자들을 증오하는 곳이었다. 그곳은 지금 죽어도 여한이 없는 세상이었고, 차라리 지금 죽는 것이 나을지도 모르는 세상이었기 때문이었다. 그 바닥 사람들 중에 내일을 준비하는 자는 아무도 없었다. 그들에게 '내일'은 금기어였다. 그들은 '내일'을 염원하는 얼뜨기들의 '내일'을 무조건 짓밟아 놓았다. 그래야 비로소 그들의 '오늘'을 살아갈 수 있기 때문이었다.

어쩌면 그래서 상기는 더 시은을 사랑했는지도 몰랐다. 그녀와는 '지금' 그리고 '오늘'만 존재했으니까. 그녀와의 사랑은 강렬했고, 자극적이었고, 치열했고, 절박했다. 오늘을 넘기지 못하고 죽을 수도 있는 자들의 삶 같은 나날들이었다. 코를 찌르는 피의 악취로 가득한 이 하루를 가까스로 생존해내면, 그다음은 꿈꾸듯 몽실거리는 안개 같은 시간이 그를 기다리고 있었다. 시은의 몽롱한 눈빛과 약 기운 때문에 몽롱해진 그녀의 목소리만이 그의 온전한 구원이 되었다.

'내일'이 없던 상기의 세상에 균열이 생기기 시작한 건 시은을 만나기 시작한 지 2년이 조금 넘어서였다. 여느 날과 다르지 않던 늦은 오후였다. 새벽에 일을 끝내고, 업소에서 장만해준 시은의 숙소에 돌아와 함께 필로폰에 취해 뒹굴며 시간을 보냈다. 그들이 가까스로 정신을 차렸을 때는, 이미 해가 뉘엿뉘엿 저무는 초저녁이었다. 붉은 기 감도는 햇살이 숙소의 창문 사이를 파고들어 벌거벗고 자던 시은의 가슴에 음영을 만들었다. 그는 시은의 가슴에 거칠게 키스하며 자리에서 일어났다.

상기는 습관적으로 TV를 켜놓고 샤워를 시작했다. 시은은 그렇게 TV 소리를 들으면서 잠에서 깨는 것을 좋아했다. 딱딱한 알람시계 소리는 옛날 끔찍했던 고아원에서의 시간늘을 생각나게 한다며 소름을 끼치게 싫어했다. 샤워를 끝내고 나오니, 시은이 뚫어지게 TV를 보고 있었다. 너무 뚫어지게 보고 있어서, 눈가가 벌겋게 부어버린 것 같았다.

"뭔데 이렇게 열심히 보고 있어?"

상기가 물어봐도 아무런 대답이 없었다. 화면에는 일일 드라마였는지, 다큐멘터리였는지 기억도 가물가물한 프로그램이 나오고 있었다. 소녀 가장인 누나 혼자서 나이 어린 동생 여럿을 키우며 돌보는 구질구질한 이야기인 것 같았다.

"뭐 이런 쓸잘데기없는 걸⋯⋯." 하면서 상기가 채널을 돌리려는데, 시은의 음산하고도 살벌한 목소리가 들려왔다.

"미친 새끼야, 채널 돌리기만 해."

시은은 울고 있었다.

그다음 날부터 시은은 서서히 변해가기 시작했다. 그녀는 업소 매니저였던 상기에게 룸에서 더 이상 일을 하지 않게 해달라고 부탁했다. 그 대신 주방에서 열심히 일하겠다고. 상기는 선선히 그러라고 했다. 다른 사람들보다 월급을 두 배로 주는 것도 잊지 않았다. 시은은 또 업소에서 마련해준 숙소에서 나가서, 단칸방이라도 좋으니 혼자 살 수 있는 조그만 방을 하나 구해야겠다고 했다. 상기는 선선히 자신이 모아둔 돈을 보태주었다. 조금이라도 더 넓고 좋은 방을 구할 수 있게.

그녀는 발한증 때문에 온몸을 벌벌 떨고, 피가 날 때까지 손톱을 물어뜯고, 근육통 때문에 괴로워 꽥꽥 소리를 지르고, 괴로움에 떨다가 스스로 자해를 하면서도 그 끔찍한 마약 금단 현상을 결국 혼자

힘으로 이겨냈다.

변해가는 시은을 바라보면서, 상기의 마음은 경외와 질투와 무기력함으로 적절하게 뒤섞이고 있었다. 그는 여전히 피를 뒤집어쓰며 어떻게든 형님들의 눈에 들어보려고, 청운파의 더러운 일들을 도맡아 하고 있는데. 그는 여전히 마트에서 우유를 사는 것보다도 더 쉽게 마약을 구할 수 있는 이곳에서 이렇게 오늘도 뒹굴고 있는데. 약을 하지 않으면 한순간도 마음 편히 쉴 수가 없어 오늘도 이렇게 환락 속에 그 자신을 기꺼이 내어놓고 있는데. 오늘도 '내일'이 오지 않을 것처럼 지금 이 순간을 비참하게 살아내고 있는데. 시은은…… 이모든 비루한 것들에서 서서히 떠나가고 있었다. 혼자만 도망치고 있었다. 아니, 이미 시은은 '내일'로 훌쩍 떠나버린 것만 같았다. 그의 몸과 영혼을 이토록 망가뜨려 놓고, 혼자서만 흥겨운 콧노래를 부르며 '내일'로 떠나버린 것이다. 뭔가 말로 형용할 수 없는 불안이 상기를 엄습하기 시작했다. ……무엇이 그녀를 이토록이나 독하게 만들고 있는가?

얼마 지나지 않아 곧 알게 되었다. 그녀에게 '내일'을 꿈꾸게 하는 그 대상, 동시에 상기에게 죽음같이 지독한 상실감을 안겨줄 그 대상이 무엇이었는지.

"고아원에 있는 동생을 데리고 와야겠어."

어느 날 오후, 시은이 그에게 말했다. 그때 처음으로 보았다. 시은의 고결한 눈빛. 그녀의 눈빛이 너무나 거룩하고 찬연하여 숨이 쉬어지지 않았다. 그때 상기는 그녀에게 동생이 있다는 것을 처음으로 알게 되었다. 직감할 수 있었다. 자신은 이미 그 동생이라는 새끼를 증오하고 있다는 것. 그녀에게 '내일'을 꿈꾸게 한 그 새끼. 그래서 그의 '오늘'을 강탈해 간 바로 그 개새끼.

솔직히, 돌이켜보면 그리 나쁘진 않았다. 수현이 오고 나서 처음 몇 달은. 시은은 몇 번이나 상기를 설득하려 했다. 조직에서 나와서 이렇게 셋이 오손도손 살자고. 그때는 정말이지, 그럴 수 있을 것 같았다. 평범하고 소박하고 행복하게 트럭 과일상이라도 하면서 살 수 있을 것 같았다. 그때가 인생에서 처음이자 마지막으로 그가 '내일'을 꿈꾸던 시간들이 아니었을까?

그가 '내일'을 꿈꾸고 있다는 사실을 감지한 청운파 조직원들은 그를 가만두지 않았다. 그를 비겁하다고 비웃었고, 죽이겠다 협박했다. 그를 죽이겠다는 협박이 그다지 효과적이지 않다는 것을 알게 된 조직원들은 시은을 없애버리겠다 협박했다. 상기의 머리가 점점 더 복잡해졌다.

정말 이 방법밖에는 없는 걸까? 조금만, 아주 조금만 더 힘을 키우면, 그때는 그도, 시은도 구할 수 있을 것 같았다. 아무도 시은에게 손을 못 대게 할 수 있을 것 같았다. 조금만, 아주 조금만 그의 세력을 확장하면⋯⋯. 그럼 그때 시은이 원하는 대로 소박하고 행복하게 살 수 있지 않을까?

그러다가 그 일이 터졌다. 수현이 업소에서 할 만할 일을 찾아봐달라고 상기에게 부탁했다는 사실을 시은이 알게 된 것이다. 시은은 상기에게 한바탕 난리를 쳤다. 미친 새끼, 죽으려면 약이나 빨다가 혼자 죽으라고. 그런 더럽고 냄새나는 곳에서 너 같은 인간이나 천년만 년 잘 먹고 잘살라고. 왜 자기의 인생을 망쳐놓은 것도 모자라 수현 의 인생까지 망쳐놓으려고 하느냐고.

기가 막혔다. 어이가 없었다. 제가 언제부터 그렇게 고귀했다고. 마치 자신은 그런 곳에 한 번도 발을 디딘 적이 없었던 것처럼. 마치 자신은 미친 듯이 젖가슴을 흔들어대며, 농염한 손놀림으로 남정네 의 허벅지를 아무렇지도 않게 만져대던 적이 한 번도 없었던 것처럼. 마치 그에게 "이거 맞으면 좋아. 내가 기분 좋게 해줄게." 실실거리며 필로폰을 놔준 적이 없었던 것처럼.

"너였어. 내 인생을 망쳐놓은 건!"이라는 소리가 목구멍까지 솟구 쳤지만, 꾹 넘겨버렸다. 그랬다간 그녀가 눈앞에서 신기루처럼 사라 질 것 같았다. "너를 살리려고 내가 지금 어떤 지옥에서 사는지 알 아?" 하고 소리치고 싶었지만, 그것도 꾹 넘겨버렸다. "그렇게 생색 내려면, 그냥 죽어버려"라고 그녀가 비아냥거릴 것 같았다.

그는 세상에서 가장 비참한 얼굴을 하고 터벅터벅 옥탑방의 계단 을 내려갔다. 계단 밑에서 아무것도 모르는 말간 얼굴을 하고 그들의 대화를 엿듣고 있는 수현을 발견했을 때 상기는 부끄러웠다. 그리고 부끄러워졌다는 사실에 곧 주체할 수 없는 분노가 치밀었다.

❖

생각해보면, 어쩌면 알고 있었을지도 몰랐다. 곰보 일당이 수군수 군대던 그 인. 간간이 시은이 이름을 듣기도 했던 깃 같고, 간간이 유혜경 화백의 이름이 나왔던 것 같기도 했다. 하지만 그냥 신경을 꺼버렸다. 그의 인생을 망쳐놓은 장본인이 그의 망가진 인생을 비웃고 있었다. 상기는 시은을 경멸하고 증오했다. 그녀를 죽여버리고 싶었다. 어쩌면 원하고 있었는지도 몰랐다. 곰보가 시은을 망가뜨려 놓으면, 다시 그녀가 그에게 돌아오지 않을까? 그럼 그들은 또다시 '내일'이 없는 삶을 살 수 있지 않을까? 그렇게 해서라도 다시 그녀를 가질 수만 있다면…….

한참 후에나 정신이 들었다. 미친 듯이 빗속을 뛰어갔다. 시끌벅적하게 공사장을 떠나는 곰보 일행과 맞닥뜨렸다. 그제야 심장이 쿵 떨어졌다. ……이미 끝났구나. 끔찍한 그 일.

"애인 찾으러 왔냐? 조금 일찍 왔으면 너도 했을 텐데. 아니 지금 가도 할 수는 있겠다."

번들거리며 낄낄거리는 곰보의 상판대기를 날려버리고 싶었지만, 상기는 간신히 참아냈다. 복수는 나중에 해도 늦지 않다. 아니, 그것보다도…… 나에게 복수를 할 자격이 있던가? 심장 박동수가 점점 더 빨라졌다. 미칠 것만 같았다.

시은아, ……시은아.

급하게 뛰어들어간 자리에…… 그녀가 있었다. 약에 취해 반쯤 해롱거리는 그녀의 모습이 눈물 나게 반가웠다. 그녀의 이런 모습을 얼마나 그리워하고 있었는지……. 이제야 이렇게 다시 내 곁으로 돌아와 주었구나.

"시은아!"

절박하게 그녀의 이름을 부르는 상기를 그녀가 텅 빈 눈빛으로 바라보고 있었다. 그러다가 오래되어 색깔이 변색해버린 가래침을 내뱉듯 그에게 퍼부었다.

"……이 시발…… 새끼. 하아…… 하아…… 너도 하러 왔냐?"

시은에게로 다가가던 그의 발이 그 자리에서 그대로 굳어버렸다.

"놀란 척 하, 하지 마. 토 쏠리니까. 하아…… 하아…….”

'널 구하러 여기까지 온 거야!'라고 외치고 싶었지만, 차마 입 밖으로 소리를 낼 수가 없었다. '정말 나는 이 여자를 구하러 여기까지 온 건가?' 하는 의문이 들었으니까.

"……너도 똑같아. 너도 겨, 결국…… 개새끼잖아.”

시은이 악에 받쳐 소리 질렀다. 모멸감이 그의 목을 죄고 들어왔다. 배신감이 그의 모든 신경을 마비시키기 시작했다.

"니가 나한테 이러라고 시킨 거지? 이 미친 새……"까지만 들렸다. 그다음엔 철근 콘크리트가 쓰러지는 소리 때문에 더 이상 시은의 소리를 들을 수가 없었다. 그 철근 콘크리트를 그녀 위로 쓰러트린 건 바로 배신감과 모멸감에 부들부들 떨고 있던 그의 두 손이었다.

그러고 나서 상기는 천천히 몸을 돌려, 조용히 그 비극의 장소를 떠났다.

"……오……빠, 살려줘"라고 애원하던 시은의 소리를 들었던가? 아니면 그녀가 그렇게 비굴하게 애원해주기를 바라던 상기의 허상이었던 걸까? 도무지 구분되지 않았다. 그것들에 대한 구분이 대체 무슨 의미가 있겠나 싶기도 했다.

싱기는 눈을 감았니. 눈을 감은 그곳에 시은의 잔상이 아른거렸다.

그를 보고 환하게 웃고 있었다.

'시은이가 저렇게 웃고 있는 모습을 분명히 봤는데, 어디였지?'

곰곰이 생각하다 알게 되었다. 바로 시은의 영정 사진에서였다. 세상 사람들에게 가장 아름다운 모습의 그녀를 기억하게 하고 싶어서 정성스럽게 준비해둔 사진이었다. 자연스럽게 바로 그다음 잔상이 떠올랐다. 그 영정 사진 옆에서 주체할 수 없는 살기를 내뿜어대던 수현의 모습이었다.

"아아아악!"

상기는 소스라치게 놀라며 자리에서 일어났다. 시은의 장례식에서 수현을 보고 난 후부터 도무지 잠을 잘 수 없었다. 수현이 언제 그를 죽이러 올지 몰라서 불안했다. 수현이 어떻게 타깃을 제거하는지 누구보다도 잘 아는 상기였다. 타깃이 '내가 지금 죽겠구나' 하는 사실을 감지하는 데는 보통 2분이 채 걸리지 않는다고 했다. 어떤 타깃은 끝내 자신이 죽는다는 사실을 알지 못한 채 평화롭게 죽었다고도 했다. 그 사실이 상기를 더 불안하게 만들고 있었다.

며칠 전에는 현수에게 전화가 왔다.

"지난번에는 상기 형님이 나한테 수현 형 라이터를 흑곰 살인 사건 현장에 두고 오라고 하더니, 이번에는 수현 형이 상기 형님 동선을 파악해놓으라고 하고. 둘이 싸우기라도 하는 겁니까? 이러다가 괜히 나만 중간에 끼어서 엿 먹는 거 아닌지 기분이 영."

현수는 껌을 쫙쫙 씹으면서 자기 일이 아니라고 아무렇지도 않게 너스레를 떨었다. 몸조심하는 게 좋을 거라고.

그때부터 상기의 뇌 속이 온통 까맣게 변하기 시작했다.

"······여태까지 누나를 돌봐주신 점, ······감사하게 생각하고 있습니다."

시은의 장례식에서 만난 수현이 이렇게 말했을 때, 상기를 순간 귀를 의심했다. 그들이 사는 이 세계와는 어울리지 않는 문법이었다. 불길한 이질감이 상기의 머릿속을 파고들었다.

'······이 새끼, 대체 무슨 생각을 하는 거야?'

수현에게 죽음에 관한 모든 것을 가르쳐준 임 선생은 소싯적 '신사 킬러'라는 별명을 가지고 있던 자였다. 그는 늘 생도들에게 타깃의 인생에서의 마지막 순간을 최대한 신사답고 정중하게 대해주어야 한다고 가르친다고 했다. 상기의 온몸에 소름이 끼쳤다. 수현은 그래서 자기에게 감사하다는 인사를 한 거였다. 그의 인생의 마지막을 최대한 신사답고 정중하게 대해주려는 것이다.

"······인사드리러 한번 찾아뵙겠습니다."

수현이 그에게 한 마지막 말. 그건 선전포고였다.

'······곧 그가 오겠구나. 나를 죽이러.'

그가 맞이하게 될 죽음에 관한 이미지들이 주마등처럼 뇌리를 스쳐 지나갔다. 평소대로 졸레타놀을 쓸까? 그건 너무 쉽다고 생각하겠지. 심장에 칼을 꽂을까? 그 변태 고아원 원장에게 했던 대로? 그것도 성에 차지 않은 듯, 미친 듯이 마구 후벼넣겠지. 내가 죽기도 전에 내 얼굴에 침을 뱉겠지. 죽어가는 내 몸을 마구 짓밟아대겠지.

그의 두려움은 곧 그의 광기가 되어버린다. 그의 광기가 속삭이고 있었다. 이 모든 비극적인 사건들의 더할 나위 없이 완벽한 결말에 관하여.

'그가 나를 죽이기 전에, 내가 그를 먼저 죽여버리면……'

　상기 자신의 생각이었는지, 두려움의 속삭임이었는지 도무지 구분이 가지 않았다. 그것들에 대한 구분이 대체 무슨 의미가 있겠나 싶기도 했다.

영원한 평화 위에

그들의 3일간의 기억. 목이 쉴 때까지 수다 떨기. 목이 너무 아파 뜨거운 꿀물을 마셔가면서도 계속 이야기하기. 신혼부부인 척하기. 햇살 좋은 게스트하우스 평상에 함께 누워 낮잠 자기. 같이 TV 보며 깔깔 소리 내어 웃기. 바다가 보이는 카페에 앉아 하루해가 어떻게 지나가는지 가만히 보고 있기. 해가 지고 어둑해진 갈맷빛 바닷가를 아무 말 없이 걷기. 한 우산 아래에서 천천히 비 오는 비자림 산책로 걷기. 서로의 체취와 서로의 정적에 익숙해지기. 그의 모든 모습을 사진으로 찍어두기. 시계 보지 않기. 몇 시인지 묻지 않기. 며칠인지 묻지 않기. 3일을 영원인 것같이 보내기.

그들은 초침이 한 자리씩 자리를 바꾸는 순간마다 서로에게 가장 진심이려고 노력했다. 그리고 어느 순간, 저절로 깨닫게 되었다. 보지 않아도, 보이지 않아도, 늘지 않아도, 말하지 않아도, 이느새 서로의 진심을 알 수 있게 되었다고. 그저 지나치는 눈빛과 사소한 몸짓으로도 서로의 진심을 알 수 있는 이 순간이 영원했으면 좋겠다고.

❖

〈아홉 번째 미술치료 - 11월의 세 번째 수요일〉

숨 막히게 아름다운 자연을 제대로 표현해내지 못해 언제나 슬퍼했다는 러시아의 화가 이삭 레비탄의 작품 〈영원한 평화 위에〉의 풍경과도 같은 시간이 잔잔하고도 따스하게 흘러가고 있었다.

제주도에서의 마지막 아침, 모닝커피를 사러 나갔던 희주가 커피 대신 손에 무엇인가를 잔뜩 들고 게스트하우스로 돌아왔다. 깨진 화분 조각들이었다. 의아한 표정을 짓는 수현에게 희주가 대답했다.

"우리 게스트하우스 바로 옆에 도자기 공방이 있는 거 알았어요. 굽다가 깨진 화분들을 버리려고 해서 제가 달라고 했어요."

희주는 조심스럽게 깨진 화분의 조각들을 능숙한 손놀림으로 맞춰나갔다. 수현이 그녀가 맞춘 조각들을 단단하게 고정하고 있으면, 희주가 공방에서 빌려왔다는 접착제로 조심스럽게 파편들을 붙였다. 여전히 커다란 금이 가 있고, 여기저기 메꾸어지지 않은 불완전한 모습의 화분이었다. 깨어진 조각들이 그저 아슬아슬하게 서로를 지탱하고 있는 것 같았다. 하지만 그들의 손을 거치자 산산조각이 나서 아무짝에도 쓸모없어 보이던 파편들이 점점 화분의 모양을 갖춰나가기 시작했다.

희주는 어디선가 가져온 분필로 화분 위에 커다란 동그라미를 그렸다. 그리고 수현에게 분필을 쥐여주며 동그라미 안에 그가 그리고 싶은 것을 자유롭게 그려보라고 했다. 만다라(mandala)를 그리려는 것이었다.

만다라는 '본질'을 의미하는 '만다(manda)'와 '소유'를 의미하는 '라(la)'가 합쳐져 만들어진 고대 산스크리트어의 단어다. 마음으로 본질을 얻는 것, 혹은 마음속의 진실함을 갖추는 것이라고 정의할 수 있다. 만다라를 그린다는 것은, 그 순간 우리가 누구인지를 알게 해주고, 우리가 살아가는 이 현실을 새롭게 받아들이게 해주면서, 분열된 심상을 하나로 모을 수 있게 해준다. 이런 시간들을 통해 우리는 내면의 평화를 만들어가고, 더 나아가 생명의 의미와 기쁨을 되찾는 것이다.

온 세상이 고요히 그들의 대화에 귀를 기울이기 시작했다. 그제야, 조금은 겸허하게 죽음에 대해, 또 삶에 대해 이야기를 나눌 수 있었다.

"이제야 죽는다는 게 두렵습니다."

그가 의외로 솔직하게 그의 여린 모습을 내보였다.

"나도요……. 그러니까 꼭 살아주세요."

그건 수현에게 한 말이라기보다는, 그녀 자신에게 되뇌는 자기최면 같은 말이었다. 그렇게 말해야, 그가 살 수 있을 것 같았고, 그녀 스스로 계속 살아갈 수 있을 것 같았다.

"나를 어떻게 용서했습니까?"

"아직도 완전히 용서하지는 못했어요. 가끔 숨 막히게 미워요."

의식의 끈을 놓아버리면, 어느새 그 끈은 자연스럽게 분노와 증오를 향해 달려나가기 시작한다. 그곳이 자신의 안식처라도 된다고 여기는 것 같았다.

"그런데 어떻게 나하고 이렇게 있을 수 있습니까?"

"……당신의 고통에 공감했으니까. 그래서 매일 조금씩 더 용서하려고 노력해요. 그러면 언젠가는 당신이 우리 엄마를 죽인 사람이라는 것을 기억해내도, 괜찮을 날이 올 것 같아서."

상처가 남긴 보기 흉한 흉터에 관해 이야기를 나눈다.

"당신에게 우리 엄마를 용서해달라는 말을 나는 차마 할 수가 없어요."

"……내가 그분을 용서할 자격이 있습니까?"

"이 세상에서 유일하게 우리 엄마를 용서할 자격이 있는 사람이 있다면…… 그건 당신이에요."

"……용서하겠습니다. 나도 매일 조금씩."

"가끔 생각해요. 엄마가 그런 끔찍한 일을 벌이지 않았다면, 우리의 인생이 어떻게 됐을까? 우리가 이렇게 비극적으로 만났을까?"

"비극적으로 만났지만, 우리가 이렇게 이겨내고 있으니까 괜찮다는 생각이 듭니다."

누구를 위한 만다라일까. 어느새 화분은 희주의 손에 들어와 있었다. 초록빛 꽃잎을 그린다. 하늘빛 나비를 그린다. 노란빛 햇살을 그린다. 분홍빛 향기를 그린다. 소망을 그린다. 기쁨을 그린다. 삶의 뜨거운 의미를 그린다. 화분은 여전히 상처투성이였다. 지금 산산이 부

영원한 평화 위에

서져도 전혀 이상하지 않을 만큼 커다랗고 흉한 금이 여기저기 나 있
었다. 조각들은 아슬아슬 서로를 의지하며 붙어 있다.

　이 화분이 다시 쓰일 수 있을까? 이 화분에서 다시 꽃을 피워낼 수
있을까? 이 화분이 다시 생명을 담아낼 수 있을까? 질문은 소망이 되
고, 소망은 생에 대한 간절한 의지가 되었다.

❖

　그들은 밤 비행기로 서울에 다시 돌아왔다. 검은 서울의 하늘이 그
들의 귀환을 묵묵히 반겨주고 있었다. 시리고 텁텁한 공기가 폐 속을
한 바퀴 돌았을 때에야, 드디어 꿈이 끝나고 현실이 시작되었다는 것
을 알 수 있었다.

수현은 제주도에 있을 때 내내 꺼놓았던 휴대전화의 전원을 다시 켰다. 기계음이 울리며 문자가 몇 개 들어오는 소리가 들렸다. 문자를 확인하던 수현의 표정이 굳어지고 있었다.

"혹시, 오늘 일산 집 말고 다른 곳, 가 있을 곳 있습니까? 가족 아니면 친구 집이라도 좋습니다."

"선미네 집으로 가면 돼요. ……무슨 ……일인데요?"

"지금 바로 거기로 데려다주겠습니다. 그리고 정우성 형사에게 희주 씨 신변 보호 요청해놓을 테니, 정 형사가 올 때까지 한 발짝도 집 밖으로 나가면 안 됩니다."

희주는 수현의 팔을 끌어당겼다. 예전 같았으면 바로 그 크고 반짝이는 눈에서 곧바로 눈물을 흘렸을 것이다. 하지만 희주는 울지 않았다. 오히려 눈빛을 더 견고하게 만들어가고 있었다.

"대체 무슨 일인데요?"

"……가봐야 할 곳이 생겼습니다."

희주는 더 이상 묻지 않고 결연한 목소리로 말했다.

"기다릴게요."

희주를 선미의 오피스텔 대문 앞에서 내려주고, 다시 차로 돌아온 수현은 휴대전화의 키패드를 천천히 누르기 시작했다.

연결 신호음이 들리고, 곧 상기의 음산한 목소리가 들려왔다.

[문자를 이제야 봤나 보군.]

"창진이는…… 살아 있습니까?"

[뭐, 아직은. 앞으로 한 시간 정도는 살아 있을 예정인데, 그다음은

니가 어떻게 하느냐에 따라서.]

수현은 눈을 질끈 감았다. 그러고는 곧 이를 꽉 물었다. 그의 날카로운 턱선이 살벌하게 보일 정도로 도드라지고 있었다.

"어디십니까? 제가 그쪽으로 가겠습니다."

❖

수현은 인천 수성항에 있는 어선수리소로 가고 있었다. 공교롭게도 몇 개월 전 '드럼통'을 살해했던 곳이었다. '상기 형이 나를 죽이려고 하는 걸까?'라는 질문을 시작으로 무수한 질문들이 꼬리에 꼬리를 이었다. 휴대전화로 보내준 창진의 모습은 처참했다. 왜 상기는 그를 저 지경으로 만든 걸까? 혹시 누나가 살아 있다는 것을 자기에게 알려준 것 때문에? 언제부터 상기 형이 저렇게 된 걸까? 무엇이 저토록 그를 분노하게 하는 건지 도무지 이해할 수가 없었다.

상기가 기다리고 있는 그곳에 가면 무슨 일이 일어날지 두려움이 엄습했다. 아무런 방책도, 계획도 없었다. ……상기는 대체 무슨 생각을 하는 걸까? ……다시 희주를 볼 수 있을까? 어떻게든 살아서 다시 희주에게 돌아왔으면 좋겠다고 생각했다.

……상기는 창진을 죽이려는 걸까? 창진을 살릴 수 있을까? 끝도 없는 질문들이 떠올랐다. 수현은 애써서 그를 불안하게 만드는 생각들을 밀어내 버렸다. 생각을 멈추자, 심장이 비로소 고요해지기 시작했다. 흔들리는 네온사인들로 가득 차 있는 서울의 도심을 검은 세단 하나가 껍실 싯 같이 고요하게 지나가고 있었다.

❖

수성항에 도착했을 때는 이미 바다가 때 이른 새벽 냄새를 풍기기 시작할 무렵이었다. '드럼통'이 죽어가면서 내뱉었던 스산한 숨소리가 바로 옆에서 들려오는 것 같아 수현은 몸서리를 쳤다.

수현이 천천히 부둣가 쪽으로 걸어 들어가자 상기 밑에 있는 청운파 조직원들이 피에 굶주린 하이에나처럼 그를 에워싸기 시작했다. 모두 침을 흘리며 그를 기다리고 있었다는 몸짓이었다. 그가 죽어버리면 다들 썩어들어 가는 그의 몸뚱어리를 물어뜯기라도 할 기세였다.

하이에나 무리의 끝에 상기가 서 있었다. 하얀색 담배 연기가 그의 손가락 사이에서 고독하고도 무심하게 피어나고 있었다. 상기의 오른쪽으로 주검이나 다름없는 창진의 모습이 보였다. 창진의 얼굴이 온통 음험한 피의 색으로 뒤덮여 있었다. 피투성이의 창진이 어렵게 눈을 떴다가, 수현이 이곳에 와 있다는 사실을 알고 다시 질끈 눈을 감았다.

수현은 자신도 모르게 주먹을 꽉 쥐었다. 그 주먹 안은 금세 상기를 향한 악의로 채워졌다. 자신을 향한 상기의 뿌리 깊은 증오를 감지했기에 생겨난 조건반사적인 행동이었다. 창진이 상기의 손에 있는 한 공격은 무리였다. 그는 주머니에 늘 가지고 다니는 포켓 나이프를 땅으로 던져버리고, 두 손을 허공으로 드러내 보였다. 상기를 해칠 의도가 전혀 없다는 것을 보여주기 위한 제스처였다. 창진은 완벽한 패배자의 몸짓을 하고 있는 수현을 보고 절망스러운 듯 고개를 떨궜다.

"장례식은?"

"……형님 덕분에 잘 마치고 돌아왔습니다."

진심이었다. 상기는 시은의 영정 사진이며 최고급 수의며 향나무 관까지, 그녀의 장례식을 위한 모든 것들을 완벽하고도 정성스럽게 준비해놓고 있었다. 덕분에 시은의 장례식을 순조롭게 진행할 수 있었던 것은 엄연한 사실이었다. 하지만 뒤틀릴 대로 뒤틀린 상기의 귀에 수현의 진심이 곧이곧대로 전해질 리 없었다. 그는 왼쪽 눈을 씰룩거렸다. 점점 더 불안해지고 있다는 뜻이었다.

"서울에 오면 나에게 할 말이 있다고 했던 것 같은데……."

"형님과 둘이서 조용히 이야기하고 싶습니다. 일단 창진이부터 풀어주시면……. 모든 게 제 불찰입니다. 제가 다시 교육시키겠……"

수현은 시작했던 문장을 제대로 끝낼 수 없었다. 상기가 피우던 담배를 수현의 가슴에 지지기 시작했기 때문이었다. 하얀 와이셔츠가 거뭇하게 타들어 가고, 곧 살이 타는 냄새가 콧속을 파고들었다. 수현에게 정신이 번쩍 들 만큼 아릿한 고통이 몰려들었다.

"건방진 새끼."

수현은 신음을 속으로 삭이면서 다시 한번 상기에게 조아렸다.

"창진이 먼저 보내주시고, 그다음에……."

문장이 끝나기도 전에 그에게 날라온 건 상기의 발길질이었다. 수현은 그 자리에서 바로 앞으로 고꾸라졌다.

"이게 아직 정신을 못 차렸나?"

상기가 조직원들에게 눈짓을 보내자 그의 눈짓을 받은 이들이 집 난으로 수현을 폭행하기 시작했다. 피가 니올 수 있는 모든 구멍이 피를 쏟아내는 것 같은 처절한 광경이었다. 속수무책으로 당하고만 있는 수현을 창진이 안타까운 눈으로 바라보다가 정중하고도 비장한 목소리로 외쳤다.

"……형님, 그동안 모실 수 있어서 …… 좋았습니다."

상기의 조직원들이 그가 대체 무슨 말을 하는 건지 제대로 이해하기도 전에 창진은 몸을 돌려 바다 쪽으로 힘겹게 뛰어가기 시작했다.

"……저 미친 새끼, 잡아!"라고 외치는 상기와 "안 돼!"라고 외치는 수현의 음성이 무색해질 정도로 순식간에…… 창진은 바다로 몸을 던졌다.

풍덩.

검은 바다가 남자 하나를 삼키는 소리가 을씨년스럽게 들려왔다. 조직원들이 바다 쪽으로 달려갔지만, 이내 허탈한 표정으로 상기 쪽을 바라보았다. 그러나 그들의 시선이 닿은 곳에는 경악을 금치 못할 장면이 기다리고 있었다. 땅에 던졌던 자신의 포켓 나이프를 다시 손에 넣은 수현이 그 칼의 끝을 상기의 목에 들이대고 있었던 것이다.

모든 것이 순식간에 이루어진 일이었다. 수현은 상기의 목에 칼을 들이대는 자신의 손을 저주했다. 맹세하건대 이러려고 이곳에 온 것은 아니었다. 상기를 놓아주려고, 그를 용서한다고 말하려고 온 거였는데……. 하지만, '생존'하는 법에 최적화되어 있었던 그의 몸은 어느새 본능적으로 살아낼 수 있는 최선의 선택을 하고 있었던 것이다.

"……너, 이 새끼."

"……해칠 생각 없습니다. 조용히 이야기했으면 좋겠습니다. 사람들을 좀 물려주시면……."

"어차피 나 죽이려고 온 거 아니었나? 애들 사라지면 그때 죽이려고? 지금 죽여! 어디 한번 죽여보라고!"

일이 점점 더 틀어지고 있었다. 한 번 금이 가기 시작한 유리처럼, 균열의 각도가 점점 더 벌어지고 있었다. 수현과 수현의 손에 쥐고 있는 칼과 그 칼이 겨누고 있는 상기와 청운파 조직원들 사이에서 팽팽한 기 싸움이 시작되었다. 지금 그 누구도 소리를 내거나, 조금이라도 움직였다간 모든 것이 다 파괴될 것만 같은 분위기였다. 그들의 위태로운 숨소리가 흰 입김이 되어 검은 바다 안개에 소리 없이 흡인되고 있었다.

휘이익.

그때 이 불길한 적막에 어울리지 않는 경쾌한 휘파람 소리가 들려왔다. 수현은 여전히 긴장을 유지한 채, 그의 시선을 휘파람 소리가 나는 곳으로 서서히 옮겼다.

"헐. 분위기 대박."

현수가 그 특유의 톤으로 느릿느릿 말하면서 점점 더 가까이 다가오고 있었다.

'……현수가 여기에 왜? 설마 나를 도우러 온 건가?'라는 생각이 채 입력되기도 전에 현수 뒤에 따라 들어오는 검은 실루엣이 수현의 눈에 늘어왔다. 희주였다. 손이 묶이고 입은 테이프로 막힌 채 현수에게 끌려오고 있었다.

'⋯⋯저 여자가 왜 여기에?'

그 짧은 순간에도 수현은 끝까지 현수를 믿고 있었다. 아니, 믿고 싶었다. 아주 잠시 흑곰의 살해 현장에 자신의 라이터를 놔두고 온 자가 현수가 아닐까 의심했던 적이 있었지만, 수현은 곧 현수를 의심했던 자신을 자책했다. 그럴 리 없다고. 자신의 목숨을 구해준 이에게 그럴 리가 없다고. 그들이 아무리 괴물들의 세상에 살고 있다 해도, 그것이 서로에 대한 가장 기본적인 예의라고 생각했다. 이번에도 현수를 믿을 것이다. 저 여자를 위험에서 구출해낸 것이라 믿을 것이다.

하지만 그 어리석고 무모한 믿음은 그가 피 섞인 호흡을 끝까지 채 내쉬기도 전에 산산조각 나버렸다. 현수는 희주를 청운파 조직원들에게 순순히 내어주고 있었다. 조직원 하나가 거칠게 희주의 어깨를 잡아끌었다. 희주는 겁에 질린 모습이 역력했지만 애써 의연하게 행동하고 있었다. 그런 그녀의 모습에 수현의 가슴이 더욱 저며왔다. 수현이 현수에게 나지막하게 내뱉었다.

"⋯⋯네가 왜?"

"형, 미안해. 내가 이렇게까지 하고 싶지는 않았는데, 상기 형님이 이 여자를 데리고 와야 우리 엄마가 어디 있는지 알려준다고 해서. 형도 알지? 내가 얼마나 우리 엄마를 찾으려고 수소문하고 다녔는지."

현수는 어느새 그들 가까이 다가와서, 수현이 상기를 향해 쥐고 있던 칼을 그의 손에서 살며시 빼냈다. 수현은 무엇에라도 홀린 듯이 칼을 현수에게 순순히 내주었다. 희주가 그들의 손에 있는 한, 그가 할 수 있는 일은 하나도 없었다. 생명이 보존되었다는 것을 깨달은 상기는 화풀이라도 하듯 수현의 얼굴에 일격을 가했다. 아무런 저항 없이 맞고 있는 수현을 보며, 희주는 눈을 질끈 감았다.

"끝내."

상기의 메마른 한마디에, 조직원들이 수현을 다시 무자비하게 폭행하기 시작했다. 살이 찢기고 피가 튀기는 소리에 놀란 희주가 다시 눈을 뜨려고 하자, 수현이 다급하게 외쳤다.

"보지 마! ……눈 감아요."

희주가 다시 눈을 꼭 감았다. 그제야 여태까지 꾹 눌러왔던 눈물이 흐르기 시작했다. 윌리엄 부그로가 묘사한 지옥이 희주의 눈앞에서 펼쳐지고 있었다. 눈을 감아도 지옥이었고, 눈을 떠도 지옥이었다. 지옥에서 영원한 형벌을 받는 자들. 영원히 물어뜯고, 물어뜯기며 살아가야 하는 자들의 비명이 들리는 것만 같았다. 이 절망에는 끝이 있을까? 이 절망의 끝에는 더 깊고 견고한 절망이 그들을 기다리는 건 아닐까?

"제발, 그만해요!"

희주가 울부짖었지만, 입을 막고 있는 테이프 때문에 의미를 알 수 없는 절규가 되어 허공에서 사라져갈 뿐이었다. 상기는 그들의 눈물 겨운 사랑을 가소롭다는 듯이 바라보다가 희주의 고개를 두 손으로 들어 고정시키며 외쳤다.

"자세히 봐. 니 애인이 어떻게 죽는지. 니 애인이 너. 때. 문. 에. 어떻게 죽어가는지, 가슴속에 평생 새겨놔."

상기의 끔찍한 저주의 소리 위로, 애써 눈물의 소리를 참고 있는 희주의 숨소리 위로, 수현의 희미하지만 절절한 음성이 파도처럼 밀려왔다.

"……혀엉. 허억. 허억."

상기는 순간 자신의 귀를 의심했다. 아주 오래전, 그들 사이에 '죽음'이라는 그림자가 드리우기 전, 무지하고 평화롭기만 했던 그 시절, 수현은 그를 '혀엉'이라고 불렀다. '형'이라고 정 없이 짧게 떨어지는 한 음절의 단어로 부르지 않고, 늘 다정하게 '혀엉'이라고 길게 늘어뜨려서 그를 부르곤 했었다.

'……형? 이 자식이 대체 지금 뭐라고 지껄이는 거야?'

"……상기 형. 허억. 허억. 누나 때문에…… 허억, 그동안 ……힘들었지? 윽!"

조직원 중 하나가 발로 그의 복부를 걷어찼다. 수현의 입에서 왈칵 피가 쏟아져 나왔다. 수현은 극심한 고통에 시달리면서도, 끝까지 상기를 향한 시선을 거두지 않았다.

"……누나가, 허헉…… 형한테 그러면…… 헉. 헉. 안 된다고."

"……뭐?"

상기의 입술이 분노인지 죄책감인지 도무지 근원을 알 수 없는 감정으로 인해 뒤틀리기 시작했다. 그는 한쪽 손을 들어, 다시 수현을 폭행하려고 다가오던 조직원들을 제지했다.

"시은이가 ……뭐?"

"허억……. 허억……. 형, 불쌍……한 사람이라고. 형, 너무 안됐……다고."

상기는 그의 심장이 떨어지는 소리를 들었다. 그것은 그에게만 들리는 소리였다. 그 소리가 너무나 커서 귀를 막아버리고 싶었다.

"이게 어디서…… 개수작이야! 시발."

상기는 온 힘을 다해서 소리쳐 보았다. 그러면 그의 심장이 떨어지는 소리가 들리지 않을 것 같았다. 그런데 아니었다. 그의 심장은 여전히 거대한 굉음을 내며 굴러 떨어지고 있었다.

"니가…… 뭘 안다고 그래? 시발. 개수작 부리지 마!"

단 하루도 괴롭지 않은 날이 없었다. 의식의 흐름을 놓아버리면 상기는 언제나 그날로 돌아가 있었다. 시은의 모욕을 이겨내지 못하고 충동적으로 철근 콘크리트를 그녀 위에 쓰러트린 그 날. "오……빠, 살려줘"라고 애원하는 시은의 목소리를 듣고 있던 바로 그 순간. 듣고도 듣지 않은 척 그 자리를 빠져나오던 그 순간. 듣지 않았다고, 절대로 들은 적 없다고, 스스로 세뇌하던 그 순간. 그때 무슨 생각으로 시은을 버려두고 그 자리에서 도망친 것인지 아직도 알 수가 없었다. 이렇게 평생 후회할 거면서. 이렇게 평생 미치도록 그리워할 거면서.

25년 전 중환자실에 있던 시은이 처음으로 의식을 회복한 바로 그때, 그녀는 바로 옆에 서서 걱정스러운 눈빛으로 자신을 바라보는 상기를 발견하자마자, 세상에서 가장 끔찍한 괴물이라도 본 듯 온몸을 떨기 시작했다. 그녀의 눈에 원망과 두려움이 소용돌이쳤다. 산소호흡기를 하고 있어서 다행이라고 생각했다. 안 그랬다간 "이 끔찍한 괴물을 좀 치워버려! 이 괴물이 나를 죽이려 했어!"라고 바락바락 소리쳤을 것이다. 그 소리를 직접 들었다면, 어쩌면 그는 바로 그 자리에서 다시 시은의 목을 조르고, 자기도 죽어버리려 했을지도 몰랐다. 그녀를 증오했다. 그녀가 자신을 저토록 두려워하고 있다는 사실을 원망했다. 동시에 ……사랑했다. 여전히 그녀를 숨 막히게 사랑했다. 그녀에게 저런 끔찍한 짓을 한 자신을 증오했다.

수현이 그런 누나를 발견하기 전에 병원을 옮겨야겠다는 생각을 했다. 그는 수현이 두려웠다. 열네 살짜리 사내아이가 뭐가 두려우냐고 사람들이 비아냥거렸을 것이다. 하지만 그는 수현 안에 방치되어 버려진 그 거대한 분노와 슬픔이 서서히 악으로 변해가고 있다는 것을 본능적으로 알 수 있었다. 어린 수현의 눈빛에 서린 살기, 이 차갑기만 한 세상을, 이 무정한 어른들을, 이 잔인하도록 부조리한 사회를 모두 다 베어버릴 듯한 시퍼런 살기가 열네 살 소년의 안에서 숨죽이고 살고 있었다. 이 사건의 전말을 알게 된다면, 수현이 당장에라도 자신의 심장에 칼을 후비고 들어올 것을 직감적으로 알 수 있었다.

때마침 수현이 형사 하나를 해치려고 하다가 유치장에 갇혀 있다고 했다. 신의 존재를 믿지는 않았지만, 그 순간만큼은 정말이지, 신이 그에게 살 기회를 주고 있는 거라고 상기는 생각했다. 평소에 주기적으로 뇌물을 먹이고 있던 김진욱 형사에게 그를 유치장에 조금만 더 붙잡아 놓으라고 부탁했다. 병원장을 협박해 거짓 사망 진단서를 받았다. 그리고 서울에서 멀리 떨어진 지방 병원으로 시은을 옮겼다. 시은을 소유하고 싶었다. 아무하고도 공유하지 않고, 오로지 그만의 시은으로 소유하고 싶었다.

그러나 그것은 상기에게 내려진 참혹한 형벌의 시작에 불과했다.

이 세상 그 누구보다 시은의 의식이 돌아오기를 염원했지만, 시은에게 의식이 돌아오면 그녀는 세상에서 가장 무섭고 혐오스러운 것을 마주한 눈빛으로 그를 바라보았다. 사시나무처럼 온몸을 떨었고, 목에서 피가 나올 때까지 소리를 질러댔고, 어눌한 발음으로 그에게 욕을 퍼부어댔다. 과다출혈로 인한 뇌 손상 때문에 정신이 온전치 못한 상황에서도, 상기를 향한 증오와 두려움에 대한 기억은 또렷하게 남아 있는 듯했다. 아니, 그 증오와 두려움의 감각만 오롯하게 남아 있는 듯했다. 그것들이 날카로운 칼날이 되어 상기의 마음을 갈기갈기 찢어놓았다.

매번 그녀를 보러 갈 때마다, 단 한 번의 예외도 없이 모든 게 다시 시작되었다. 마치 영원히 커다란 바위를 산 정상으로 밀어 올려야 하는 시시포스의 형벌처럼. 지난 25년의 세월, 9,000일의 시간 동안 단 하루도 멈출 수 없었다. 죽기 전에, 꼭 한 번만 다시 볼 수 있다면, 시시포스의 형벌보다 더한 것도 견뎌낼 수 있을 것 같았다. 그녀의 싱그러운 미소를 꼭 한 번만 다시 볼 수 있다면……. "오빠." 하고 불러주는 그녀의 상냥한 목소리를 꼭 한 번만 다시 들을 수 있다면…….

결국 다시는 그 미소를 보지도 못하고, 그 목소리를 듣지도 못하고, 그녀를 보내야만 했다.

'그런데 죽기 전에 뭐라고 했다고? ……나를 불쌍한 사람이라고 했다고? ……내가 너무 안됐다고?'

갑자기 세상이 빙빙 돌기 시작하며, 서서히 산소가 소멸해가는 느낌이 들었다. 아무리 숨을 들이쉬려 해도, 들이쉬어지지 않았다. 이상했다. 이 감정은 뭐지? 살면서 처음 느껴보는 이 낯선 감정. 그가 믿고 살아왔던 모든 것이 한꺼번에 사라져버릴 것만 같은 이 감정.

"혀엉……. 형 용서……한다는……허억. 허억. 말하려고 ……온 거야. 그동안 우리…… 누나 보살펴줘서…… 허억. 허억. 고마웠다고."

수현이 다시 한번 있는 힘껏 그의 진심을 전하고 있었다.

그의 목소리를 듣자, 상기의 내면에서 뭔가가 끓어오르고 있었다. 금방 폭발해버릴 듯 팽창하고 있었다. 온몸의 세포에서 만들어내는 뜨거운 증기가 심장을 지나, 목을 지나, 코를 지나, 눈가로 모여들고 있었다. 상기가 울고 있었다.

"입 닥쳐! 이 미친 새끼야."

상기는 일부러 더 크게 소리 지르고 욕을 해보았지만, 그것이 그의 눈물을 멈추지는 못했다. 그의 뜨거운 눈물이 뺨을 타고 내려와 그의 목을 타고 서서히 그의 심장을 향해 내려가고 있을 때야 기억났다. 시은의 눈빛. 시은은 그를 볼 때마다 입에 거품을 물고 발작을 일으키다가도, 안정제를 맞고 나면 눈빛이 서서히 풀려가며 그제야 상기를 정면으로 바라보았다. 아니, 그녀가 보고 있었던 것은 상기가 아니었다. 상기의 눈에서 흘러내리는 뜨거운 눈물, 그것들을 그제야 바라봐 주었다. 진정제의 기운에 한껏 취한 그녀가, 힘겹게 오른팔을 들어 올리고, 자기를 뒤에서 꼭 안고 있던 상기의 눈물을 닦아주었다. 마치 그를 가여워하기라도 하듯.

'……알고 있었던 거야. 나를 용서하려고 했던 거야.'

상기의 심장이 갈기갈기 찢어지고 있었다. 그렇게 심장이 다 찢겨버리면 도저히 살 수 없을 것만 같았다. 그는 시은의 눈빛을 머리에서 거세게 털어내어 버리고, 다시 마음을 거칠고 억세게 만들었다. 그렇게 약해빠진 마음으로는 단 1초도 이 괴물들의 세계에서 살아남을 수 없을 것이다. 다시 독하게 만들어야만 한다. 죽지 않고 살아남으려면.

31

빛. 어둠. 그리고 빛

"내가 니 뻔한 수작에 넘어갈 줄 알아? 지랄하지 마. 이 개새끼야."

그는 포켓 나이프를 꺼내 희주의 목에 들이댔다. 수현의 눈이 순간 뒤집혔다.

"……제발! 형, 제발. 그 여자한테…… 그러지 마. 차라리 나를……."

"닥쳐!"

"그 여자한테 손대면…… 내가 죽인다고 했잖아!"라고 외치며 수현이 마지막 죽을 힘을 다하여 상기에게로 뛰어들려 할 때였다.

탕!

수성항의 밀도 높은 공기가 공포탄이 발사되는 소리로 산산이 부서져 내렸다.

"조상기, 칼 내려!"

사이렌 소리와 함께 우성의 목소리가 들려왔다. 동시에 '철컹!' 하는 소리와 함께 눈부시도록 밝은 빛이 그들을 비추었다. 수현은 잘 떠지지도 않는 눈으로 빛이 시작되는 지점을 직시했다. 두 손을 경찰차 문 위에 고정하고 안정적인 자세로 상기에게 총을 겨누고 있는 우성의 모습이 시야에 들어왔다. 경찰차가 꽤 여러 대 동원되어 있었고, 출동한 기동대원들도 청운파 조직원들을 압도하는 숫자였다. 대충 계산을 끝낸 조직원들이 빛을 본 바퀴벌레들마냥 우왕좌왕 흩어지고 있었다.

다시 한번 경고 메시지가 울렸다.

"다시 한번 경고한다. 조상기, 칼 내려. 내리지 않으면 발포하겠다."

그러나 조상기는 우성의 경고 메시지를 무시하고 인생에서 마지막이 될지도 모르는 선전포고를 하고 있었다.

"너도 똑같이 당해봐. 이 여자 죽고 나면 기분이 얼마나 엿 같은지, 너도 느껴보라고!"

조상기가 마지막 패악을 부리며 희주를 찌르려고 포켓 나이프를 힘껏 위로 들었을 때, 수현이 상기 쪽으로 달려오며 희주에게 외쳤다.

"엎드려!"

수현의 외침을 들은 희주가 온 힘을 다하여 상기를 밀쳐내고, 땅바닥으로 몸을 던졌을 때……. 거의 동시에 상기가 들고 있던 은색 포켓 나이프에 조명이 반사되어 서늘하게 반짝이고 있을 때……. 나이프에서 발하는 백색의 섬광이 수현의 눈동자에 닿았을 때……. 죽음의 문턱에서 가까스로 빠져나온 희주가 바닥에 엎드려 울음을 터뜨리며 수현을 애타게 찾고 있었을 때…….

철컥!

우성의 38구경 리볼버 해머가 젖혀지며 차가운 금속이 마찰하는 소리가 들렸을 때…….
"형! 피해!"
수현이 상기를 향해 외쳤다. 동시에 수현은 우성의 탄환이 향하는 쪽으로 자신의 몸을 던졌다. 순간, 우성이 쥐고 있던 38구경 리볼버가 미세한 오렌지색 화염을 토해냈다.

탕!

검붉은 피로 물든 공기를 가르던 한 발의 총성.

털썩!

무엇인가 둔탁하게 바닥으로 떨어지는 소리. 그것은 상기를 향하는 총알을 대신 맞은 수현이 쓰러지면서 만들어낸 소리였다. 그의 몸이 땅에 맞닿은 부분에서 끈적하고 미지근한 액체가 흘러나오기 시작했다. 곧 그의 온몸을 관통하는 고통이 엄습했다. 수현은 그대로 정신을 잃었다.

❖

어둠.

빛.

그녀가 보인다. 자신의 이름을 외치며 필사적으로 그에게 다가오고 있는 그녀.

어둠.

빛.

정우성 형사가 그들을 향해 달려오는 모습이 보인다. 꽤 괜찮은 사내다. 그 사람이 희주 곁에 남아주어서 다행이었다.

어둠.

빛.

상기가 보인다. 지금 자신의 눈앞에서 펼쳐진 이 광경이 믿어지지 않는다는 표정으로 그를 바라보고 있다. 경찰 몇 명이 상기를 덮쳤다. 상기는 아무런 저항 없이 땅바닥에 엎드렸다. 곧 상기의 손목에 수갑이 채워졌다.

어둠.

빛.

누군가 창진에게 인공호흡을 하고 있었다. 창진이 쿨럭거렸다. 살았구나. 다행이다.

어둠.

빛.

좁고 협소한 공간. 어딘가로 이동하고 있었다. 무엇인가에 시야가

가려 한참을 두리번거려야 했다. 바로 옆에서 희주가 울고 있다. 울지 말라고, 괜찮다고, 괜찮을 거라고, 손을 내밀었다. 그녀가 하염없이 눈물을 흘리며 그의 손을 잡아준다. 그녀의 고운 손이 금세 그의 피로 물들었다. 이러면 안 되는데……. 이러면 안 되는데……. 이 여자의 손에는 고운 것만 쥐여주고 싶었는데…….

어둠.

힘겨운 빛.

어딘가로 실려 가고 있다. 하얀빛을 뿜어내는 형광등이 휙휙 빠르게 지나간다. 여기는 어디지? 누나랑 살았던 그 옥탑방 집에도 저렇게 건조한 하얀빛을 뿜어내는 형광등이 있었다. 그 집으로 가는 건가? 그랬으면 좋겠다. 누나와 그 좁은 방에 함께 누워서 형광등의 하얀빛을 받으며 잠들었으면 좋겠다.

어둠. 편안한 어둠.

빛. 처절하고 힘겨운 빛.

희주가……, 희주가 울면서 외치고 있다. "눈떠요! 수현 씨, 잠들면 안 돼요! 눈을 떠봐요." 그녀의 목소리가 점점 더 멀어진다.

어둠. 평화롭기만 한 어둠.

이미 가장 깊은 어둠 속에 있다고 생각하고 있었는데, 그 어둠이 점점 더 짙어지고 있었다. 이상한 일이었다. 그 고요한 어둠이 점점 더 평안하고 자연스럽게 느껴지고 있었다. 마치 엄마의 양수 안에 있는 느낌. 이 세상에서 가장 안전하고 안온한 곳에 있는 느낌.

더 깊은 어둠. 더 깊은 고요.

수현은 점점 더 그 암흑 속으로 잠식당하고 있었다. 아니, 어쩌면 그가 스스로 그 자신을 잠식시키고 있는지도 몰랐다.

❖

여덟 시간이 넘게 걸리는 대수술이었다. 총알이 3mm만 위로 지나갔어도 폐를 관통했을 거라고, 그랬다면 목숨을 부지할 수 없었을 거라고 수술을 끝내고 나온 의사가 말했다. 이제 환자가 마취에서 깨어나 의식이 회복되기만을 기다려보자고 했다.

❖

입원 3일째.

그의 의식은 여전히 돌아오지 않고 있다. 아침 면회 시간에 본 그는 죽은 것 같이 창백했다. 산소호흡기 마스크에 주기적으로 서리는 하얀 입김만이 그가 살아 있다는 것을 알려주는 유일한 신호였다. 희주는 눈물이 나오려는 것을 꾹 참았다. 눈물을 흘리면 정말로 그가 떠나버릴 것만 같았다.

면회 시간이 끝나서 중환자실을 나오는데, 의사가 희주를 기다리고 있었다. 그는 자신을 '혈액 종양 내과 전문의'라고 소개했다. 희주를 바라보는 의사의 표정이 어두웠다.

"이수현 씨 백혈구 수치가 정상보다 상당히 높게 나왔습니다. 명인대학병원 최태웅 박사님과 직접 통화도 했는데, 아무래도 CML 가속기로 진행되는 것 같다는 소견입니다."

몸이 부르르 떨렸다. 그가 정말 이렇게, 이대로 그녀를 떠나버릴 것만 같았다. 다시 꾹 참고 있었던 눈물이 무심히 흐를 것만 같아 희주는 괜히 목을 한 번 가다듬었다.

"……일단 튜브로 글리벡(CML 치료제)을 투여하라는 처방을 받았습니다. 지금 백혈구 수치를 컨트롤하지 못해서 급성기로 진행된다면, ……그때는 마음의 준비를 하셔야 할 것 같습니다."

"어떻게든 살려만 주세요, 저 사람"이라고 애원하고 싶었지만, 차마 말이 입 밖을 나서지 못했다. '살려달라'고 말하는 순간, 죽은 사람이 될 것만 같아서.

"……알겠습니다."

희주는 짧고도 나직한 대답으로 흔들리는 마음을 애써 진정시켰다.

❖

입원 7일째.

그의 바이털사인이 완전히 정상으로 돌아왔다. 주치의가 이제 산소호흡기를 떼도 괜찮겠다고 했다. 오후에, 중환자실에서 일반 병실로 옮겼다. 하지만 여전히 그의 의식은 돌아오지 않고 있다.

❖

입원 10일째.

희주는 수현의 병실에서 강 교수가 대국민 사과문을 발표하는 뉴스 속보를 보고 있었다. 사과문은 "존경하는 대한민국 국민 여러분. 저는 오늘 부끄럽고도 참담한 마음으로 이 자리에 섰습니다."로 시작되고 있었다. 부인이었던 유혜경 화백의 악행과 여태까지 이 모든 것을 알고도 묵인하고 있었던 자신의 죄를 강 교수는 그저 담담하게 읽어 내려가고 있었다. 그는 사과문을 읽으면서 목이 메는지 몇 번이나 말을 잇지 못했다.

"아버지로서 딸이 힘들어하는 모습을 지켜보는 것이 고통스러웠습니다. 그래서 오늘 이렇게 큰 용기를 내어, 사랑하는 딸과 국민 여러분께 저의 죄를 낱낱이 드러내기로 했습니다. 국민 여러분께 너무큰 고통과 심려를 끼쳐드린 점 머리 숙여 사죄드리며, 오늘부로 대한민국 법무부 장관직에서 물러나겠습니다. 유가족분들께 다시 한번진심으로 사과드립니다. 모쪼록 저의 이 진심 어린 사죄가 미미하게나마 위로가 되셨기를 바라며, 모든 법적인 책임을 제가 지도록 하겠습니다."

그는 마이크가 놓인 단상 옆으로 가서, 깊이 허리를 숙여 사죄의 인사를 했다. 카메라 플래시 터지는 소리가 7월의 폭우처럼 쏟아지고 있었다.

❖

입원 14일째.

현 법무부 장관의 이례적인 스캔들로 온 나라가 들썩이고 있었다. TV에서는 온종일 유혜경 화백의 뉴스가 나오고 있었고, 인터넷에서는 강창수 장관과 유혜경 화백을 비난하는 여론으로 들끓고 있었다. 아주 극소수의 네티즌들이 강창수 장관의 진심 어린 고백이 얼마나 용기 있는 일이었는지 그를 옹호하고 나섰지만, 그들의 여린 목소리는 거대한 대중의 분노에 묻혀가고 있었다.

이 세상의 모든 시끄러운 소리에도 아랑곳하지 않고, 수현의 병실은 조용하기만 했다. 간간이 희주가 수현에게 나직한 목소리로 책을 읽어주거나, 수현에게 대화라도 하듯이 이것저것 속삭일 때만 빼놓고는, 수현의 규칙적인 숨소리만이 공간을 채워나갔다.

늦은 겨울 오후의 연노란색 햇살이 병실의 블라인드 사이사이로 촘촘히 쏟아져 들어오고 있을 때, 이 공간의 적막을 깨트리는 조심스러운 노크 소리가 들렸다.

"네, 들어오세요."

"······안녕하십니까?"

희주의 허락에 밝은 목소리로 인사를 하며 병실로 들어온 사람은 정우성 형사였다.

"······정 경위님, 오랜만이네요."

희주는 반가운 미소로 그를 맞이했다.

"그러게 말입니다. 더 빨리 와야 했는데, 총기······ 사용한 것 때문에 문제가 돼서 그동안 내사를 받느라 말입니다. 경위서를 정말이지, 1,000장은 쓴 것 같습니다."

우성은 평소처럼 넉살을 부렸지만, 그의 시선은 수현에게 고정되어 있었다. 걱정으로 가득 찬 눈빛이었다.

"아직 의식이 안 돌아왔습니까?"

희주가 천천히 고개를 끄덕이며 말했다.

"바이털사인은 이제 다 정상으로 돌아왔는데, 왜 의식이 안 돌아오는 건지 의사들도 모르겠다고 하네요."

"……이 친구, 그동안 너무 피곤하고 고달프게 살아오지 않았습니까? 이렇게 길게 한숨 자고, 훌훌 털고 일어나려고 하는 걸 겁니다."

……이 친구. 수현을 '친구'라고 불러주는 우성이 진심으로 고마웠다.

"강 장관님 대국민 사과 봤습니다. 철저한 비공개 사건이었고, 공소시효도 이미 끝난 사건이라 그렇게까지 안 하셔도 됐는데, 사실 조금 놀랐습니다."

"당연히 오래전에 해야 했던 일을 한 것뿐인데요."

"여론이 상당히 안 좋습니다. 언론에서 사건의 본질을 유혜경 화백의 갑질로 프레임화해서 몰고 가려는 것 같던데……. 요즘 갑질이다 뭐다 하면 사람들이 일단 분개부터 하니까요. 어쩌면 강희주 씨에게까지 영향이 미칠 수도 있을 것 같습니다."

이미 알고 있었다. 벌써 강의를 나가던 대학교에서 더는 강의를 나오지 않아도 좋다는 연락을 받은 후였다. 하늘공방에 오던 내담자들 사이에서도 소문이 돌았는지, 하나둘씩 미술 상담을 취소하고 있었다. 오히려 다행이라고 생각했다. 그 덕분에 수현 옆에 오래 있을 수 있어서.

"……당연히 저희가 감수해야 할 일이라고 생각하고 있어요. 정시은 씨와 그…… 가족이 겪은 고통에 비하면 이 정도는."

"······미안합니다. 이 친구 이렇게 만들어서."

꽤 오랫동안 수현의 병실에 머무르던 우성이, 이제 돌아가 봐야 한다며 어렵게 꺼낸 말이었다.

"정 경위님."

희주의 시선을 피하던 우성이 그제야 희주와 시선을 맞추었다.

"경위님 잘못 아니에요. 하셔야 할 일을 한 것뿐이라고 생각하고 있으니까, 너무 자책하지 않으셨으면 좋겠어요."

미안함 가득한 우성의 시선이 오랫동안 희주에게 머물렀다. 그가 다시 어렵게 말을 꺼냈다.

"······그때 제가 좀 더 빨리 선미 씨 오피스텔로 출동했어야 했는데. 이수현 씨 전화 받았을 때 다른 사건 현장에 있느라 출동하는 데 시간이 걸렸습니다. 오피스텔에 도착했을 때는 이미 엉망이 되어 있어서······."

"네. 그렇게 문까지 부수고 들어올지는 저도 미처 몰랐어요. 오히려 저는, 정 경위님이 이렇게 빨리 수성항 현장에 와주셔서 감사하다고 말씀드리고 싶었어요. 저희가 거기에 있는 거 어떻게 아시고 그렇게 빨리 오셨는지······."

우성이 수현에게 눈길을 돌리며 대답했다.

"저 친구가, 제주도에 가기 전에 자신의 위치를 추적할 수 있는 추적기를 저에게 보냈습니다. 유혜경 화백 사건 공소시효가 만료되기 전에 반드시······."

우성은 잠시 희주의 눈치를 살폈다. '그다음 말을 해야 할까?' 고민하는 것 같았다.

"반드시, ……자수를 하겠다면서. 아마 저를 안심시키려고 그랬던 것 같습니다. 자수하겠다는 스스로의 의지를 더 굳건히 하려고 그랬을 수도 있고."

우성의 입에서 '자수'라는 말을 듣자마자 희주의 눈동자가 섬세하게 흔들렸다. 제주도를 다녀온 이후로, 현실을 직시할 겨를이 없었던 것이 사실이었다. 현실은 여전히 차고 냉랭한 곳이었다. 이 잔악한 현실에서 그는 여전히 흉악한 살인자일 뿐이었다.

그런 희주의 복잡한 마음을 들여다보기라도 한 듯, 우성이 머뭇거리며 말했다.

"……송구스럽습니다. 이런 말씀 드리게 되어서."

"……아니에요. 제주도에서 저에게도…… 자수하겠다고 말했었어요."

희주가 의연하게 말을 이어갔다.

"그런데, 저 지금은 그런 걱정…… 안 하려고요. 일단은…… 살아야 하니까. 살아만 준다면……"

목이 메어와 차마 문장을 끝내지 못하는 희주의 음성이 부드럽고도 강인한 우성의 것으로 덮였다.

"꼭 일어날 겁니다, 저 친구."

❖

입원 58일째.

여전히 의식 없는 그. 희수는 하루에도 몇 번씩 천국과 지옥을 오갔다. 그가 손가락이라도 살짝 움직이면, 아무 의미 없다는 것을 알면서도 설렜고, 그가 원인을 알 수 없는 발작이라도 일으키면, 주체할 수 없이 뛰는 가슴을 부여잡으며 뜨거운 눈물을 흘렸다.

그의 백혈구 수치가 아주 미세하게나마 떨어졌다는 의사의 말을 들으면, 이 세상의 모든 밝고 좋은 것들이 품 안으로 포근하게 안겨 들어오는 것 같았고, 백혈구 수치가 갑자기 높아져 무균실에라도 들어가게 되면, 이 세상의 모든 절망이 맹렬하게 달려들어 온몸을 쥐어 짜는 것 같았다.

소망은 절망에 점점 잠식당하고 있었다. 하루에도 몇 번이나 화장실 문을 걸어 잠그고, 수도꼭지의 물을 틀어놓고 오열했다. 손으로 입을 틀어막아 보았지만, 그녀의 울음소리는 공기 중으로 무기력하게 퍼져 나갔다. 그가 영영 눈을 뜨지 못할까 봐 겁이 났다. 그가 그렇게 떠나버릴까 봐.

그녀 안에 있던 절망이 모두 절규가 되어 흘러나왔다는 생각이 들 무렵에서야, 희주는 한 가지를 터득하게 되었다. 그래도, 그럼에도 불구하고, 생명은 그 자체로 소망이 되고 있었다. 그래서…… 생명은 위대한 것이었다. 그가 여전히 살아 있다는 사실만으로도 이미 충분한 위로가 되어주고 있었다. 그가 살아 있지 않았다면, 발작을 일으킬까 봐 걱정하는 일도 없었을 테고, 백혈구 수치에 일희일비하는 일도 없었을 것이다. 그가 오늘도 살아 있기에, 그것들이 걱정의 이유가 되고 있었다. 어쩌면 걱정이라도 할 수 있는 지금이 행복한 시간일지도 모른다고 그녀는 생각했다.

❖

　수현은 한 치 앞도 볼 수 없는 깊은 어둠을 지나가고 있었다. 시리
도록 추웠다. 온몸 구석구석 얼음의 파편이 박히는 것 같은 고통이
느껴졌다. 시간이 지날수록 그의 몸은 그 고통에 익숙해지고 있었다.
이 어둡고 추운 공간에서 아주 오래전부터 이 고통을 끌어안고 살아
왔던 사람처럼.

　맨발로 정처 없이 걷고 있다. 언제부터였는지 기억도 나지 않게 오
래전부터 걸어왔던 것 같다. 언젠가부터는 유리 파편이 마구 흩어져
있는 곳을 걷고 있었다. 그의 맨발은 곧 피투성이가 되었다. 수현은
그 자리에 앉아서 발에 박힌 유리 파편들을 하나씩 손으로 뽑아내기
시작했다. 뽑아도 뽑아도 그의 발에는 아직도 유리 조각들이 수도 없
이 많이 박혀 있었다.

　어둠.

　빛.

　"시현아, 왜 그래? 어디 다쳤니? 어디 좀 봐."

　누나였다. 누나를 아주 오랜만에 본 것 같기도 하고, 바로 5분 전에
본 것 같기도 했다. 누나에 관한 모든 기억이 빛바랜 사진같이 희미
하기만 했다.

　"너 발에서 피 나는 것 좀 봐. 어디서 다쳤어? 누가 그랬어?"

　누나는 수선을 떨면서 그의 발에 박혀 있는 유리 조각을 뽑아주
었다. 누나는 언제나 그랬다. 그에 관한 것이라면 언제나 수선을 떨
었다.

"누나."

"왜?"

"보고 싶었어."

"풋, 싱겁긴."

누나는 여전히 수현의 발에 시선을 고정하고 있다. 또 유리 조각이 있는지 없는지 살펴보는 것이다.

"……상기 형 밉지 않아?"

"상기 오빠가 왜 미워. 우리한테 얼마나 고마운 사람인데."

수현은 다행이라고 생각했다. 상기 형에 대한 누나의 마지막 기억이 이렇게나 밝고 따뜻해서.

어둠.

빛.

누군가가 또 수현의 옆을 지나갔다. 아름답고 고상한 중년의 여인이었다. 아주 그리운 누군가를 떠오르게 하는 묘한 느낌의 사람이었다.

"어디 다친 거니? 어디 내가 좀 볼까?"

수현은 순순히 그의 발을 여인에게 보여주었다. 여인은 수현이 아플까 봐 입으로 '후후' 불면서 마치 엄마처럼 부드러운 손길로 그의 발에 박혀 있던 커다란 유리 조각을 하나 뽑아주었다.

"이제 조심해라. 다치지도 말고, 아프지도 말고."

수현은 그제야 그 여인이 누구인지 알 것 같았다. 마음이 아려왔다.

"……제가 밉지 않으십니까?"

수현이 여인에게 물었다. 그 여인은 입가에 잔잔한 미소를 띠며 고개를 저었다.

"······너와 시은이한테는 진심으로 미안한 마음뿐이야. 나를 용서해줄 수 있겠니?"

"······이미 그 여자와 약속했습니다. 당신을 용서하기로."

여인의 눈에서 하염없이 눈물이 떨어져 내렸다.

"왜 우십니까?"

"우리 딸이 보고 싶어서. 나 때문에 너무 오랫동안 힘들어하지 않았으면 좋겠는데."

수현은 다행이라고 생각했다. 유혜경 화백의 마음에는 더 이상 미움도, 울분도 없고, 오로지 희주를 향한 그리움만 차오르고 있어서. 그리움은······ 마음을 따뜻하게 해주는 감정이니까.

어둠.

빛.

얼추 보니, 이제 그의 발에 박혀 있던 모든 유리 조각들이 없어진 것 같다. 수현은 조심스럽게 발을 땅에 내디뎌 보았다. 여전히 발이 욱신거렸다. 아무리 봐도 더 이상 발에 박혀 있는 유리 조각은 없는 것 같은데. 누군가가 또 수현에게 다가왔다. 그리웠던 그녀. 그녀를 보기만 해도 이미 두 눈에 벅찬 눈물이 차오르고 있었다.

"왜 아직도 여기에 있어요?"

그녀가 물었다.

"발이 아파서 걸을 수가 없습니다."

그가 말했다.

"······피가 많이 나요. 정말 아팠겠네요."

희주의 걱정스러운 눈실이 그의 마음에 와닿았다. 그녀의 그런 눈길이 그에게 와 닿는 느낌이 좋았다. 정말로 그를 걱정하는 것 같았으니까. 걱정한다는 건 사랑한다는 거니까.

"발에 박혀 있는 유리 조각은 없는 것 같은데, 왜 아직도 이렇게 아픈 겁니까?"

그가 물었다. 희주가 가방에서 흰 붕대를 꺼내서 그의 발을 정성스럽게 치료해주며 말했다.

"상처가 많이 났으니까요. 상처가 다 나으려면 시간이 걸릴 테니까. ……자, 이제 걸어보세요."

그는 조심스럽게 발을 땅에 내디뎠다. 여전히 욱신거리긴 했지만 그래도 이제는 걸을 수 있을 것 같았다. 희주가 그녀의 오른손을 수현에게 내밀면서 말했다.

"내 손 잡고 걸어봐요. 처음에는 혼자 걷기 힘들 거예요."

그는 어린아이같이 순순히 희주의 손을 붙잡았다. 그녀의 손이 봄밤처럼 따뜻했다. 오랜만에 느껴보는 따뜻함이었다. 그의 이성이 알려주고 있었다. ……이 사람이구나. 나의 마지막 상처를 치료해주는 사람. 그래서 나를 다시 걷게 하는 사람.

"나, 보고 싶지 않아요?"

희주가 그를 부축해주며 물었다. 이상했다. 이렇게 그녀를 보고 있는데도 여전히 그녀가 그리웠다.

"보고 싶습니다, 아주 많이."

목이 메어왔다.

어둠.

빛.

빛. 어둠. 그리고 빛

"나, 보고 싶지 않아요?"

희주가 같은 질문을 또 던졌다. 이상했다. 그녀의 뜨거운 눈물이 그의 얼굴 위를 흐르는 것만 같았다. 그녀의 뜨거운 숨결이 그의 귓속에서 계속 맴도는 것만 같았다. 들꽃 같은 그녀의 체취가, 부드러운 그녀의 살갗이, 조심스러운 그녀의 손길이 죽어 있던 그의 모든 감각을 다시 깨워내고 있었다.

"보고 싶습니다, 아주 많이."

그 대답을 하는데, 수현의 가슴이 델 듯이 뜨거워졌다.

어둠.

빛.

"나, 보고 싶지 않아요?"

그녀는 자꾸만 같은 질문을 던졌다. 어느새 수현을 다시 에워싸고 있는 것은 암흑과 한기뿐. 그녀의 모습은 보이지 않는다.

"보고 싶습니다, 아주 많이."

그는 더 큰 소리로 외쳤다. 울음을 삼킨 그의 목소리가 메아리가 되어 다시 그에게로 돌아왔을 때, 그가 해야 할 일이 무엇인지 알게 되었다.

빛.

더 밝은 빛.

눈을 뜰 수 없을 정도로 하얗고 밝은 빛.

이제 그녀에게 가야겠다. 그녀에게 돌아가야겠다.

32

기적은 봄날처럼

기적은 봄날처럼 다가왔다. 하루의 해가 뜨고, 천천히 사람들의 인생 위를 지나가고, 하늘을 온전히 해의 색으로 물들이며 사라지는 그런 평범하고 소소한 일상처럼, 고요하고 잠잠하게.

평소처럼 아침 일찍 수현의 병실을 찾은 희주는 가장 먼저 병실의 블라인드를 거둬냈다. 병실 바닥에 깔려 있던 빗장 무늬 그림자가 순식간에 사라지고, 늦겨울의 마알간 햇살이 병실로 스며들었다.

벌써 1월의 마지막 날이었다. 희주는 여전히 의식이 없는 그에게 다가가 나지막하게 속삭였다.

"나, 보고 싶지 않아요?"

여전히 아무런 반응이 없는 그. 희주는 늘 하던 대로 수현의 손을 꼭 잡아주었다. 지금 생사의 경계 그 어딘가에서 헤매고 있다면, 이 손을 붙잡고 다시 그녀를 찾아오길 바라는 그녀의 의례적인 행동이었다.

늘 서늘하게 침묵하던 손이었다. 그런데…… 오늘은 그의 손을 꼭 잡은 희주의 손에 아주 미세한 근육의 움직임이 느껴졌다.

'……또 착각이겠지?'

이렇게 하루에도 몇 번이나 수현의 움직임을 느끼고 그의 소리를 듣는지 모르겠다. 하지만 단 한 번도 사실인 적이 없었다. 그저 그녀의 간절한 염원이 만들어낸 착각일 뿐.

희주는 한 번도 거르지 않고 사소한 착각에도 마음이 설레는 자신을 어이없어하며 자리에서 일어났다.

그때였다.

"……많……이."

분명히 그의 목소리였다!

"……이수현……씨?"

조심스럽게 그의 이름을 불러보는 희주의 목소리에 반응하듯 그가 아주 천천히 눈을 떴다. 그의 검은 눈동자가 가만히 희주를 응시하고 있었다. 곁에 있는 사람이 희주라는 것을 인지하기라도 하듯 그의 새까만 눈동자에 어느새 눈물이 고였다.

손가락 마디마디로 뜨거운 눈물이 몰려들었다. 이 기적의 순간, 한 줄기 빛이 천천히 그녀를 투영하고 있었다. 그 빛이 완고하기만 했던 그녀의 상처들을 뚫고 지나갔을 때, 비로소 알게 되었다. 지워버리고만 싶었던 흉측한 상처들은…… 어느새 그녀 자신이 되어 있었다. 죽음 같이 힘겨웠던 시간들도…… 어느새 그녀 자신이 되어 있었다. 이 환희의 순간, 희주는 오히려 그녀의 어두웠던 과거와 그녀 자신이 결코 분리될 수 없음을 그 어느 때보다 명명히 알 수 있었다.

희주는 처음으로 자신의 아픔과 어둠까지도 온전히 끌어안고 있었다. 그것들도 결국 그녀 자신이었다. 그 사실들을 인정하고 나서야, 침울한 산그늘처럼 그녀에게 드리워져 있던 어둠의 무게가 서서히 가벼워지기 시작했다. 한없이 투명해지고 있었다. 그녀를 무심하게 통과해버리던 그 빛이, 이제는 그녀로부터 뿜어져 나오기 시작했다.

❖

우성이 다시 그들을 찾아온 건 수현이 막 재활 치료를 받고 나온 어느 날 오후였다. 두 달 동안의 혹독한 재활 치료였다. 늦겨울과 이른 봄 사이를 변덕스럽게 왔다 갔다 하던 매서운 바람이 무색하게, 수현의 병실은 이른 봄 햇살의 하얀 기운이 곳곳에 퍼져 있었다.

이 세상의 모든 시끄러운 소리들이 갑자기 진공 상태로 빨려 들어가기라도 한 듯 그의 병실은 고요했다. 간간이 보드라운 수증기를 내보내는 가습기 소리만 공간의 숨결처럼 들려오고 있었다.

늘 강하고 단단하기만 했던 한 사내가, 환자복을 입고 침대에 앉아 있었다. 여태까지 봐왔던 그의 모습 중에 가장 연약하고 왜소한 모습이었지만 동시에, 가장 평화로운 모습이라고 우성은 생각했다. 자신의 운명에 완전히 항복한 채로, 이제 운명의 처분만을 기다리고 있는 어느 패배한 용사만이 누릴 수 있는 여유 같았다. 더 이상 아무런 선택을 하지 않아도 된다는 사실은 인간을 그 어느 때보다 평온하게 하는 모양이었다.

기적은 봄날처럼 303

그런 그가 천천히 고개를 들어 우성을 보았다. 살이 많이 빠져 광대뼈가 도드라졌고, 입술은 핏기가 모두 빠져버린 회색빛이었다. '만성 골수성 백혈병이라고 했었나?' 네프로스타의 부작용 때문일 것이다. 문득 임 선생의 영안실 앞에서 그를 만났을 때, 수현의 눈빛이 만들어내던 심연과도 같은 절망이 떠올랐다. 그는 자신이 죽어가고 있다는 사실을 그때 이미 알고 있었던 거다.

"오셨어요?"

희주가 수현을 대신해서 우성에게 인사를 해주었다. 생각했던 것보다 밝은 목소리였다.

찰그랑.

이 공간의 평온함을 깨트리는 이질적인 금속 소리가 들려왔다. 수현이 의식을 회복하던 그날부터 그의 왼쪽 손목에 채워졌던 수갑이 만들어내는 소리였다.

"야야야! 김 의경! 이리 들어와 봐!"

우성은 괜히 성질을 부리며 보초를 서고 있던 의경을 불렀다.

"내가 이수현 씨한테 수갑 채우지 말라고 몇 번이나 말했지? 빠져가지고. 당장 풀어드려!"

"……정 경위님, 정말 ……괜찮으시겠습니까? 이 자식, 살인 용의자라고. 하……."

"스흡!"

우성은 위입적으로 혀를 차며 심 의경의 말을 중간에서 끊어버렸다. 김 의경이 슬금슬금 눈치를 보며 수현의 수갑을 풀어주었다. 그의 손목에는 선명한 붉은 띠가 새겨져 있었다.

"주치의 만나고 오는 길입니다. 백혈구 수치가 좋아지고 있다고 들었습니다. 정말 다행입니다."

우성은 우선 일상적인 이야기로 그들 사이에 공존하고 있는 긴장감을 털어냈다. ……진정성이 느껴지는 대국민 사과 덕분에 강창수 전 법무부 장관에 대한 여론이 점점 좋아지고 있다는 이야기. ……경찰청 바로 앞에 새로 생긴 돈가스집이 맛있으니, 퇴원하면 한번 먹으러 오라는 이야기.

본론으로 넘어가기 바로 전, 우성은 희주에게 잠시 자리를 비켜달라고 양해를 구했다.

"……재활 치료가 끝나면 경찰청으로 찾아가려고 했습니다. 예전에 자수하기로 했던 약속, 많이 늦어지긴 했지만 지킬 겁니다."

희주가 병실 문을 닫자마자 수현이 낮고 차분한 말투로 말했다. 수현의 눈빛이 그 어느 때보다 깊게 반짝이고 있었다.

"……오늘부로 이수현 씨에 대한 모든 살인 혐의가 풀렸다는 말씀을 직접 전해드리러 왔습니다."

"……!"

우성을 바라보는 수현의 시선에 수많은 느낌표와 물음표들이 찍히기 시작했다.

"일단 유혜경 화백의 살인 사건은, 15년 전 11월 13일부로 사건 공소시효가 만료됐습니다. 그 사건이 촉탁 살인이었다는 증거가 나왔기 때문이었죠."

우성은 수현의 반응을 잠시 살피다가 다시 말을 꺼냈다.

"지난 10월 12일에 발생한 흑곰 살인 사건, 이수현 씨의 지문으로 추정되는 라이터가 발견됐다는 그 사건 말입니다. 3주 전에 이수현 씨가 데리고 있던 우창진 씨가 퇴원하자마자 자기가 흑곰 살인 사건의 진범이라고 자수를 했습니다."

수현이 놀란 눈으로 우성을 바라보았다.

"그동안 흑곰 살인 사건에 쓰인 회칼을 지하철 보관함에 보관하고 있었답니다. 자신의 지문과 함께 흑곰의 혈액 DNA도 대조해보라고 그걸 가지고 왔는데, 지독한 놈. 놈이 가져온 증거 확인하다 토쏠려서 미치는 줄 알았습니다."

분위기가 조금 무거워지자 우성은 괜히 그 특유의 넉살을 부리면서 말을 이었다.

"국과수에 의뢰해본 결과, 우창진의 증언대로 그의 지문만 찾을 수 있었습니다. 그리고 혈액 DNA와 자창 각도 분석 결과, 흑곰 살인 때 쓰인 흉기가 확실하다는 소견입니다."

수현은 아무 말 없이 묵묵하게 우성의 말을 듣기만 했다.

"조상기 주변에서 일어나는 사건들 조사하고 있다고 지난번에 말씀드렸지 않습니까? 막귀, 쌍칼, 그리고 송 마담, 이 사건들이 '한 사람의 소행이 아닐까.' 하는 가능성을 처음으로 시사해준 사건이 있었습니다."

우성의 진중한 눈빛의 수현을 휘감았다. 이렇게 선해 보이는 남자의 눈빛이 이토록이나 날카로울 수 있다는 것이 신기했다.

"비로 1995년 희닝보육원 이택진 원상 살인 사건입니다. 물증이 남아 있는 사건 중 유일하게 아직 공소시효가 유효한 사건이죠. 거기서 이수현 씨의 지문으로 추정되는 지문 하나를 발견하게 됐습니다. 그리고 그 똑같은 지문을 흑곰 사건에서 다시 발견하게 된 거였고요."

수현은 두 눈을 질끈 감았다. 그곳에 처음으로 그의 지문을 남겼다. 이택진에게 성폭행을 당하기 직전에 구해낸 어린 여자아이의 머리핀에. 그건, "나를 잡아볼 테면 잡아봐!" 하고 세상을 향해 외쳐 보이던 치기 어린 도전장이기도 했지만, 수현 자신을 향한 잔악한 경고이기도 했다. 단 한 번이라도 실수를 한다면, 그때는 모든 것이 끝이라는 경고인 동시에 자신을 향한 혹독한 채찍질이었다.

그래서 그는 늘 자신의 흔적을 완벽하게 없앨 수 있었다. 아니, 없애야만 했다. 그것이 그를 스스로 보호해줄 유일한 구원이었다.

"이제야 하는 말이지만, 이택진 원장의 사건을 제외하면, 막귀, 쌍칼, 그리고 송 마담 사건들에서는 이수현 씨를 법적으로 기소할 수 있는 물증이 하나도 없었습니다. 사실 이택진 원장 사건도, 어린아이 머리핀에서 나온 지문 하나 가지고 이수현 씨를 살인범으로 특정하기는 무리였고."

우성은 한 번 깊게 숨을 들이마셨다.

"그런데, 얼마 전 자기가 희망보육원 이택진 원장 살인 사건을 포함, 이 모든 사건의 진범이라고 자백을 한 자가 나타났습니다."

수현의 눈동자에 미세한 진동이 일었다.

"……그자가 누굽니까?"

❖

　　우성은 모든 범행 사실을 순순히 인정하고 나서 "형사 양반, 담배 한 개비만 줄 수 있겠습니까?"라고 말하던 그의 표정을 잊을 수 없었다. 우성은 묵묵히 그에게 담배를 한 개비 내어주고, 불을 붙여주었다. 수갑을 차고 있어서, 담배를 입에 댈 때마다 두 손이 입가로 올려졌다. 천하를 호령하던 청운파 실세 조상기가 이렇게 초라해질 수 있다니 믿어지지 않았다.

　　"녹음기는 껐습니다. 이제부터 저와 나누는 이야기는 100% 오프 더 레코드입니다. 이렇게까지 하는 꿍꿍이속이 대체 뭡니까? 죄질이 나빠서, 판사가 법정 최고형을 때릴 수도 있습니다."

　　여전히 의심 가득한 목소리를 감추지도 않고, 우성이 날카롭게 물었다. 한참 시간을 끌던 상기가 대답했다.

　　"……생각해보니, 그 여자에게 해준 게 없었습니다. 아무것도."

　　매우 애매하고 모호한 대답이었지만 이상하게도 우성의 마음이 뜨거워졌다. 상기의 표정이 어린아이의 것처럼 해맑았기 때문일까? 그가 또 담배를 한 모금 빨아들이려고 두 손을 입가로 가져가려고 할 때, 우성이 아무 말 없이 그의 수갑을 풀어주었다. 상기는 의아한 표정으로 우성을 바라보다, 곧 그에게 고맙다는 눈길을 보냈다. 상기의 하얀 담배 연기가 살풀이 수건이라도 된 듯 정갈한 선을 그리며 취조실의 공기에 스며들고 있었다. 누군가의 서글픈 한이 드디어 풀리고 있는 것일까?

우성은 그런 수현의 흔들리는 눈동자를 반듯하게 바라보며 말했다.

"바로…… 조상기입니다."

수현은 놀란 기색을 차마 감추지 못했다. 수현의 입에서 자그마한 탄식의 소리가 함께 흘러나왔다.

"사실 경찰에선 여태까지 이수현 씨의 생존 여부를 철저하게 기밀 사항으로 다루고 있었습니다. 아마 조상기는 이수현 씨가 죽었다고 생각하고 있었나 봅니다. 그래서 묵비권을 행사하고 있었던 게 아닐 까…… 싶습니다. 그런데 며칠 전, 그자가 이수현 씨가 살아 있다는 걸 어떻게 알게 됐는지, '의식이 돌아왔느냐?'고 묻더군요. 그러고 나서는 갑자기 이택진 원장 사건을 포함해서 이 모든 사건의 진범이 자신이라고 자백을 한 겁니다."

굳이 따져보면, 다른 사건들은 공동의 책임이라고 할 수도 있을 것이다. 일단 상기가 시킨 임무였고, 그 임무를 달성하지 못하면 죽이겠다고 노골적으로 협박을 했다. 하지만 희망보육원 이택진 원장의 살인은 그와 아무런 상관이 없는 사건이었다. 그건 오롯이 수현의 분노와 울분과 악의가 빚어낸 결과였으니, 수현이 오롯이 책임을 지는 게 맞다. 그런데 조상기가 이택진 원장의 사건까지 스스로 뒤집어쓰고 거짓 자백을 했다는 것이다.

수현은 나지막하지만 힘이 들어가 있는 어조로 우성에게 말했다.

"사실이 아니라는 거, 알고 있지 않습니까? 당신은 그 사건들의 진범이 누군지 알……"

우성이 수현의 시선을 피하며 그의 말을 단호하게 끊어냈다.

"못 들은 거로 하겠습니다. 이수현 씨는 오늘 저에게 아무 말도 하지 않은 겁니다."

한동안 그들 사이를 이어주는 것은 적요함뿐이었다. 결코 친구가 될 수 없는, 그러나 그 누구보다도 좋은 친구가 될 수도 있었던 이 두 남자 사이에 밀도 높은 침묵이 흐르기 시작했다.

오랜 침묵을 수현이 먼저 무너트렸다.

"……나한테 왜 이러는 겁니까?"

우성은 선하고 진지한 얼굴로 수현을 보며 생각했다.

'대한민국의 경찰로서, ……당신이 살아왔던 인생에 미안해져서.'

어느 범죄학자는 이 세상에는 태생적으로 범죄자의 DNA를 가지고 태어나는 자들이 있는가 하면, 자라나는 환경에 의해 범죄자가 되는 이들도 있다고 주장했다. 수현은 후자의 경우가 아니었을까?

그가 고아가 되지 않았더라면……, 그가 희망보육원에 가지 않았더라면……, 그가 이택진 원장을 만나지 않았더라면……, 그가 이 세상에 하나밖에 없는 누나를 그렇게 허망하게 잃지 않았더라면……, 그가 개쓰레기 김진욱 형사를 만나지 않았더라면……. 정말로, 이 중에 하나라도 그에게 유리한 쪽으로 흘러갔어도, 아니, 그저 세상에서 용납되는 정도만큼의 상식과 비루한 원칙대로만 상황이 흘러갔어도, 그가 과연 괴물이 되었을까?

우성은 멋쩍다는 듯이 잠시 땅을 바라보다 천천히 대답했다.

"이수현 씨가 인간으로 살 수 있는 기회를 세상이 계속 강탈해

왔던 것 같아서. 이수현 씨가 처해왔던 상황에 내가 처했어도, 아마…… 같은 선택을 하지 않았을까 싶기도 하고."

그들은 또 한 번, 뜨거운 침묵의 시선을 주고받았다. 그 침묵을 우성이 무너트렸다.

"생각해보면 그때 수성항에서 말입니다. 조금 석연치 않은 점이 하나 있었습니다. 제가 그날 총기를 사용한 것 때문에 내사를 받다가 우연히 알게 된 사실인데 말입니다. 아 참, 그때…… 엄……, 뭐……, 거 참 미안하게 됐습니다. 갑자기 그렇게 튀어나오셔서 가지고. 뭐, 하지만 일단은, 미안합니다, 형씨."

수현을 "형씨"라고 어색한 호칭으로 부르면서 우성은 그의 미안한 마음을 툴툴 털어냈다. 가족들의 사랑을 많이 받고 자란 막내아들이라는 것이 이럴 때 티가 났다.

"총기 사용 때문에 내사를 받게 되면, 일단 경위서를 기본적으로 다섯 번은 쓰라고 시킵니다. 과잉 진압의 가능성에 대해 검토하는 거죠. 그런데 다섯 번 다 제가 일관되게 서술한 부분이 하나 있었는데, 그게 바로 '조상기가 강희주를 해치려고 포켓 나이프를 높이 치켜들었다.' 하는 부분이었습니다. 이건 저뿐만 아니라, 당시 그 자리에 함께 있던 동료들도 동일하게 기억하고 있었죠."

수현의 표정 위로 '……뭔가가 이상하다'는 의구심이 스쳐 지나가고 있었다. 그런 수현의 생각을 꿰뚫어 보기라도 하듯 우성이 말을 이었다.

"가만히 생각해보면 영 기분이 이상하다 이겁니다. 조상기의 칼은 그 전에 이미 강희주 씨의 급소를 겨누고 있었거든요. 바로 경동맥이 지나가는 이 부분."

우성은 검지와 중지로 자신의 경동맥 주위를 가리키며 말했다.

"······조상기가 강희주 씨를 진짜로 죽이려고 했으면, 굳이 칼을 위로 치켜들지 않아도 됐었다는 말씀을 드리는 겁니다. 칼이 겨누고 있던 그 부분을 바로 그어버렸다면 오히려 더 쉽고 간단하게 죽일 수도 있었을 텐데 말입니다."

"······."

아무 말도 못 하고 있는 수현의 여백을 우성이 담담하게 메워주었다.

"지금 생각해보면····· 제발 자신을 멈춰달라는 사인이 아니었나 싶습니다."

우성은 수현의 눈길을 오롯이 받아내며 말을 이었다.

"그리고 이수현 씨가 자기 대신 총을 맞는 걸 보고, 어쩌면 이수현 씨에게 마지막으로 기회를 주고 싶었던 게 아니었을까. 인간으로 살 수 있는 마지막 기회. ·····너무 비약이 심한가요?"

"······."

그들 사이에 또 한 번 스며드는 정적. 그 교교함 사이로 우성이 등을 돌렸다. 이만 가겠다는 뜻이었다.

"·····나를 믿습니까? 내가 또 죄를 지으면 어떻게 하려고 합니까?"

문 쪽으로 향하는 우성의 등에 수현의 나지막한 음성이 꽂혔다. 자신을 여전히 괴물이라고 믿는 나약한 인간의 음성이었다. 아니, 그것은 고뇌에 친 신음이었다. 그의 신음이 우성의 마음에 자꾸만 공허함

을 만들고 있었다. 우성은 다시 고개를 돌려 찬찬한 시선으로 수현을
바라보며 말했다.

"내가 NGO 일을 하러 아마존강에 간 적이 있는데 말입니다. 거
기 조그만 강 두 개가 큰 강으로 합류되는 지점이 있습니다. 이게 좀
신기하게 두 강이 색깔이 완전히 다르거든요. 네그로강은 온도가 높
고 유속도 느려서 진한 검은색인데, 솔리모에스강은 온도도 낮고 유
속도 빨라서 밝은 회갈색이죠. 두 강이 합류하는 곳부터 투어 보트를
타고 쭉 따라가 봤는데 말입니다. 정말 꽤 오랫동안 이 강 두 개가 섞
이지 않고 짙은 색과 밝은 색으로 확연한 경계를 이루고 있었습니다.
밀도 차이 때문에 그러는 거랍니다."

갑자기 뜬금없이 아마존강을 언급하는 우성을 수현이 뚫어져라
바라보았다. 우성은 비록 주절주절 말이 많은 사내이긴 했지만, 아무
의미 없는 말을 하는 사람은 절대 아니었다.

"투어 가이드에게 이 두 강이 끝에 가면 결국 무슨 색으로 합쳐지
냐고 물어보니까, 글쎄 자기도 끝까지 가본 적은 없어서 모른다는 겁
니다. 지금 생각해보니 프로 정신이 부족한 가이드 아닙니까? 그때
팁으로 20불이나 줬는데, 갑자기 아까워지네. 하하핫. ⋯⋯내가 왜
지금 이수현 씨에게 이런 말을 하는 건지는 잘 모르겠습니다만."

횡설수설하는 척하고 있지만 수현은 알 수 있었다. 이 사람, 지금
희주에 대해 이야기하려 하는 것이다. 희주의 곁에서 떠나라고, 그
여자의 인생까지 짙은 검은색으로 물들이지 말고, 그냥 조용히 떠나
달라고.

"결국은 짙은 색으로 합류되지 않겠습니까?"라고 먼저 말을 한쪽

은 수현이었다. 겸허하고 나직하게 패배를 선언하고 있었다. 이미 그녀를 충분히 불행하게 만든 죄에 대한 벌을 달게 받겠다는 뜻이었다. 그런 수현을 찬찬히 바라보며 우성이 말했다.

"……전 밝은색으로 합류된다는 데 제 형사직을 걸겠습니다."

전혀 기대하지 못했던 대답에 수현의 눈이 주체할 수 없이 흔들리기 시작했다. 그런 수현의 눈빛을 바라보며, 우성은 다시 한번 힘차고 성실한 목소리로 말해주었다.

"밝은 빛으로 합류될 거라고 믿고 있겠습니다."

……이제야 비로소 스스로 빛을 내고 있는 강희주에게로 합류될 것을 간절하게 믿고 있겠다고. 당신은 이미 그녀 안의 빛을 오래전에 발견해준 사람이니까.

❖

우성이 수현의 병실을 나온 시각은 늦은 오후가 다 되어서였다. 문을 여니 말쑥하게 키만 큰 여자 하나가 병실 앞을 지키고 있던 의경들에게 영양제 드링크를 나누어주며 친한 척을 하고 있었다.

"어이, 오빠들. 피곤한데 이거 한 잔씩 쭉 들이켜시고……."

그녀 특유의 친화력에 우성의 입에 미소가 저절로 떠올랐다.

'아니, 이 아줌마가 양심도 없나? 자기보다 열 살은 족히 어려 보이는고만, 오빠는 무슨 오빠.'

뜬금없긴 했지만, 그 여자의 발랄한 뒷모습을 보고 있는 그 순간 우성은 깨달았다. 그동안 자신이 얼마나 이 여자와 쓸데없는 농담 따먹기를 하고 싶어 했는지. 얼마나 이 여자한테 주저리주저리 그의 이야기를 들려주고 싶었는지. 얼마나 이 여자의 구박이 듣고 싶었는지. 얼마나 이 여자와 퍼질러 앉아 소주를 마시고 싶었는지. ……그동안 자신이 얼마나 이 여자를 그리워하고 있었는지.

우성은 그녀의 뒷모습에 대고 최대한 친한 척을 하며 말했다.

"……거기 아줌마, 그거 나한테나 한 병 줘봐요. 얘네들 피부 뽀송한 거 안 보여요? 젊은 애들은 그런 거 안 마셔도 쌩쌩하다고요."

그런데 뒤통수에 박히는 목소리가 우성의 것임을 알아차린 선미가 몸을 반대쪽으로 홱 돌리더니, 비상구가 있는 쪽으로 성급하게 걸어가기 시작했다. 당황한 우성은 어이없다는 표정으로 선미 뒤를 따라가며 그녀를 불렀다.

"어이! 주선미 씨, 거기 좀 서 봐요!"

빠른 걸음으로 걸어가던 선미가 이제는 거의 뛰어가기 시작했다. 우성은 영문도 모른 채 덩달아 함께 뛰었다.

'아니, 대체 왜 저러는 거야?'

그러나 계단으로 통하는 문에 손이 닿기도 전에 우성의 손이 먼저 선미의 어깨를 잡았다. 그제야 우성을 돌아보며 선미는 가쁜 숨을 고르기 시작했다.

"하아……, 하아……, 아니, 이게 누구세요? 하아……, 하아……, 정우성 경위님이셨군요. 정말 하아……, 하아……, 오랜만이네요. 아이고, 힘들어라."

어색하기 짝이 없는 인사를 하는 선미에게 우성이 다짜고짜 질문을 들이댔다.

"아니, 왜 나를 피합니까?"

"내……내가 정 경위님을 언제 피했다고. 응급실 콜이 올 것 같아서 가던 중이었다고요."

횡설수설 아무 말이나 막 던지는 선미에게 우성이 툴툴거렸다.

"아니, 요즘은 우리 팀에 피자도 안 보내고. 이렇게 쉽게 식을 사랑이었던 겁니까? 정말 실망입니다. 주 선생."

우성의 장난기 어린 말을 듣고 나서야 선미는 체념한 듯 눈앞에 있는 그를 정면으로 바라보았다. 처음으로 보는 것 같은 진지한 눈빛이었다. 선미는 꾸미지도 않고, 숨기지도 않고, 가장 담백하게 그녀의 솔직한 마음을 드러냈다.

"죄송한데요. 사실 예전에는 정 형사님 놀리는 게 재밌어서 장난으로 키스도 하고 좋아한다고도 하고 그랬던 건데요. 어느새 정 형사님이 정말로 좋아져서……. 정말 많이요. 완전 심각하게. 밤에 잠도 안 오고, 밥도 잘 넘어가지 않을 만큼. 그런데 정 형사님은 희주 좋아하는 거 아니까…… 그래서 포기하려고요. 네, 네, 맞습니다. 불과 몇 개월 전만 해도, 뻔히 좋아하는 남자가 있는 희주에게 고백을 왜 했냐며, 대책 없다고 정 형사님을 있는 대로 구박하던 사람이 바로 저, 맞습니다. 그런데 지금 제가 똑같은 진상을 이렇게 부리고 있네요. 헐."

"……무슨 그런 절절한 고백을 병원 복도에서 이렇게 갑작스럽게 한답니까?"

우성은 그녀의 갑작스러운 고백에 놀란 가슴을 쓸어내리는 제스처를 해 보였다. 그런 우성을 바라보며 선미가 담담하게 말했다.

"그래서 포기한다고요. 그래서 도망친 거고. 정 형사님 얼굴 보면 더 좋아질까 봐. 자, 그럼 만나서 반가웠어요. 나 쪽팔리니까 우리 다시는 만나지 말아요. 난 이만.”

몸을 돌려 다시 도망을 가려는 선미의 팔목을 우성이 잡았다. 너무 부드럽지도, 너무 세지도 않게, 그녀가 더는 도망갈 수 없을 만큼만의 힘으로. 마치 상처 입은 어린 새 하나를 두 손으로 품고 어쩔 줄 몰라 하며 조심스럽게 보호하려는 소년의 몸짓 같았다.

‘그의 손이 이렇게 컸구나······.’

선미는 순식간에 그녀의 마음과 그녀의 인생에서 남겨진 시간까지 몽땅 그의 손아귀에 잡혀버렸다는 느낌이 들었다. 그가 절대로 그녀의 팔목을 놓아주지 않았으면 좋겠다는 생각을 하고 있었는지도 몰랐다. 그런 선미의 기대에 부응하듯, 우성은 선미의 팔목을 붙잡고 계속 말을 이었다.

“희주 씨한테 얘기 듣지 않았습니까? 이수현 씨한테 총 쏜 거 때문에 내사받느라 개고생했습니다. 결국 6개월 감봉 처분으로 끝났지만. 에효.”

“······.”

“매뉴얼대로라면 발포하기 전에 경고를 세 번 해야 합니다. 그런데 제가 경고를 두 번만 하고 발포했거든요. 감사관이 같은 질문을 몇 번이나 계속 물어보는 겁니다. ‘혹시 그 당시 피의자 강희주 씨에게 개인적인 감정이 있어서 그랬던 게 아니냐고요.’”

사실 그의 입에서 어떤 답이 나오기를 기대한 건 아니었다. 선미는 그렇게 복잡한 생각을 하며 사는 사람은 절대 아니었다. 그러나 매 순간 가장 솔직하게 모든 것을 드러내는 그녀의 눈빛은 이미 간절해지고 난 후였다. 도무지 왜 간절해졌는지 이유도 모르는 채.

"정말 여러 번 생각했는데 말입니다. 강희주 씨에게 개인적인 감정은 전혀 없었습니다. 오히려……"

선미의 간절해진 눈빛을 보면서 우성은 생각했다. 언제나 생각보다 마음이 앞서는 이 여자. 그리고 마음보다 이렇게 온몸에 먼저 진심을 드러내는 이 여자. 이 여자, 참으로 사랑스러운 여자라고.

"오히려 그때 이런 생각을 했던 것 같습니다. '내가 강희주 씨를 구해내지 못하면, 무슨 면목으로 다시 주선미 씨를 볼 수 있을까?' 하는 생각."

그녀의 간절한 눈빛이 마치 푸르른 호수 위의 윤슬처럼 점점 더 반짝이기 시작했다.

"그러니까 주 선생이 내 햇살 찾아줘야죠. 그동안 삶에 찌들다 보니 내 안에 있다는 그 햇살 도저히 못 찾겠습니다. ……아니면 이 기회에 주선미 씨가 내 인생의 햇살 되어주시든가."

전혀 예상하지 못했던 우성의 고백에 선미는 눈을 동그랗게 떴다. 선미의 눈 안에서 반짝이고 있던 빛들이 결국 또르르 굴러떨어지기 시작했다.

"아, 잠깐만요. 그러니까 지금……, 지금 혹시…… 나한테 고백한 건가요?"

멋쩍어진 우성이 괜히 땅바닥을 바라보며 선미의 시선을 피하면서 말했다.

"……헐. 무슨 애정 확인을 이렇게 대놓고 한답니까? 사람 쑥스러워지게."

그제야 선미가 소리 내어 웃기 시작했다. 그리고 또 소리 내어 울기 시작했다. 눈물을 닦으면서 웃기 시작했다. 웃으면서 울기 시작했다. 울면서 웃기 시작했다. 그러다가 선미가 눈물 섞인 목소리로 환하게 웃으며 말했다.

"아니, 정 형사님, 지금 뭐 하고 있어요? 빨리 키스하지 않고. 안 그러면 그때처럼 내가 먼저 확 해버릴 거니까."

그제야 우성이 따뜻한 미소를 지으며 선미의 팔목을 잡고 있던 그의 오른손으로 그녀를 가까이 끌어당겼다. 그녀의 숨결이 그의 심장 가까이에서 느껴질 만큼의 거리, 그리고 그녀의 체취가 그의 호흡의 반경에서 느껴질 만큼의 거리에서 그들은 뜨겁게 입을 맞추었다.

웃음, 웃음소리, 지나가던 사람들의 환호성, 박수 소리가 배경음악처럼 들려왔다. 그렇게 새로운 사랑 하나가 지금 막 시작되고 있었다. 서로가 서로의 인생 속의 햇살이 되어, 따스한 빛을 반사해내고 있었다.

33

그래도, 그럼에도 불구하고

수현의 퇴원을 하루 앞둔 어느 봄날이었다. 수현의 병실로 가는 이 길을 걷는 것도 이제 오늘이 마지막이었다. 희주는 발길을 멈추고 무심코 하늘을 바라보았다. 파란 하늘 위로 새들이 떼를 지어 날아가고 있었다. 예전에는 새들이 하늘을 나는 것을 당연하고도 간단한 일로 여겼었는데, 지금 보니 그게 아니었다. 조금만 주의를 기울이지 않으면 거친 바람에 휩쓸려 땅바닥으로 내동댕이쳐질까 봐 새들은 결연한 의지로 있는 힘을 다하여 바람의 저항을 이겨내고 있었다. 그리고 더 높이, 더 멀리 날기 위해 자기 몸의 반 이상이나 되는 무거운 날개로 힘겹고 처절하게 푸드덕거리며 도약하고 있었다. 아무도 보지 않고, 아무도 신경 쓰지 않는 저 광활한 하늘을 날아보겠다고.

일주일 전 징우성 형사가 나녀산 후, 수현의 손목을 채우고 있던 차가운 수갑이 풀리고, 그의 병실을 24시간 지키고 있던 경찰들이 사라졌다. 그게 무슨 뜻인지 우성도, 수현도 그녀에게 알려주지 않았지만 알 수 있었다. 어쩌면 그가 저질렀다는 그 모든 범죄의 혐의에서 그가 자유로워졌다는 뜻일 것이다.

그는 기뻐하지 않았다. 오히려 우성이 다녀간 후, 혼자서 곰곰이 생각하는 시간이 많아졌다. 하루에도 몇 번씩 그는 희주를 애잔하게 바라보았다. 그녀와 눈이 마주칠 때마다 당장에라도 눈물이 떨어질 것 같은 미소를 지어주었다.

'그는 대체 무슨 생각을 하는 걸까?'

알 것 같았다. 절대로 알고 싶지 않았지만…… 알 것 같았다. 그는 도약하려 하는 것이다. 뼛속까지 비워내어 몸을 가볍게 만들고, 저 하늘로 도약하려 하는 것이다. 아무도 봐주지 않고, 아무도 관심 없고, 아무도 신경 쓰지 않는 저 파란 하늘로 날아가 보겠다고. 그러다가 알게 되었다. 누가 그 새들을 그렇게 오랫동안 주시하고 있었는지…….

"……하아."

그녀의 시린 마음에서 한숨이 배어 나왔다. 희주는 가만히 눈을 감았다. 먹먹해진 마음을 붙잡고, 그저 이 길 위에 오래도록 서 있고만 싶었다. 눈물이 흐를 것 같아서 고개를 위로 들었다. 어느새 새들이 모두 자취를 감춰버린 하늘은 속절없이 파랗기만 했다.

❖

〈마지막 미술치료 – 3월의 마지막 수요일〉

병실 문을 열자, 수현이 평안한 미소로 그녀를 맞아주었다. 그의 미소가 희주의 심장을 덜컥 내려앉게 했다.

'……이 사람, 이미 마음을 정했구나.'

심장에서부터 뜨거운 것이 복받쳐 오를 것만 같아 그녀는 시선을 피해버렸다.

희주는 가져온 가방에서 수채화 도구를 꺼냈다. 수채화는 물에 녹은 물감이 물의 움직임에 따라 어우러지면서 우연하게 이루어내는 표현이 가능한 기법이었다. 아크릴이나 유화 물감처럼 자신만의 고유한 색을 고집하지 않고, 편안하고 부드럽게 색들이 겹치고 번진다. 그들의 인생이 서로에게 물들고 번지는 것처럼.

"이제 마지막 그림을 그려볼까요?"

수현이 옅은 미소를 지으며 고개를 끄덕였다. 수현의 침대에 연결된 테이블에 흰 켄트지를 펼쳐 놓고, 사이드 테이블에는 팔레트와 물통을 올려놓았다.

"오늘은 뭘 그릴까요?"

한참을 곰곰이 생각하던 수현이 희주의 눈빛과 평행선을 만들며 말했다.

"……우리가 다시 만나게 될 그때를 그렸으면 좋겠습니다."

희주는 아무 말 없이 수현을 지그시 바라보았다. 그녀의 눈길을 수현은 따뜻하게 받아주었다. 그의 눈길이 "희주야, 괜찮아. 괜찮을 거야." 하고 속삭이는 것만 같았다.

희주는 잠잠한 몸짓으로 수현에게 붓을 쥐여주었다. 처음에는 수현만 그림을 그려 나갔다. 그러다가 어느새 그들은 함께 그림을 그리고 있었다.

하얗게 비어 있던 종이에 은은한 수채 물감의 색들이 덧입혀지기 시작했다. 종이 위에서 색깔이 물에 번지기도 하고, 자연스럽게 물감들끼리 섞이기도 했다. 수채 물감은 자신의 색을 고집하지 않는다. 흰 종이를 처음의 색이 물들이고, 그 위로 또 다른 색이 지나간다. 처음의 색은 아무런 저항 없이 그 위로 덮이는 색을 맞이한다. 물의 움직임에 따라 색들이 움직이고 있었다.

수채화는 생명의 근원인 물이 흘러가면서 만들어내는 찰나의 아름다움을 표현해내는 기법이었다.

"마음을 정한 건가요?"

희주가 연노랑색으로 색칠한 곳 위로 수현이 칠한 연두색이 번져나갈 때 그녀가 담담한 어조로 물었다. 우성이 다녀가고 난 후, 몇 번이나 묻고 싶었던 질문을 이제야 던진 것이다. 그러나 차마 그의 눈을 정면으로 바라볼 수는 없었다.

"……내가 무슨 생각을 하고 있는지 알고 있었습니까?"

그가 조금 놀란 듯, 희주를 바라보았다.

"저는 유능한 미술치료사니까요."

희주가 그저 싱거운 농담으로 텅 빈 마음을 달랬다.

"……자수하려 합니다."

수현의 붓은 여전히 담담하게 종이 위를 흘러가는데, 희주의 붓은 그 자리에서 잠시 멈칫한다. 희주의 시선은 침착하게 수현에게로 향했다. 들리지도 않을 만큼 작은 목소리로 그녀가 물었다.

"……혐의에서 벗어난 거 아니었어요?"

"혐의가 없어졌다고 내가 지은 죄가 없어지는 건 아니니까."

정적. 그 정적이 너무 무거워지기 전에 희주가 붓을 물에 헹구며 말했다.

"……꼭 이렇게,"

울컥하고 뜨거운 물기가 차올랐다. 희주는 시선을 다시 도화지로 옮겼다. 도화지의 빈 부분이 지금 막 그녀의 붓끝에 묻어 있던 연한 연둣빛으로 물들고 있었다.

"꼭 이렇게까지 해야 할까요? ……속죄하는 마음으로, ……앞으로 좋은 일 많이 하면서. 음……, 극단적인 상황이 되면 누구나 그런 판단을 할 수도 있으니까. ……나도 그랬던 것처럼."

어느 문장도 완전하게 끝을 맺지 못했다. 그의 마음을 너무나 잘 알고 있어서, 그의 선택이 올바른 것이라는 것을 알고 있어서였을 것이다. 희주의 덧없는 애원이 수채 물감이 종이에 번지듯 스며들었다. 그런 희주의 간절한 표정 위로 부드럽지만 단호한 수현의 목소리가 채색되기 시작했다.

"……정 형사님께 물어봤습니다. 이러다가 내가 또 죄를 지으면 어떻게 할 거냐고."

희주의 떨리는 눈동자가 그를 바라보고 있었다.

"그랬더니, ……내가 선해지기를 희망하겠다고."

희주의 눈동자가 하염없이 반짝거리기 시작했다. 덧없는 희망이라는 것을 알고 있어서, 더 반짝이는 거라고 수현은 생각했다. 덧없는 것들은 더 빛나기 마련이었다. 생에서 가장 환한 빛을 내자마자 사라져버리는 유성처럼.

　"……그 말을 듣고 알게 됐습니다. 내가 여태까지 지은 죄 중에서 가장 큰 죄가 무엇이었는지."

　이다음에 그가 하려는 말을 하면, 어쩌면 저 맑고도 영롱한 눈동자에서 또 물이 흐를 수도 있을 것이다. 그 생각만으로도 수현의 가슴이 구석구석 삭아 내리는 것만 같았다. ……그래도, 그럼에도 불구하고, 그가 담담히 말했다.

　"……희망을 너무 쉽게 놓아버린 죄."

　……내가 괴물이 아니라는 희망. ……내가 인간이라는 희망. 내 안의 이런 희망들을 스스로 놓아버린 죄.

　"첫 살인을 저지르고, 진한 장미 향을 맡았던 바로 그 순간이었던 것 같습니다. 인간이라는 희망을 놓아버린 순간은."

　수현의 눈빛에서 그의 굳은 의지가 새어 나왔다. 그는 낮고도 깊은 목소리로 말했다.

"그 희망은 무슨 일이 있어도 끝까지 지켜내야 했습니다."

희주를 바라보는 그의 맑고도 고집스러운 눈동자를 보고도, "그러지 말라"고, "그러면 안 된다"고 말할 수 없었다.

"……희망을 너무 쉽게 포기한 죄에 대한 벌을 받고 돌아오겠습니다."

다시 한번 그들 사이에 적막이 흘렀다. 붓이 사각거리며 종이 위를 지나가는 소리만 그들의 공간을 채우고 있었다.

귀로는 들리지 않는 소리들도 그 공간을 함께 채워나가고 있었다. 심장이 덜컹거리며 떨어지는 소리. 심장이 자리하던 곳에 서늘한 바람이 서서히 스며드는 소리. 숨을 죽여가며 눈물을 참아내는 소리. 있는 힘을 다해서 미소 지어주는 소리. ……그래도, 그럼에도 불구하고, 그녀가 의연하게 말했다.

"그런 용감한 선택을 하는 사람이어서, 내가 ……이수현 씨 사랑하나 봐요."

담담하게 문장을 끝내긴 했지만, 그녀의 눈에서는 결국 걷잡을 수 없이 눈물이 쏟아졌다. 울면 안 되는데, 그에게 우는 모습 보이기 싫은데……. 자꾸만 눈물이 고였다. 도저히 막을 수가 없었다.

그 눈물이 툭 하고 종이 위로 떨어져 물감들이 서서히 번져 나가기 시작한다. 그녀의 눈물은 어느새 그들이 그리던 그림의 일부가 된다. 그제야 깨닫게 되었다. 여태껏 미술치료사인 그녀가 내담자였던 그를 치유하고 있었던 것이 아니었다. 치유의 대상은 처음부터 지금 이 순간까지 그녀 자신이었다. 지금 그리고 있는 이 그림은, 결국 그녀 자신을 위한 그림이었다.

이 끝없는 절망과 승오의 지옥에서 그녀를 구해낸 건 바로 그였다.

그가 아니었다면 그녀는 여전히 복수에 중독되어 자신이 알지도 못하는 채 점점 더 끔찍한 괴물이 되어가고 있었을 것이다. 그녀의 괴물이 깨어나지 않게 해준 것은 희주를 향한 그의 믿음이었다. 산을 옮길 만큼 거대하고 거창한 분량의 믿음이 필요한 게 아니었다. 그저 그녀가 '오늘'을 인간으로 살아낼 수 있을 만큼의 믿음, 그녀가 지금 이 '순간'을 인간으로 살아낼 수 있는 만큼의 믿음이었다.

눈물이 흐른다. 그 어느 때보다 뜨겁고 진한 눈물이었다.

❖

병원에서의 마지막 밤. 그들은 침대에 함께 누워 말없이 창밖 검은 하늘을 바라보고 있었다. 비록 도심의 화려하고 공허한 빛들에 가려 별은 하나도 보이지 않았지만, 무수한 별빛이 그들 위로 찬란하게 쏟아져 내리는 것 같았다.

"자고 있습니까?"

수현이 자신의 팔에 안긴 희주의 등에 대고 물었다.

"……아뇨."

"꿈이 하나 생겼습니다."

"무슨 꿈인데요?"

"나에게 기회가 다시 주어진다면, ……버림받고 갈 곳 없는 아이들을 돌보며 살고 싶습니다. 그 아이들에게 절대로 희망을 잃지 않게 해주고 싶습니다. 스스로 좋은 사람이라는 희망."

"아이들이 어떻게 하면 그 희망을 잃지 않을 수 있을까요?"

"……그건 미술치료사인 강희주 씨가 더 잘 알고 있을 것 같은데……."

그리고 이어지는 수현의 수줍은 고백.

"희주 씨가 나랑 같이 살면서 그런 아이들 돌봐주면……."

수현이 살짝 말끝을 흐렸다. 심장이 너무나 떨려서 말을 이을 수가 없었기 때문이었다.

"……혹시 지금 나한테 청혼하는 건가요?"

지금껏 뒤돌아 누워 있던 희주가 처음으로 몸을 돌려 그를 보면서 똑 부러지는 목소리로 물었다. 수현의 얼굴에 당황스러운 기색이 역력히 드러났다.

"……안 되겠……습니까?"

"……너무 무모한 거 아닌가요?"

질책하는 것 같은 그녀의 질문에 그는 말없이 시선을 떨구었다. 그래, 그건 이 여자 말이 맞을 것이다. 내일 자수를 하면 언제 다시 그녀를 보게 될지조차 막막하다. 어쩌면 영영 못 보게 될 수도 있을 것이다. 지금은 다시 안정기에 접어들어 한고비 넘기긴 했지만, 백혈구 수치가 언제 또 치솟을지 모른다. 이유가 어떻든, 과거가 어땠든, 그가 살인을 했다는 사실은 영원히 변하지 않을 것이고.

'아무래도 너무 큰 욕심이었나?' 하는 생각에 빠진 수현에게 희주의 볼멘 목소리가 들려왔다. 혼잣말을 가장한 질책이었다.

"지금, 설마 반지도 없이 프러포즈한 거야?"

"……!"

경직되어 있던 수현의 얼굴에 서서히 연한 빛이 깃들기 시작했다.

"이건 너무 심한 거 아니야?"라며. "아무리 연애가 처음이라지만, 너무 기본이 안 돼 있는 거 아닌가?"라며. "내가 이 프러포즈를 얼마나 기다렸는데, 정말 너무하다"라며 아기 고양이처럼 혼잣말로 구시렁구시렁하는 희주를 수현은 뒤에서 따뜻하게 안아주었다.

아늑한 그의 품에 안겨 희주는 가만히 그의 심장에 자신의 등을 가까이 대본다. 그의 심장이 힘차게 뛰고 있었다. 간절하고도 치열하게. 그래서 고마웠다. 이렇게 뜨겁게 심장이 뛰고 있어서.

또 주책없이 눈물이 나올 것만 같아 희주는 괜히 볼멘소리로 응석을 부렸다.

"설마 이런다고 화가 풀린다고 생각하는 거예요?"

수현은 희주의 몸을 돌려서 그를 마주하게 하고는, 그녀의 이마에 정성스럽게 입을 맞춰주었다.

"이렇게 하면 화가 풀리겠습니까?"

"……아니요. 전혀요."

수현은 그녀의 두 눈에 정성스럽게 입맞춤해 주었다.

"……설마 이런 걸로 화가 풀릴 거라고 생각하는 건가요?"

수현은 그녀의 두 볼에도 정성스럽게 입맞춤해 주었다.

"……조금 더 노력해야 할 것 같은데."

수현이 손으로 그녀의 머리카락을 귓바퀴 뒤로 넘겨주었다. 그는 그녀를 찬찬히 바라보았고, 그녀의 얼굴을 부드럽게 어루만져 주었고, 그녀가 내는 모든 사소한 소리에 세심하게 귀를 기울여주었다. 이내 수현은 그녀의 입술에 그의 것을 천천히 가져다 댔다. 그의 뜨거운 숨이 연한 물결이 되어 그녀의 입속으로 서서히 번져 들어갔다.

그래도, 그럼에도 불구하고

희주는 눈을 감았다. 그의 숨결이 우직한 파도가 되어 그녀의 더 깊은 곳까지 흘러가 그녀의 심장을 맴돌았다.

살아 있구나. 살아 있구나.

그의 숨결에도 희주는 이렇듯 마음이 울컥했다.

희주는 가만히 숨을 죽이고 그의 숨결이 보내는 소리를 들었다. 이제 한동안 이렇게 가까이서 그의 숨소리를 들을 수 없을 것이다. 그의 숨소리가 숨 막히게 그리워질 것이다.

그래도, 그럼에도 불구하고,

이렇게 살아 있다는 것만으로도,

괜찮다.

괜찮아질 것이다.

생명은 생명 자체로 희망이니까.

생명은 생명 자체로 기적이니까.

❖

그 길 위에서…… 연한 하늘색 봄바람이 그들의 품에 안겼다. 봄바람에서 연두색 풀냄새가 났다. 그 길 위에서…… 그들은 조그마한 금은방에 들러 실반지 두 개를 샀다. 그리고 그 길 위에서…… 서로의 손가락에 반지를 끼워주었다. 그 길 위에서…… 그들은 손을 잡고 천천히 걸었다. 그 길을 걸으며 생각했다. 피와 눈물과 상처로 채색된 시간들이었지만, 그 시간들마저 이제는 다시 돌아오지 못할 꿈결이 되었다는 것. 그들의 서글픈 과거가 서로를 무참히 찔러대도, 그래도,

그럼에도 불구하고, 그들은 사랑을 했다고. 처절하고 시렸던 아픔의 순간들이 모두 모여, 지금의 당신이 되었으니까. 그래서 당신을 사랑할 수 있었다고. 당신을 사랑할 수밖에 없었다고.

그 길 위에서 그가 물었다.

"영치금 많이 넣어줄 겁니까?"

말갛고 싱거운 그의 미소. 그런 그를 보며 그녀가 눈을 흘겼다.

"정시현 씨 하는 거 봐서요."

수현이 얼굴에서 웃음기를 거두고 물끄러미 희주를 바라보았다. 의아한 희주의 표정 위로 그의 떨리는 목소리가 들려왔다.

"⋯⋯처음으로 나를 정시현이라고 불렀네요."

투명하고도 맑은 그녀의 목소리가 답을 했다.

"⋯⋯이제 당신이 누군지 알아도, 그래도, 그럼에도 불구하고, 사랑하게 됐으니까."

그 길 위에서 그녀가 웃었다. 그 길 위에서 그녀가 울었다. 그 길 위에서 그가 그녀의 눈물을 닦아주었다. 그 길 위에서 그녀가 말했다.

"시현 씨 다시 만나리라는 희망, 나도 끝까지 놓지 않을게요. 우리 다시 만나는 그 날, ⋯⋯기다리고 있을게요."

그 길 위에서 그들의 얼굴에 물방울 같은 미소가 번졌다. 찬란한 햇빛의 파편이 그들이 걷고 있는 길 위로 쏟아지고 있었다. 시리도록 아픈 고난의 길이 될지도, 사무치는 그리움의 길이 될지도 모른다. 그래도, 그럼에도 불구하고, 그들은 발걸음을 내디딘다. 그들이 발걸음을 내디딘 그 자리마다 금빛 햇살이 따라온다. 그들이 지나간 그 자리마다 금가루 가득한 소망의 길이 생긴다.

EPILOGUE

고대 그리스인은 두 가지 종류의 시간이 있다고 믿었다.

'1초. 2초. 3초.'

무의미하고 무기력하게 죽음을 향해 달려가는 크로노스의 시간과 매 순간 의미가 각인되는 카이로스의 시간.

세상의 모든 일에는 크로노스의 시간이 주어지는데, 그 시간에 충실함이 더해질 때 비로소 빛을 낸다. 그 빛의 온기만으로도, 단지 그 빛을 추억하기만 해도, 인간은 따뜻한 마음을 가지고 평생을 살아갈 수 있게 된다. 마치 그들이 함께했던 시간을 추억하며, 매 순간 충실하게 소망하며 하루하루 살아갈 수 있었던 것처럼. 충실함이 더해져 빛을 내는 시간을 우리는 카이로스의 시간이라고 부른다.

❖

어느 고된 하루의 끝에, 그들이 함께 누워 도란도란 이야기를 나눈다.

"어제 준재가 또 친구를 때렸대요. 벌써 이번 학기만 세 번째야. 당신이 어떻게 좀 해봐요."

"원래 그 나이 때는 다 그러는 거 아닌가?"

"당신이 너무 오냐오냐하니까 애들이 더 말을 안 듣지. 난 이제 몰라. 담임 선생님 또 만나러 가기 민망하니까 당신이 혼자 다녀오든지."

"희주야, ……그런 데는 같이 가고 그래야지."

"창윤이는 너무 혼자서 그림만 그리려고 해서 걱정이에요. 어떻게 하지?"

"허허. 그거야 당신 닮아서 그런 걸 어떻게 하겠어?"

"승주는 이번에 성적이 정말 많이 올랐어요."

"그건 날 닮아서 그런 거고."

어느 고된 하루의 끝, 부부는 열두 명의 아이에 대한 소소하고 사소한 걱정을 이야기하고 있다. 열어둔 창문 밖에서 바닷소리가 들려온다. 하얀 별빛이 푸른 바닷속으로 쏟아져 내린다.

문패에 '하늘 희망의 집'이라고 쓰여 있는 어느 작은 집. 그 집의 아담한 정원에는 큰 금이 나 있어, 언제 다시 깨어져도 이상할 것 없는 화분 하나가 우두커니 놓여 있다. 조각조각 나버려 더 이상 제구실을 못 하리라고 여겨졌던 화분이었다. 쓰레기통 옆에서 버려지기만을 기다리던 그 화분을 누군가가 가져와, 조각조각 정성스럽게 다시 붙여주고, 그 위에 아름다운 색으로 그림을 입혀 주었다. 그 화분에 흙을 담았고, 씨를 심었다. 물을 주고, 다시 새 생명을 담을 수 있게 되기를 기도했다.

거센 바람에 끊임없이 흔들리고, 혹독하고 차가운 겨울도 꿋꿋이 견뎌낸 어느 봄날. ……기적처럼 그 화분에 새 생명이 깃들기 시작했다. 그 생명이 너무나 푸르러서 눈물이 났다.

아주 오랜 시간이 지나면, 그 생명의 푸르름이 다시 빛을 잃을지도 모른다. 생명의 파릇함이 소리 없이 시들어버릴지도 모른다. 생명의 풋풋함이 시들어버릴지도 모른다.

그래도, 그럼에도 불구하고, 그들은 이 순간을 푸르게 살아낸다. 이 순간이 영원이고, 영원이 지금 이 순간이 되는 것처럼.

당신과 나의 이 순간과 같이.

〈끝〉

르네 마그리트의 '연인' 2

2023년 1월 18일 초판 1쇄 발행

지은이 유지나
펴낸이 박시형, 최세현

책임편집 김명래 **디자인** 박선향, 윤민지 **교정 교열** 노은정
마케팅 이주형, 양근모, 권금숙, 양봉호 **온라인마케팅** 신하은, 정문희, 현나래
디지털콘텐츠 김명래, 최은정, 김혜정 **해외기획** 우정민, 배혜림
경영지원 홍성택, 김현우, 강신우 **제작** 이진영
펴낸곳 팩토리나인 **출판신고** 2006년 9월 25일 제406-2006-000210호
주소 서울시 마포구 월드컵북로 396 누리꿈스퀘어 비즈니스타워 18층
전화 02-6712-9800 **팩스** 02-6712-9810 **이메일** info@smpk.kr

ⓒ 유지나(저작권자와 맺은 특약에 따라 검인을 생략합니다)
ISBN 979-11-6534-685-0 (03810)

쌤앤파커스(Sam&Parkers)는 독자 여러분의 책에 관한 아이디어와 원고 투고를 설레는 마음으로 기다리
고 있습니다. 책으로 엮기를 원하는 아이디어가 있으신 분은 이메일 book@smpk.kr로 간단한 개요와 취지,
연락처 등을 보내주세요. 머뭇거리지 말고 문을 두드리세요. 길이 열립니다.